JN324026

満洲浪漫

長谷川濬《しゅん》が見た夢

大島幹雄
Ohshima Mikio

藤原書店

〜長谷川濬のノート「青鴉」より〜

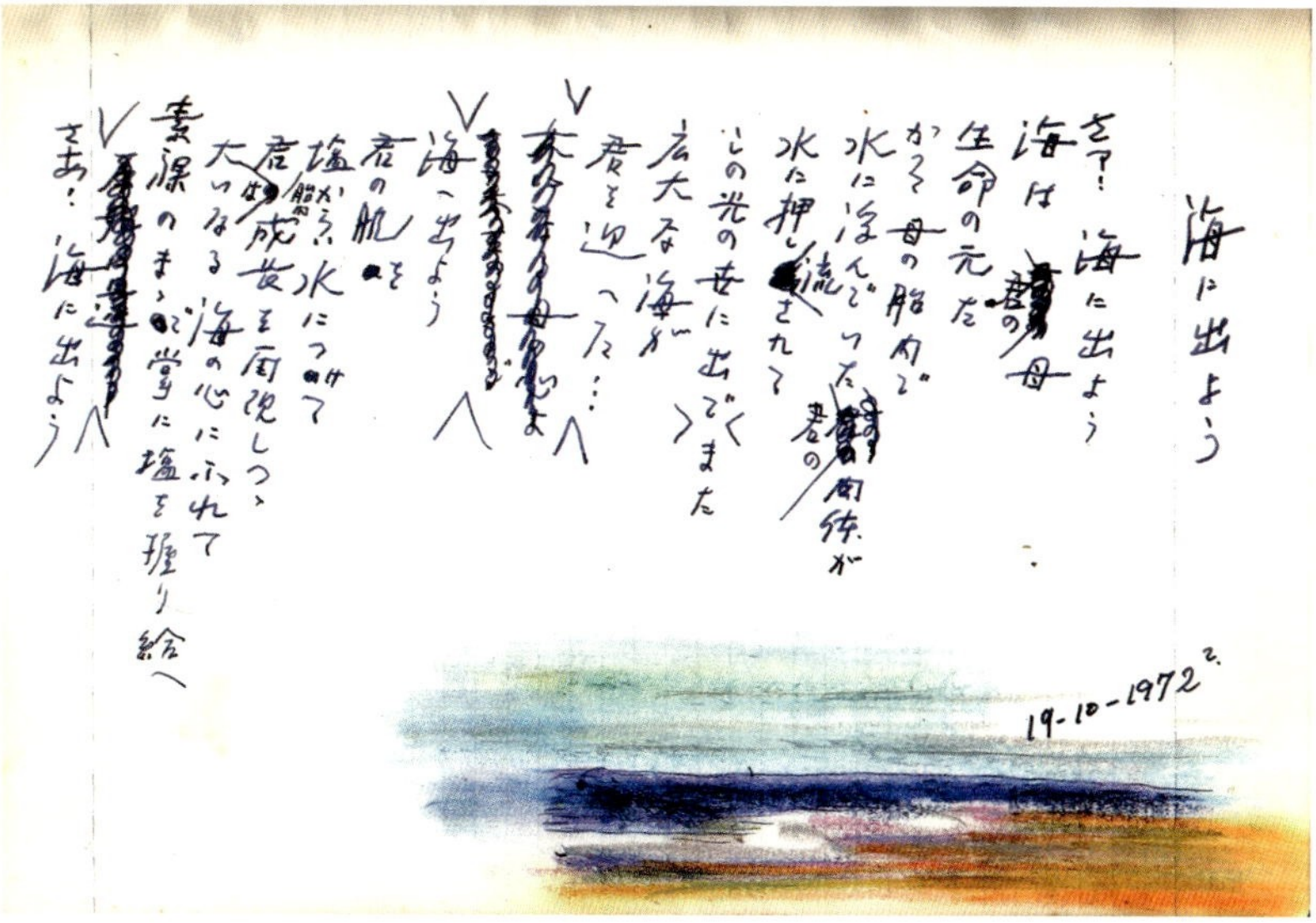

海に出よう　1972年10月19日

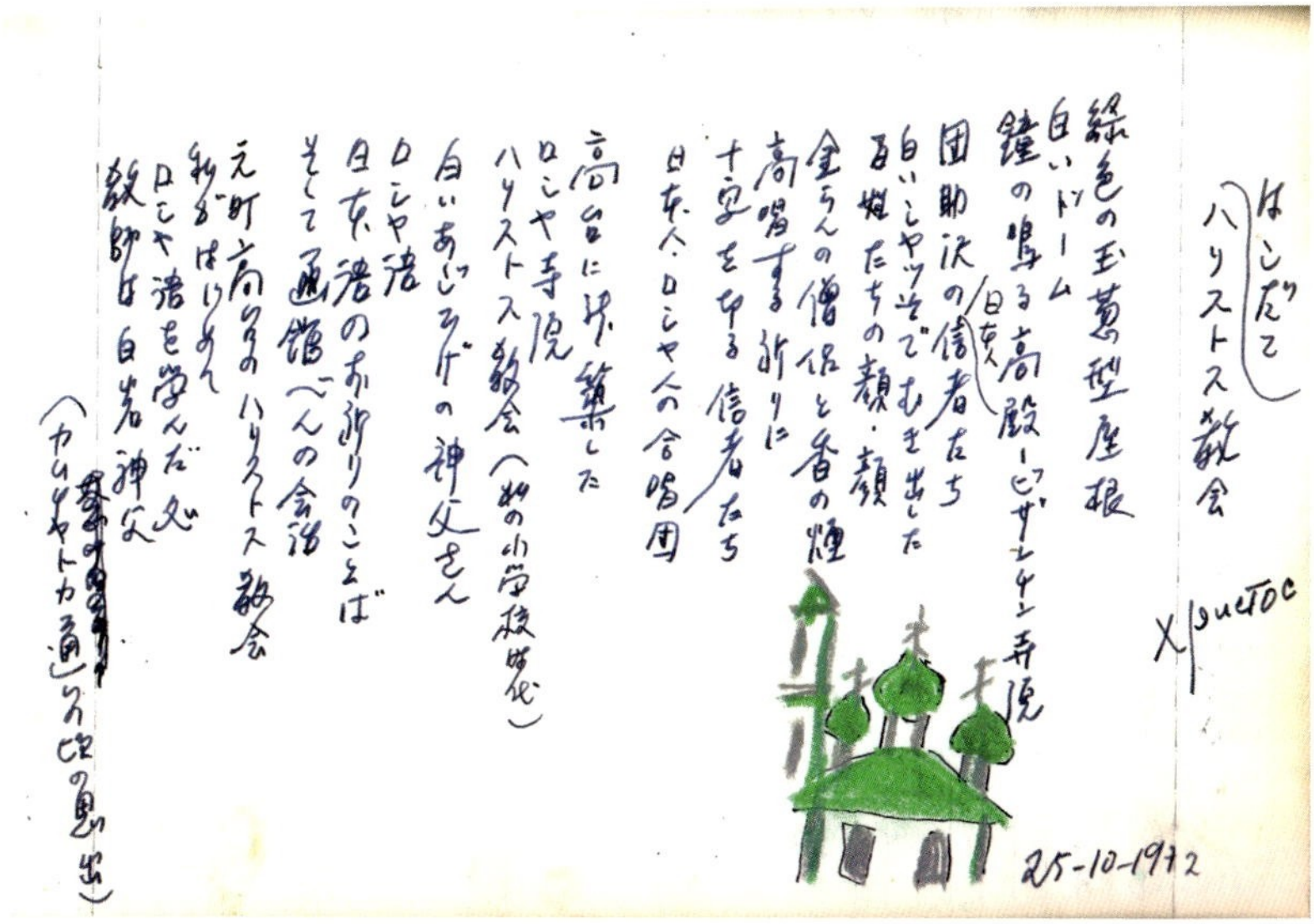

はこだてハリストス教会　1972年10月25日

左から母由起，父淑夫，弟四郎，濬，
長兄海太郎，次兄潾二郎＊

1936年，妻文江，長女嶺子と＊

バイコフ『偉大なる王《ワン》』長谷川濬訳，
文藝春秋社，1941年
（左上の絵はバイコフによるその挿画）

後列左より妻文江の弟・進，濬。中央に文江の父・文次郎，その右に妻・文江。前列に濬の子供たち，左から嶺子，満，寛。1943 年*

長谷川濬　1964 年，千葉県旭町にて*

*印を付した写真は函館市文学館所蔵

1973年のノートから

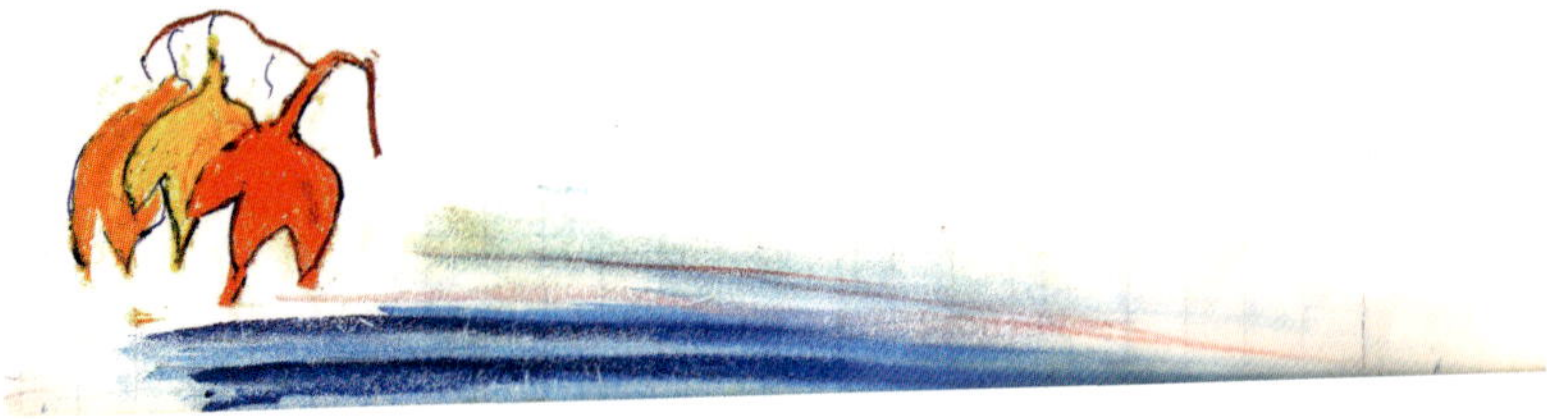

満洲浪漫　目次

カバーデザイン・西山孝司（フラグメント）

満洲国とその周辺地図

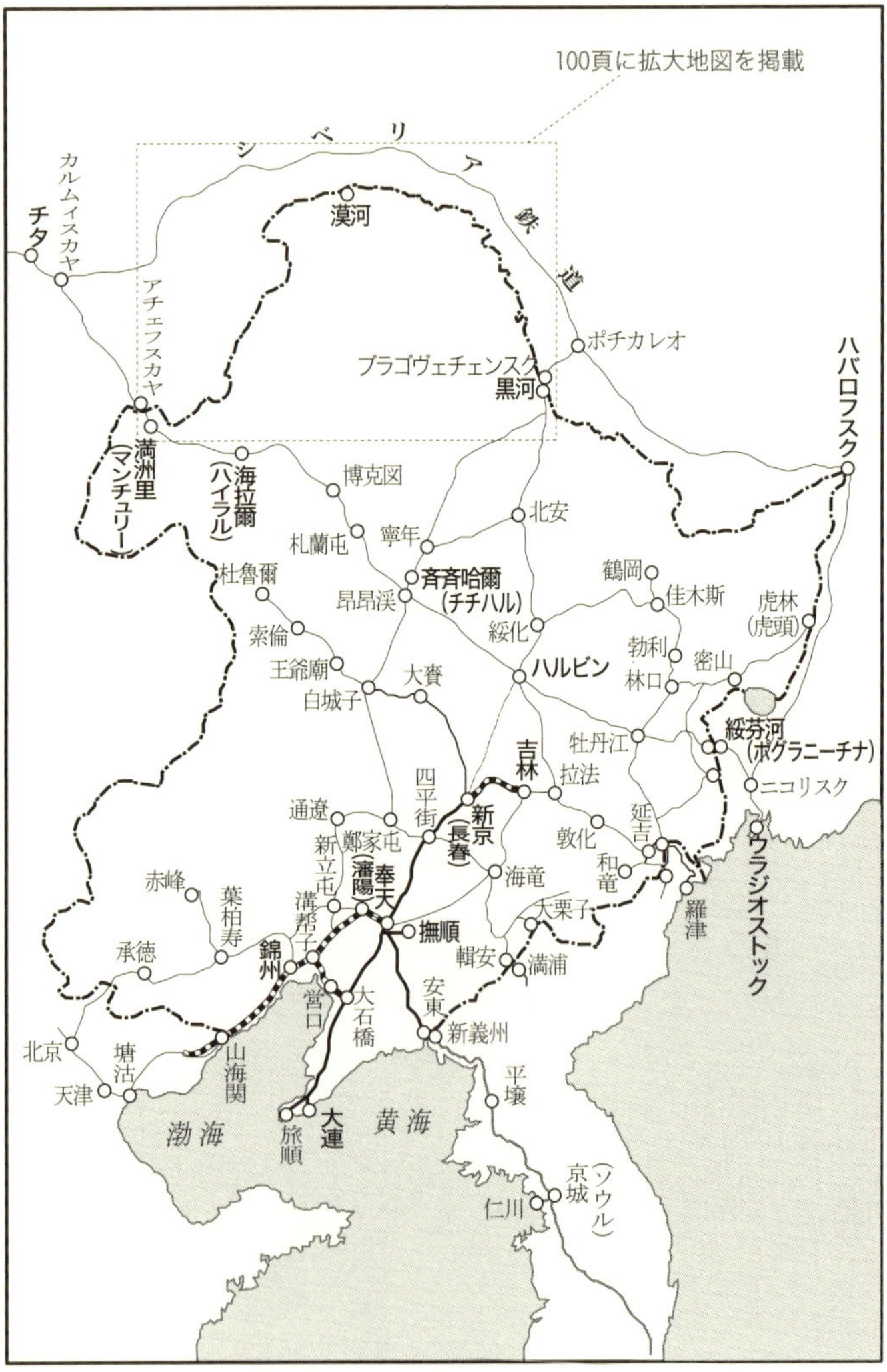

100頁に拡大地図を掲載
シベリア鉄道
カルムイスカヤ
チタ
漠河
アチェフスカヤ
ブラゴヴェチェンスク
黒河
ポチカレオ
ハバロフスク
満洲里（マンチュリー）
海拉爾（ハイラル）
博克図
北安
札蘭屯
寧年
鶴岡
佳木斯
杜魯爾
斉斉哈爾（チチハル）
昂昂渓
綏化
虎林（虎頭）
索倫
勃利
密山
王爺廟
大賚
ハルビン
林口
白城子
牡丹江
綏芬河（ポグラニーチナ）
吉林
拉法
ニコリスク
四平街
新京（長春）
通遼
鄭家屯
敦化
延吉
新立屯
奉天（瀋陽）
海竜
和竜
ウラジオストック
赤峰
葉柏寿
溝帮子
撫順
大栗子
羅津
承徳
錦州
輯安
満浦
営口
大石橋
安東
新義州
北京
塘沽
山海関
天津
平壌
大連
旅順
渤海
黄海
京城（ソウル）
仁川

満洲浪漫

長谷川濬が見た夢

凡例

一　引用は、一部の例外を除き現代かなづかい、新漢字に改めた。

一　本文中のカット等は長谷川濬の自筆ノート「青鴉」より。

第一部

コザックたちの夢

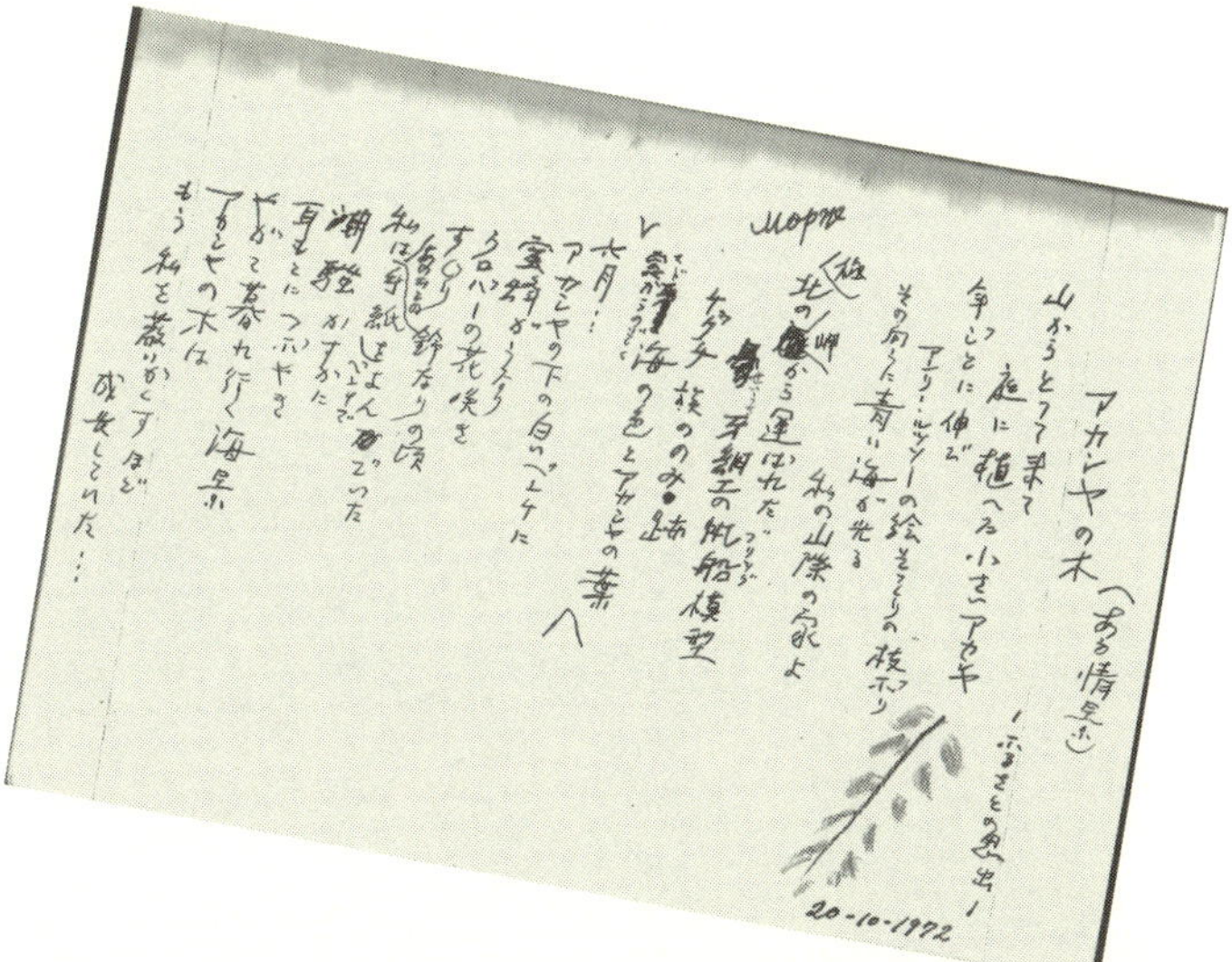

序章　コザックの魂に導かれて

■ドン・コザック合唱団招聘秘話

荻窪にある十五畳のアトリエを兼ねた神彰《じんあきら》のアパートでは、いつものように三人の男たちが酒を酌み交わし、口角泡を飛ばしながら議論をたたかわしていた。一九五四（昭和二十九）年の秋のことである。

ひとりは、この部屋の主である神彰。画家をめざし函館から上京して三年になるが、乾いて散らばっている絵の具と、途中まで描いたまま打ち捨てられているカンバスが物語っているように、絵描きとして生きていくことに自信を失いかけていた時であった。もうひとりは岩崎篤《いわさきあつし》、あだ名は将軍、元満洲国治安部の軍人であった。そしてあとのひとりは長谷川濬《はせがわしゅん》、元満洲映画協会社員で終戦の時甘粕正彦理事長自決の現場に居あわせていた男、戦前本土でもベストセラーとなった白系ロシア人作家バイコフが書いた『偉大なる王《ワン》』の翻訳者、作家の海太郎、四郎、画家の潾二郎を兄弟にもつ男、そしてこれから私が語ろうとしている物語の主人公である。

男たちは議論に飽きると、酔いにまかせて歌をがなりたてるのが常だった。ある日長谷川が、突然ロシア民謡を歌いはじめた。

「山々には黄金のうずもれている
ザバイカルの荒野をとおって
さすらい人は運命をのろいながら
背負袋を肩にさまよう

彼は密林を歩いてゆく
そこでは小鳥が歌っているだけだ
腰につるした鍋が鳴り
乾パンとスプーンがぶつかりあう……」

「バイカル湖のほとり」であった。

シベリアの凍てつく荒野を漂う哀愁が、三人の男たちの脳裏に満洲の荒野をよみがえらせる。何をしていいかわからない、ただ酒を飲み、憂さを晴らすしかない男たちの胸に、この歌は何かを訴えかけてきた。

長谷川がふとつぶやいた。

「ドン・コザック合唱団を日本に呼ぶっていうのはどうかな」

木製のベッドにゴロリと横になり、天井を睨みつけていた神が、むっくと起き上がった。「濬さん、それだ、ドン・コザックだ、ドン・コザック合唱団を日本に呼ぶんだ」

神はもう酔ってはいなかった。目は真剣だった。

でもどうやって、ドン・コザック合唱団を呼ぶんだ？


セルゲイ・ジャーロフ指揮するドン・コザック合唱団は、革命ソ連軍（赤軍）と戦っていた白軍の兵士が一九二一年に結成した男性アカペラ合唱団で、当時文字通り世界一の合唱団と謳われていた。日本でも戦前からレコードが売り出されていたが、一九五〇年代に入ってうたごえブームが巻き起こり、職場を中心に合唱団が次々に結成されるなか、さらに注目を集めるようになっていた。

長谷川は、東京で発行されていた白系ロシア週刊誌『ニェジェーリ』で、ドン・コザック合唱団がカーネギーホールで公演をしたという記事を読んでいた。指揮者のセルゲイ・ジャーロフにロシア語で手紙を書き、ニューヨークの『ニェジェーリ』気付で、それを投函する。

「私たちは、あなたの合唱団をぜひ日本へ招きたいのです。何故なら素晴らしいあなたの合唱団の歌によって、荒廃した日本人の心に、希望の息吹を与えて欲しいのです。どうか、私たちの熱意をご理解ください」と書いた手紙に、ジャーロフから返事が届くのは、一ヶ月あとのことである。

「われわれは、まもなくベルリンへ向かって出発しようとしている。ニューヨークに国際電話を乞う。セルゲイ・ジャーロフ」

三人はこの返事に驚き、興奮する。しかし当面の問題はどうやって、ジャーロフに電話するかだ。

返事をもらった日、長谷川たちは友人が経営する京橋の喫茶店へと向かう。手許に国際電話をかけるだけの金はない。店の主人に頼み込み、通話料の支払いは後日にしてもらった。長谷川が、さっそく受話器を手にしてダイヤルを回す。ジャーロフがすぐ電話口に出た。

緊張した面持ちで受話器を握る長谷川の手が汗で滲む。なんとか誠意をわかってもらいたい、必死にロシア語をしゃべる長谷川の肩に、神は祈るような気持ちで、そっと手を置いた。

ニッコリと笑みを浮かべ、受話器を置いた長谷川の表情で、神にはすべてがのみ込めた。説明を聞くのももどかしく、いつの間にか神は長谷川を抱きしめ、小躍りしていた。それを制するように、長谷川は「近くヨーロッパの公演があるので、終わったら日本に行くスケジュールを組むってよ。契約書を送ってくれって言っていた」といまのやりとりを解説する。
夢ではないのだ、ドン・コザック合唱団が日本にやってくることになった。

■ドン・コザック旋風

公演は一九五六（昭和三十一）年三月からはじまることになった。急遽この公演のために会社をつくることになる。神彰が社長となり、日比谷のオンボロビルに事務所をおいた。会社の名前は、「アート・フレンド・アソシエーション」とした。長谷川のアイデアだった。長谷川には夢があった。国境を越え、すぐれた芸術を通して人々がつながるという夢だった。思えば満洲文学を提唱し、打ち破れた長谷川にとっては、この大きな構想を戦後へ引きつなぐ、夢の継承でもあった。そんな思いは、長谷川が立案した、アート・フレンド・アソシエーションのスローガンを見れば、よくわかる。

「我々は　全世界の芸術を愛する人々と互に結び
あいその人々が国境を越えて　純粋な美を分ち
つつ未来の建設に務めることを念願しています」

一九五六年一月五日、『毎日新聞』朝刊にドン・コザック合唱団日本公演を告知する記事が掲載された朝、有楽町の毎日新聞本社のまわりをぐるりと長い列がとりまき、仕事始で出勤前の人

アート・フレンド・アソシエーションのスローガン

たちを驚かす。午前十時ころには、その数は六百人を超えていた。ドン・コザック合唱団公演の入場券を買い求める人たちであった。入場券はまたたくまに売り切れ、追加公演が発表されている。戦後復興途上の日本人は、世界をさすらう望郷の合唱団の澄みきった歌声を求めていたのだ。

一九五六年三月二十四日、ドン・コザック合唱団一行二十五名が来日、二十七日東京宝塚劇場から日本公演がスタートした。この日午後一時の開演のベルと同時に指揮者のセルゲイ・ジャーロフと二十二人の合唱団員がさっそうと登場、聴衆の拍手がなりやまぬうち、第一曲の聖歌「クレド」を荘重に歌い始めた。太い赤のたてじまズボン、黒地のルバシカ、皮長靴という帝政ロシアのコザック軍団の制服で全員が後ろに手をあてたまま、聖歌ばかり四曲続けて歌った。会場は、シーンと静まりかえっていた。このあとは、舌を鳴らし、口笛を吹くといった軽い調子で、「皇帝に捧げし命」ほか四曲のロシア民謡が歌われ、場内も和んでくる。次に流れた曲、それはコザック愛唱の民謡で、日本人にもなじみが深い「ステンカ・ラージン」であった。

この曲が歌われると、それまで静かだった聴衆の間から深いため息のようなどよめきが湧きあがり、それが小波のようにひろがっていった。舞台袖で見守っていた長谷川は、しずかな海面に石を投げて波紋がひろがるように、感動が自然に伝わっていくのを感じ、深く心を動かされた。彼もロシア語で一緒に口ずさんでいた。そして歌いながら、あの時満洲辺境の草原でコザックたちと飲み歌った宴が蘇ってきた。あれはいまから二十年前、一九三七(昭和十二)年夏のことであった。

長谷川がこの歌を初めて耳にしたのは、大阪で過ごした学生時代、いま目の前で素晴らしい歌を披露してくれているセルゲイ・ジャーロフ指揮によるドン・コザック合唱団のレコードであった。十六世紀に農民叛乱の先頭に立ったコザックの首領ラージンを歌ったこの歌は、長谷川に野性の旅人コザックへの憧れを募らせることになった。

そして二十年前、三十一歳の長谷川は国境兵要調査隊の通訳として、ソ連と国境を接するアルグン川を旅していた。ある日キムラトウという町を訪ねる。ここはもともとシベリアに住み、革命と共に、ソ連から逃れて満洲にやってきたコザックたちが多く住む町だった。ここでコザックたちは酒席をもうけてくれた。二十人ほど集まったこの席で、杯を重ねているうちに、ザバイカルの野性的な辺境人が発散する体臭のせいもあったのかもしれない、長谷川は突然歌いたい衝動にかられる。この時歌ったのが、「ステンカ・ラージン」だった。そして盃をかわすなか、本物のコザックたちとの長年の想いが爆発したのだ。長谷川の見事なリードにコザックたちは、心を揺さぶられる。みんな長谷川のもとに近づき彼を中心に半円をつくり、両腕を腰骨あたりにくんで、胸をはり、女は両腕を前にゆるく組み、うたいはじめた。たちまち地鳴りがするようなバスがうなり、バリトンとソプラノが和し、時折鋭い口笛も混じった。北の辺境で奏でられた野性のハーモニーであった。こうした場にいること、それがうれしかった。これこそが長年自分が求めていたことだった。

あの時キムラトウに集まったコザックたちも、ここで歌うコザックたちも、帰りたいと思っても祖国ロシアへの道が遥かに遠いものであることを知っていた。もしかしたら永遠に閉ざされたままかもしれない。コザックにとってさすらうことは宿命であった。でも故郷に帰りたいという

ドン・コザック合唱団日本公演（© 大辻清司）

想いは変わらない。東京のステージで指揮をとるジャーロフも三十年以上もロシア民謡やロシア正教歌を歌いながら、世界中を旅していた。ロシアの歌を歌いながら、祖国ロシアを想っていたのである。一九二〇年国内戦で敗北し、ロシアを追われ、トルコの難民収容所で飢えと疫病に苦しみながらやっとのことで生きのびたジャーロフは、この収容所で合唱団をつくり、その後仲間たちと共に、ヨーロッパ、アメリカと旅を続けていたのだ。

翌日の公演でドン・コザック合唱団は「バイカル湖のほとり」（原題「放浪者《ブラジャーガ》」）を披露した。ドン・コザック合唱団がこうして日本で公演したのも、荻窪のアパートで、長谷川がこの歌を歌ったことから始まった。

東京での六回の公演はすべて満員売り切れ、そして観衆の心を奪った。このあとドン・コザック合唱団はおよそ一ヶ月日本縦断公演を敢行、日本中に旋風を巻き起こすことになる。長谷川は通訳としてジャーロフと共に、このツアーに随行していた。四月五日浜松高校で地方公演のスタートをきり、関西、九州、四国を巡演したあと、二十日羽田を経由して北海道にわたる。札幌公演を終え、一行は函館に入り、四月二十三日函館HB劇場の公演のあと、湯の川温泉の若松旅館に投宿する。

「忘れ得ざる風景
大きな硝子戸。燃えつづけるストーヴ。その前に長い浴衣をきている小柄なS・ジャーロフ。
妖婆のような微笑を湛えてポートワインの盃をはなさない。外は砂浜。波が泡立ち、打ち寄せている。人影もない砂浜。くだける波海を背景に不思議な笑をもらすジャーロフ。（函館湯の川若松旅館にて）」

（長谷川濬「夢遊病者の手記」）

ストーブの前でワインを飲みつづけるジャーロフの顔がいくぶん赤くなっている。世界をさすらう小柄なコザックの表情が、ロシアの森に棲む魔法使いババ・ヤガーと重なってくる。

■ノート「青鴉」

「北の森に生まれた貴方は
森のざわめきをきき
コーラスに親しんだ。
それは男性のうた声である。
ああ一本のはしばみの木があかつきにうたう

梢にはファルセットの小鳥が
ソリスト
そして森はバスだ……（コードバレー）
貴方は
そのうた声をきいて育ったヴォルガを下る時
貴方は水夫や船曳人夫のあのすばらしいバスを
舟の上できいたであろう
シャーリャピンより
一本のポプラのうたが
貴方にはなつかしいのだ。
森のうた、ロシア人民の声だ。
ジャーロフさん
貴方は妖婆だ。森のババ、ヤガー」
長谷川濬はこの忘れられない場面を、一九五六年七月三日大学ノートにこう書き留めていた。
大学ノートには「青鴉」というタイトルが冠されていた。
「青鴉」と題されたこのノートこそ、戦後の長谷川濬を支えていたものだった。満洲だけでな

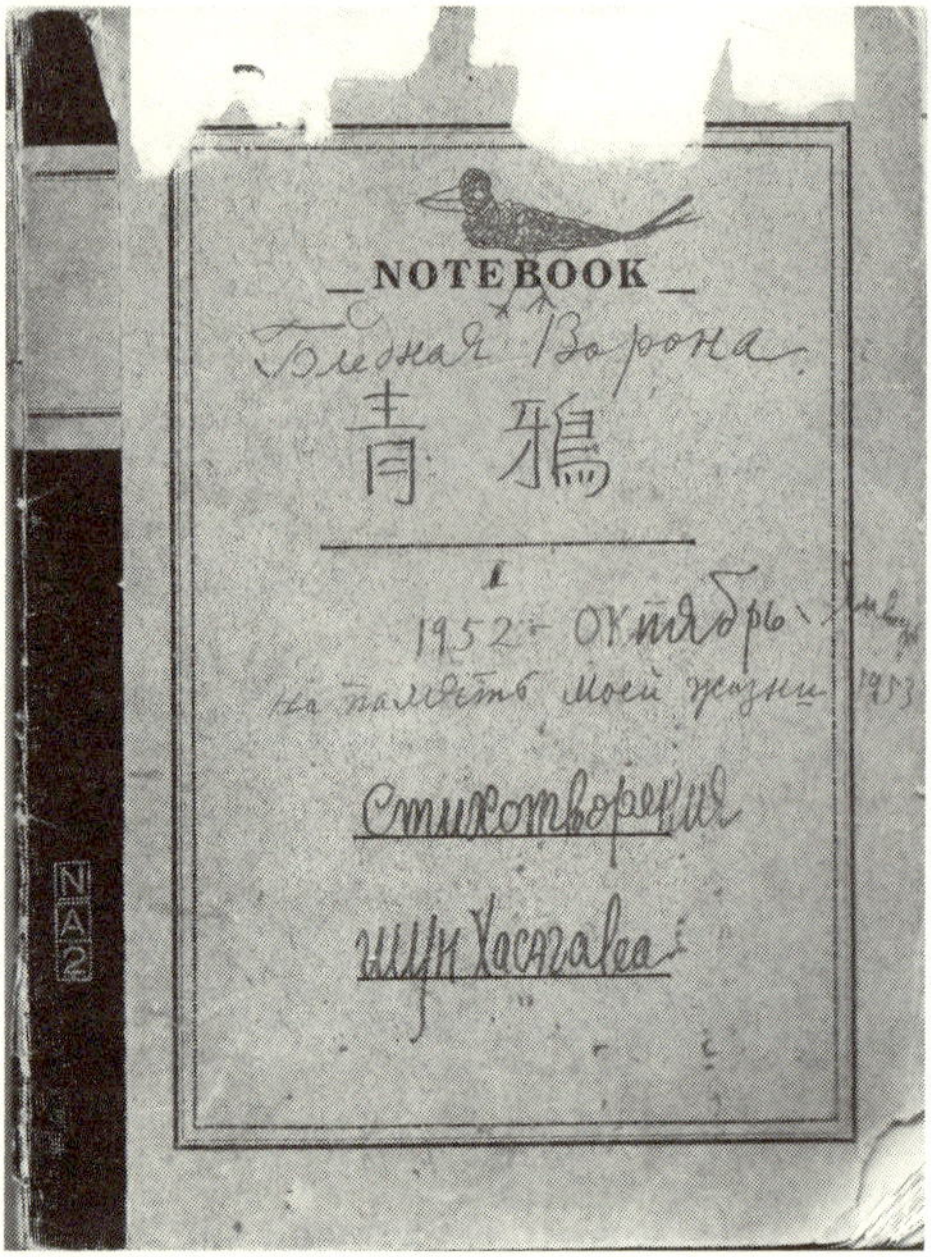

ノート「青鴉」の第一冊

く日本でもベストセラーとなるバイコフの『偉大なる王』の翻訳で一世を風靡し、満洲国では文芸界の中心人物であった長谷川だったが、戦後まったく忘れ去られた存在となった。戦後文学界の中心的存在に君臨していたのは弟の長谷川四郎の方であった。濬は『作文』『動物文学』『文学四季』といった同人誌に原稿料をもらうことなく、逆に会費を納めながら書き続けていた。そしてこうした作品の下書き、日々の感想、読んだ本の感想、見た映画の感想、詩の断片、小説の構想などを大学ノートに書きつづけていた。「青鴉」と題されたこのノートこそが、発表の場所を失った長谷川にとって創作の場のすべてだったといっていいかもしれない。

このノートは、長谷川濬が亡くなったあと次男長谷川寛が大事に保管していた。長谷川は一九五二年から亡くなる一九七三年までノートを書きつづけていた。寛のもとにはおよそ百三十冊のノートが残されていた。私は拙著である神彰の評伝『虚業成れり』の取材中に、寛からこのノートの存在を知った。寛は父がこのノートで神彰について書いた部分のコピーを提供してくれた。アート・フレンドの元同僚や部下たちが知らない神彰の姿がそこにあった。これを書き残した長谷川濬のことが知りたくなり、『虚業成れり』を上梓したあと、寛と何度か会い、長谷川濬の取材が始まった。何度目の取材だったか定かでないが、ノートを全部読みたいという私の申し出に対して、寛は承諾し、何日後かに段ボールに詰め込まれたノートが届いた。B5判の大学ノートには、きれいな字で、詩や小説の下書き、創作ノート、本や映画、芝居の感想、日記、随想、スケッチなどが、ぎっしりと書き込まれていた。彼は戦後およそ八十編近い文学作品を同人誌に発表しているが、すべてこの「青鴉」から生まれたものであった。さらに、このノートには満洲時代の回想、妻文江や子供たちへの思い、亡くなった子供たちや友人たちへの哀悼、自分への叱咤、激励など、彼の真情が余すことなく綴られている。

長谷川濬と交流をもった人たち、例えば劇団文化座代表佐々木愛は、「いつもウォッカとサラミをぶら下げてやってきて、飲むとロシア民謡を歌うんですね、そう大陸浪人のような方でしたね」とふり返っているし、アート・フレンドの後輩にあたる康芳夫《こうよしお》も、「神彰よりスケールが大きい男だったんじゃないか」と思い起こす。戦後政治のフィクサーとなる田中清玄は函館中学で同期だったが、一番馬が合ったのは濬だったと回想している。このように素浪人の如く豪放磊落なイメージがぴったりする長谷川であったが、この「青鴉」の中での彼はナイーブで傷つきやすい魂をさらけだしている。満洲崩壊と共に死んでいった友たち、そして引き揚げ途中に病死した幼き娘への鎮魂、戦後就職もできず、さらには結核のため何度も入院生活をおくるその不遇を嘆き、年を重ね、入院することが多くなる中で強まる死への恐怖、幼くして亡くなった長男満の死に対して、自分が死なせたという後悔、妻文江への愛、弟四郎への恨みなども赤裸々に長谷川は繰り返し書きつづけた。

寛や長女嶺子《れいこ》は、家庭の中での父は、いつも明るく気さくに映画や音楽の話をしてくれたことを思い出している。就職もせず、豪放磊落、飄々と生きていた長谷川であったが、ナイーブで傷つきやすい一面ももっていた。相反するようなイメージを重ね合わせていくと、長谷川濬という男の実像が浮かびあがってくるようだった。

最初の一冊のノートが書かれたのは、一九五二年十月なのであるが、その巻頭に「青鴉」と題された詩がある。

「吾
薄明の空に
青鴉の
一羽
すみやかに
とぶを見たり
ただ
一度
それだけ……。」

さらに、ノートの裏表紙には、こんな一節も記されている。

「死ぬことを止めよ！　生きて、生きて、血を流せ。
青鴉よ！　君の胸に止まれ！　虚妄の虹よ、永遠に」

鴉の象徴ともいえる「黒」を「青」にしたところに、長谷川の思いがあったはずだ。薄明の空に、飛び立つ青鴉のイメージには、生と死の間の永遠の真実、それをつかみ取ろうとすると、消えてしまう、そんな儚《はかな》い幻の姿が、仮託されているような気がする。

第一章　木靴《サボ》をはいて

■コスモポリタンの街函館

この「青鴉」のなかで何度も何度も繰り返し書いていること、それは生まれ故郷函館のことであった。

二十年ぶりの帰郷となった函館訪問で、長谷川の胸は否応なく高鳴っていた。ジャーロフは、興奮して少年時代の思い出を語る長谷川の顔をじっと見つめていた。音を立てながら燃えるストーブで静かに揺れる炎を見ながら、長谷川はその炎の向こうに、自分が二十年間すごした函館の風景、そしてそこで暮らした両親や兄弟妹の顔を思い浮かべていた。

一九〇六（明治三十九）年七月四日、長谷川濬は、長谷川淑夫（清から改名）と由起の三男として、函館市で生まれた。函館で生を受け、少年時代をすごしたこと、そして長谷川家の血脈を受け継いだこと、それは濬にとってひとつの宿命のように終生つきまとうことになる。そう、彼自身も認めている。晩年「青鴉」の中で彼はこのようにふりかえっている。

「ぼくが
北海道の港町函館に
生まれ、育ったと云うことは
ぼくの一生をきめた。
函館の全盛時代
つまり漁業と貿易が
最も盛んな頃に幼少青年時代をすごしたと云うこと
伝統のない
寄合の、植民地的な
海港に
自由主義で異国趣味の
ある父のもとに育てられたことは
ぼくを決定的な方向と

性格に形成せしめた」

長谷川濬の人生は、函館と父、さらに兄弟たちの存在抜きに語れない。

父も母も新潟佐渡の出身であった。長谷川家は祖父の代まで幕府金座役人年寄役をしていた。父、淑夫は、初等教育を終えたあと、自由民権思想へのあこがれを胸に上京、東京帝国大学で学んでいたが、父が亡くなったのにともない、学業半ばで佐渡に戻り、相川の高等小学校教師を経て、佐渡中学の英語教師になっている。教え子のひとりに、北一輝（一八八三―一九三七）がいた。北の思想形成に淑夫は大きな影響を与えたと言われている。一八九九（明治三十二）年羽茂村の医師兼儒者葛西周禎の長女由起と結婚した淑夫は、一九〇一（明治三十四）年に佐渡中学を辞め、上京。政治雑誌『王道』創刊に参加する。在京中に北一輝は、わざわざ淑夫を訪ねるために上京したことがあったという。

一九〇二年、佐渡出身で函館の『北海新聞』主筆をつとめた大久保達のすすめに応じ、函館に移住、『北海新聞』主筆となった。翌年函館区会議員に当選、清から淑夫と改名したのは、濬が生まれた翌年のことである。

一九一〇年連載記事「昔の女と今の女」が、内務省によって「皇室ノ尊厳ヲ冒瀆スルモノ」として告発され、禁固刑を受けるほか、区会議員も解雇され、『北海新聞』も廃刊に追い込まれる。

一九一二（明治四十五／大正元）年六月、『函館日日新聞』を買収した平出喜三郎に主筆として迎えられ、『函館新聞』をおこし、一九一九年には社長兼主筆に就任した。

不敬罪によって監獄に入れられながらも屈することなく、その後もトロツキーの本を紹介し、二度逮捕されるなど、淑夫は反体制ジャーナリストとして官憲からにらまれる存在になっていた。ただリベラルな反体制派として一筋縄でくくれないところに、長谷川淑夫の奥深さがある。教え子だった北一輝に慕われていただけでなく、大川周明（一八八六―一九五七）や内田良平（一八七四―一九三七）などの国家主義者とも親交を結んでいた。後述するが濬の満洲行きには、大川周明が大きな役割を果たしている。左翼も右翼もいっしょに抱え込んでしまうこの懐の大きさと深さ、そしてどちら側にもつかないというコスモポリタン的な精神こそが、長谷川家の血脈であり、子供たちにも受け継がれていくものだった。子供たちは、権威に歯向かうことを当然のこととして受けとめていた。さらに大きかったのは、母が社会の権威として厳然と彼らの前に立ちはだかっていたことである。漢学者を父にもつ母由起は、一貫して形式を重んじた教育で子供たちに対峙していた。

「父は新聞社主筆、歌よみにしてロマン派、浪費家にして理想主義的自由人。母は漢学の出にして、傲慢、虚栄の才女型にして典型的偽善家」と濬は日記にも書いているが、母親のほとんど世間体だけを意識したしつけは、ある意味で権威の象徴となった。

父と母の強烈な、しかも相反する個性のもとで育てられた子供たちは、青年になり、自我を認識するようになってから、親に反発することをバネとして、めいめいが独自の道を歩くことになる。

「あの母の教育としつけと父の権威がどれほど幼少年の心に重量を加えたことか。その反抗が成年になってから現れたのである。満洲・日本に於ける行動。あの母のアカデミズムと君臨と形式主義。子供たちはみんな同じように反抗し分離して行った。一匹狼に。これでいいのだ。牧逸馬、潾二郎、濬、四郎、玉江みんな同様。」（「青鴉」）

こうした反抗が正当であることを教えてくれたのは、父に他ならない。リベラルと右翼的思想を混在させながらも、権力に対しては激しく抵抗した父親淑夫は、子供たちには放任主義をとっていた。反抗はこうした父親の放任主義によって育まれていった。

「父の拘泥せざる自由なる魂の放任は子供を個性的に成長せしめ形成せしめたり。海太郎然り、潾二郎然り」と濬が日記に書いているように、子供たち、特に男四兄弟は、それぞれ個性的な人生をたどることになる。

長男海太郎（一九〇〇―三五）は、まったく独自な道を歩み、濬にとっては、父以上に大きな存在となった。彼は大正末、アメリカに渡って各地を放浪し、帰国後、谷譲次の筆名で小説「めりけんじゃっぷ」の連作を発表し、世間を驚かせる。いままでの日本文学にはみられなかったリズミカルな文体で、スケールの大きな無国籍文学をつくりあげた。それだけでなく牧逸馬の筆名でメロドラマ小説、林不忘の筆名で丹下左膳ものの時代小説と、三つの筆名を使い分けておびただしい数の作品を発表、昭和初年大衆作家の旗手となった。

次男の長谷川潾二郎（一九〇四―八八）は、一九三一年パリに遊学して絵画修業にはげみ、徹底したモノへの観察から風景画や静物画を通じて独自の画風をつくりあげた。さらには地味井平造の筆名で、昭和モダニズムを代表する雑誌『新青年』に実験的な話法による一群の探偵小説を発表する異才でもあった。

四男の長谷川四郎（一九〇九―八七）は、濬と同じく満洲に渡り、満鉄調査部に勤めていたが、現地で召集され、敗戦後、シベリアに抑留されている。帰国してのち、五年にわたった抑留体験をもとにした短編連作『シベリア物語』などで、戦後文学の一翼をになうことになる。

それぞれ大衆文学・美術・純文学で名をなした兄弟にはさまれたなかに、三男、濬がいたのである。

■ロシアがにおう街

長谷川濬が生まれ、幼年・少年時代をすごした家は、元町の、いまはチャチャ坂と呼ばれている坂の途中にあった。坂の上からすぐに函館の港を見下ろすことができる。どこに行っても海にぶつかった。海の匂いが家の隅々にまで入り込んできた。ポプラ並木の小さな路地に面して聳えていた緑色の玉葱型屋根の白いドームとハリストス教会、そして家のすぐ目の前には赤い煉瓦づくりのカトリック教会があった。港には外国船が停泊し、外国人の船員たちが、街を行き来していた。異国はすぐそばにあったのである。なにより濬にとって身近な異国はロシアであった。長谷川濬が少年時代をおくっていた当時、函館はロシア人で溢れていた。ロシアの港と往復する船が毎日のように寄港し、金髪の、腕に入れ墨をして赤いソバカス顔をしたロシア人水兵たちが、街を闊歩していた。

水兵だけではなくさらに、革命ロシアから逃れ、函館に流れ着いた白系ロシア人たちもこの街で暮らしていた。彼らは、パンや布地（ラシャ）を売り歩いていた。大正末期から昭和初期にかけて函館の団助沢に「ロスケ部落」と呼ばれた集落もあった。旧正教徒と呼ばれた人たちが、ここに集落をつくっていたのだ。濬は、ここによく出入りしていた。「団助沢」と題された散文詩がある（『木靴《サボ》をはいて』）。

「団助沢は川汲峠へ通る村路にある小さい部落で、そこに白系ロシヤ人《ママ》が集団的に住みついてロシヤの農村的気分をかもし出していた。　若い娘がサラファンを着て、馬車に乗ったり、馬の世話をしたり、子供たちが道で小骨遊《バーブキ》びをやったりしていた。」

正教会の総主教ニーコンが強制した儀礼の変更を認めない、旧正教徒と呼ばれる人たちが、ロシア革命後新たな居住地を求めて、シベリアから極東、そして函館へと流れてきた。昭和初期まで、旧正教徒たちが函館の湯の川や団助沢に集落をつくっていた。家のすぐそばにあったハリストス教会にも、団助沢のロシア人たちがよく来ていた。日本人とロシア人の信者たちが歌う賛美歌の澄みきった歌声を、濬はいつも耳にしていた。彼はこの歌に引き込まれるように、教会に顔を出すようになる。

「白いシャツそでむき出した
百姓たちの顔、顔
金らんの僧侶と香の煙
高唱する祈りに
十字を切る信者たち
日本人、ロシヤ人の合唱団」

（「ハリストス教会」『木靴をはいて』）

この教会には、白いあごひげの日本人、白岩徳太郎神父がいた。濬は白岩神父のもとでロシア語を学びはじめる。

「ぼくのロシア語」と題したエッセイの中で、当時のことをこう振り返っている。

「ぼくの幼少時代には、函館はロシヤ領漁業の根拠地で、これに伴う貿易が盛んで、ウラジオストーク、ニコラエフスク、ペトロパブロフスクその他のロシヤの土地や港と往来する人力で賑やかだった。従ってロシヤ語は英語よりも日常生活に用いられ、街頭にはロシヤ語の看板、商店街にはロシヤ語の会話、春先になるとウラジオストークからロシヤ義勇艦隊が入港し、町中ロシヤ人臭くなる。だから、ぼくは自らロシヤ語の会話から、方々ロシヤ語の単語やフレーズを耳より覚えて、やってくるロシヤ人にあいさつを交わしたりした。「ズラステイ」（今日は）を上陸してくるロシヤ人のマドロスや漁夫にあびせかけると、彼等も人の好い笑顔で「ズラステイ、レベヤータ」と答える。」

ロシアとロシア語は、長谷川濬の身体に自然に染みついていった。彼はロシア語を学んだ動機について同じエッセイの中で、こう語っている。

「動機は隣国人ロシヤ人を研究し、あの地へ赴き、彼等と生活を共にしたいと念じたからだ。そして、ロシヤ文学へのあこがれもあったようである。兄がアルツイバーシェフの『サーニン』に熱中したり、ゴーリキーの『どん底』を読んだりしていたせいかも知れないが、海の彼方よりやって来る赤つら赤ひげの長靴をはいたロシヤ人、またひさしの短い学生帽をぴたっと冠った若いロシヤ青年のいかす姿にあこがれ、その国のもつ何ものかを研究したいと念じたのである。」

■憧れの兄・海太郎

一九一三（大正二）年濬は弥生尋常小学校に入学する。かつて石川啄木が教鞭をとったことでも知られる学校である。作家亀井勝一郎（一九〇七—六六）は、同級生のひとりであった。ここを卒業し、近くの函館中学に入学した一九二〇年に、長兄海太郎が、横浜からアメリカに渡っている。その後海太郎は、さまざまな職業につきながら、アメリカ大陸を放浪することになる。少年時代の濬にとって兄の海太郎は、英雄であった。

「兄海太郎佐渡に生まれ、海の中なる島の生まれなれば、父淑夫海太郎と名づく。浪漫的なり。

海太郎は変わった快男児であった。やはり長谷川的性格で、坊ちゃんで浪漫的で、気むずかしくて、淡白で。とにかく私は弟として兄が好きであった。

海太郎のアメリカ生活は彼の自由とアメリカ的才気と雰囲気が溢れていたかのように見えるが、実はみみちくて、現実的でしょんぼりした失意の混沌状態であったにちがいない。彼の楽天性が明るくさせているが、アメリカ生活はそんなに浮いた生活ではない。とにかく仕事の口があれば生活出来る。彼は無味乾燥な地方の大学生活をとび出して働く人々の中に入って苦労した事が結局彼を創り出した。アカデミズムの大学で留学生的生活で、日本にめでたく帰朝し、何をやるのか、大学の講師位が関の山だ。肌で生きることを私に教えた海太郎は私の手本だ。（中略）私のカムチャッカ行きは兄の暗示とすすめによる。」

（「青鴉」一九六三年八月）

アメリカからの手紙の中で、海太郎は濬をスタンリー（ちなみに弟の四郎はアーサー）と呼んでいた。兄は濬に、船乗りになることを勧めていた。

兄がアメリカに渡った翌一九二一（大正十）年四月十四日深夜、函館の町に半鐘の音が鳴り響いた。濬は寝間着のまま縁側にかけ出しカーテンを引くと真っ赤な炎が、広大な闇のなか、めらめらと立ちのぼっていた。ガラスが音を立ててはじける音が聞こえ、あちこちに人の足音、叫びが聞こえた。海に囲まれた半島の街函館で火災が起こると、風通しの良さが仇になり、火の手はすぐに街を覆い尽くすことになる。この日も、下町で発生した火事は、瞬く間に長谷川家が住んでいた山の手まで広がってきた。

二千戸の家が焼き尽くされたこの大火で、長谷川の家も全焼、一家は千代ヶ岱《ちよだい》の仮の平屋に移ったあと、翌年谷地頭《やちがしら》の連隊司令部のそばに新築した家へ引っ越す。函館山の麓、函館八幡宮の近く、鬱蒼とした森の中に立てられた家の庭には、アカシアの木が植えられて、木の下にはベンチが置かれていた。ここが濬の孤独を癒す場となった。このベンチでひとりチェーホフやツルゲー

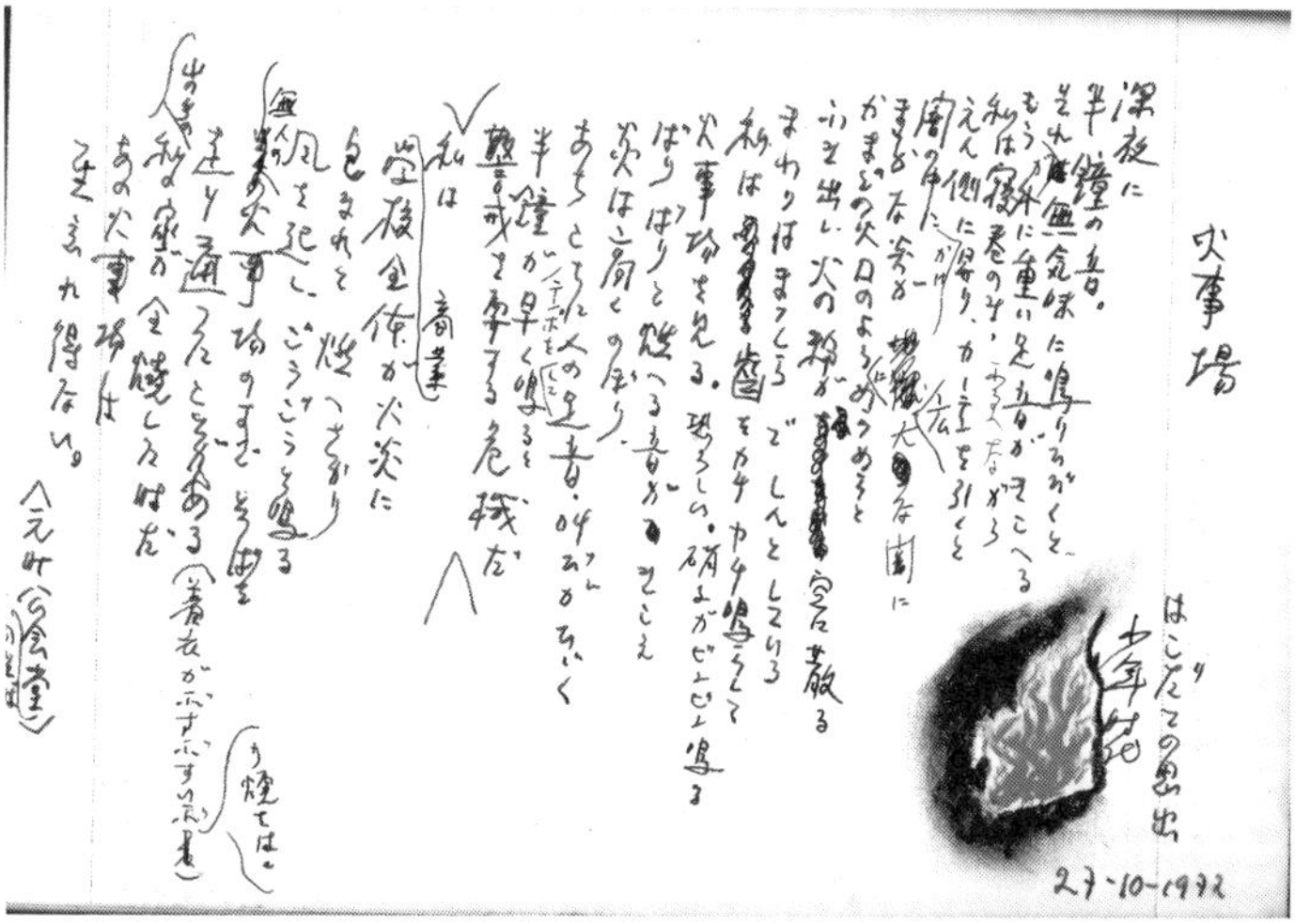

ノート「青鴉」より

ネフの本を読みふけり、そしてロシア民謡や聖歌を口ずさむ——それが濬にはなによりも落ち着く時であった。ここから十分ほど歩いたところに立待岬《たちまちみさき》があった。本州下北半島をのぞむことができる絶壁の下には、激しく波が渦巻く海があった。ここで泳ぐことは、濬にとって夏の最大の楽しみであった。今では遊泳禁止になっているこの荒海に、断崖から飛び込む快感、海と一体になる喜びはなんともいえなかった。海は、濬にとって身体の一部となっていく。

谷地頭に引っ越しして一年後、濬が中学三年生のときだった。アメリカに留学していたはずの兄の海太郎がふと舞い戻ってくる。この日のことを「我が兄帰国のこと」というエッセイの中でこう書いている。

長兄・長谷川海太郎

「私が中学三年生のとき、学校が終って帰宅し、茶の間に入ると、見なれない洋服の男がすわっていた。一人で。私を見るや、「おお、シュンチャン」と声をかけたので、私は敷居の処に立った。その男は立ち上った。背の高い男だ。よく見た。それは兄の海太郎であった。ニカボカーをはいていた。それが大正十三年の春より夏にかけての時である。兄は私が中学一年のとき、アメリカオベリン大学へ入学すべく香取丸で米国へ赴き、その後時折の便りで、通信を絶ち、それからパナマ運河、オーストラリヤの港から通信があり、そのまま絶えた。そしていきなり私の家（函館谷地頭の）に姿を現わした。「背のびたな」兄は私と並んで背くらべした。夕方父が社から帰って来たが、父の表情はきびしかった。よく帰ったな……と云う歓迎のことばはない。兄がオベリン大学卒業のめでたい帰国でなく、着のみ着のままのバガボンド姿でトランク一つ——その中には水兵のシャツと帽子だけの旅姿でブラリと帰郷したのだ。

父のきびしい質問に、しどろもどろの兄の姿に私はすっかり同情した。結局兄は再渡航の途中家へ寄ったと云う形にして、父は兄の帰宅を認めた。これから新しい兄の生活がはじまった。」

故郷に錦を飾る帰郷ではなく、まさに「放蕩息子家に帰る」となった兄の帰還の姿が、それでも濬にはまぶしかった。兄の突然の帰郷を鮮明に思い起こす濬の兄海太郎への目線の彼方にあるもの、それは海の向こうへの羨望以外のなにものでもない。自分も海に出たい、そして世界を彷徨《さまよ》いたい、最初に向かうところは大好きなロシアしかない、そんな決意が濬のなかに育まれていった。

そして中学を卒業した一九二五（大正十四）年、濬は、両親の反対を押し切って、漁船に乗りこみ、カムチャツカ半島ペトロパブロフスクに向かうのである。

第二章　初恋の行方

■初めての船出

「二十歳の夏、私ははじめて北の船旅に出た。カムチャツカ・ペトロパブロフスクへの旅立ちだ。H丸と云う小さな貨物船に乗って……。

私の父、妹、従妹がサンパン（艀のこと—引用者注）で送ってくれた。夏の日の午後、船は錨をあげて函館港を出た。

私にとって、はじめての航海であった。

港内をゆっくりと出る船、サンパンには妹、従妹が私を見送っていた。私は甲板に立って、段々に小さくなるサンパンと函館の山や人家、港をながめていた。

あの黙って伏目勝の従妹の白い顔が私の眼底にやきつけられた。

はじめての船出――私の人生の旅立でもあった。防波堤をまわるともう港外で、船はフルスピードのリングアップ。デスクロのピストンが動き、船は大きなうねりに乗って、北へ進路をとった。この初航海は私が海の洗礼をうける最初の行事で、私にとっては忘るべからざる旅立ちであった。北へ……北へ。かくして私の人生は現実として動きはじめた。」

（「私の初めての船出」『木靴をはいて』）

長谷川濬にとって、このカムチャツカへの初めての航海は、人生の最初の大きな転機となった。彼は、何度もこの航海のことを「青鴉」に書き留めている。例えば一九五七年十月十六日の日記に「人間には一つのさだめのようなものがある。二十歳の時、カムチャツカに渡った。あの時の気運が私の一生を支配しているのではないかと思う。海へ出る。ロシヤ人とロシヤ語。北方への執着、これが私の文学の素だ。満洲の北の旅、アムール河、ダライ湖もそれに連なる」と書いている。北洋航海に出ることは、長年の夢だった。アメリカに渡り、そのあと船乗りとして世界を渡り歩いていた兄海太郎の影響も大きかったが、小さい頃からロシア人と接し、ロシア語を学んでいた濬にとって、海とロシアを結びつけるこの旅は、まさに青春への旅立ちを意味していた。未来が、無限の可能性が、海の向うにはあったはずだ。この後、濬はおよそ四年間日魯漁業（現マルハ）に雇われるかたちで、カムチャツカ航海、函館、伊豆の北川《ほっかわ》で漁業に従事する。

見送りに来ていた従妹とは、ひとつ年下の章子《あやこ》である。章子の弟が病気療養のため函館でひと夏すごす際に、付き添いとして章子が長谷川の家に滞在することになった。濬が最初の航海に旅立つ前のおよそ一ヶ月の間、ひとつ屋根の下で過ごすことになったのだ。立待岬や尻沢辺浜で一緒に泳いだり、大沼公園に行ったり、トランプをしたり、忘れがたいひと夏を共におくった。

およそ一ヶ月のカムチャツカへの旅を終えて函館に戻ると、ふたりのいとこはもう実家のある福島に帰っていた。長谷川はすぐに章子に手紙を書いた。まもなく章子から返事がとどく。こうしてふたりの文通が始まった。章子の手紙は、いつも便箋四枚から五枚と長文で、濬の手紙に対する返事のような内容だったが、濬からすれば、若い女性からもらうはじめての手紙であり、封を切るときから、心をときめかすようになる。

頻繁に濬のもとに届く章子からの手紙に、母親は警戒しはじめる。母は、章子から手紙が届くたびに、濬に対して「いとこはあなたの血の通った妹ですよ。おばあさんから見たらあにいもうとのような間柄ですよ」と言って、ふたりが恋愛に陥るのを咎めた。母のこうした注意で、濬が章子を諦めるわけもなく、逆に思いを募らせることになる。

長谷川は、「青鴉」の中に、章子との恋の行方をメモした「斉藤と章子の邂逅てんまつ」という覚書も残している。その中で、この間の気持ちをこう書いている。

「母が警戒し、その文通に対して神経質になっているのを私は感取したが、私は相変わらず手紙を書いた。返事が来ると、私はこの手紙をていねいにしまっておき、時々とり出しては読みふけった。つまり二人はラブレターを交わしていたのだ。手紙の内容は愛とか、恋とか、愛の悩み等々の文字はなかったが、文字と文字の間に、何か彼女の思いが満ちているように感じられ、彼女が夜ひとりで起きて手紙を書いている姿などを想い忍んでぼんやりする夕方があったり、つまり私は手紙の往復によって異性への憧れや悩みや思いを従妹章子と云う女性に漠とのべて、その青春の女性への愛情を吐露していたのである。母の注意があまりうるさいので私は伊豆の漁場見習い生として、出張員となり、冬は函館を離れ、途中福島で章子と会って、深夜のプラットホームで別れた。その時の白い顔を忘れないようにつとめ、カムチャトカのみやげに金貨を一枚彼女におくった。」

章子との交流を母に邪魔されないために、長谷川は函館を離れた場所での仕事を選び、最初は真鶴《まなづる》、その後は伊豆北川《ほっかわ》に移り、漁場に仕掛けられた網から魚を盗まれないように監視する仕事をしていた。伊豆大島を望む下宿屋の二階で、長谷川は、母からの妨害を気にせず、章子に手紙を書き続けた。そして仕事が終わり伊豆から函館に帰る途中、福島に寄っていたのだ。章子はこのあと東京の体育学校に入学する。

互いに別な道を歩き始め、離ればなれになり、これで自然に別れることもできたはずだ。

「私は函館に帰った。私は私事用の手提げカバンに彼女の手紙の束を一気呵成に束ねてしまいこんでおいた。ある時あけて見ると手紙がばらばらになり、乱暴に荒らされてあるのを発見し、すぐに母が私の留守のときこっそりとひらいて、中味をよんだのだと直感した。私はさり気ない顔ですごした。その時から文通はあまり交わさなくなった。私はカムチャトカのボグシエレーツク北キレカ四号漁場に働きに出た。その秋函館に帰り、東京に会社の慰安旅行に出かけたのだが、東京は広く、ただ省線電車がプラットホームにつくとその人波の中に章子の姿をぼんやりさがし求める夢のような思いがあるだけであった。」

（「斉藤と章子の邂逅てんまつ」）

■青春の罠

長谷川は漁業の仕事をやめて、本格的にロシア語を学ぶために、大阪外国語学校（現大阪大学外国語学部）を受験することを決意する。大阪の叔父（母方）の家に寄宿し、一九二八年入学試験をロシア語でうけるが、ロシア語はパスしたものの、他の学科が成績不良で受験失敗。浪人して大阪で受験勉強することを決めて、両親に相談するために四月はじめ函館に戻る。

このとき章子が、まさか函館にいるとは長谷川は思いもよらなかったにちがいない。章子は、東京の体育学校を出て、函館高等女学校の体操教師として勤務、長谷川の家から学校に通っていたのである。手紙のやりとりもしばらく途絶えていたし、淡い恋心も自然に消えたはずだったたのだが、ふたりは思いもかけなかった再会で、再び叶わぬ恋心を蘇らせることになる。

「或る夕、私は章子によく手紙をやりとりしたものだと話し合った。そのとき私は東京に出ると、やっぱり章子の姿を求めた。あの手紙をやった時がなつかしいと云った。章子も何か追想にふける顔付きであった。私は急に胸が熱くなって、彼女に接吻した。私ははじめて女の唇に自分の唇をつけた。章子は私の接吻に応えて私を抱き、接吻を返し、そして二人は何も云わずキッスをくり返し、またくり返した。その時「これが最後です。これできれいに別れましょう。これが最後です」と云った。二人は深夜にいたるまで抱き合って、涙を流した。そして私は夜おそく兄や弟のいる寝室に入って寝た。」

このあとふたりのあいだでは何もおこらなかった。濬は受験勉強のために大阪に戻った。この大阪で思いもかけなかったことが、待ち構えていたのである。

章子と別れて大阪の叔父の家に戻った長谷川は、引っ越しの準備をしていた。父は、大阪での浪人生活を認めたが、いつまでも叔父の家に長逗留させるわけにはいかないだろうと、他の下宿先を探すように濬に命じていた。次の下宿先を決め、引っ越しの準備を深夜までやっていた時のことだった。

一九二八（昭和三）年七月四日。この日は長谷川濬二十三歳の誕生日であった。思いがけない誕生祝いが待ち構えていたのである。
三十六歳になる叔父の妻が、突然長谷川の部屋に姿を現し、抱きつき、唇を求めてきた。あまりにも突然のことに長谷川は、身体を硬直させた。人妻の誘惑に理性は拒もうとしても、性をまだ知らない若い身体は、自然に反応し人妻の身体を求めはじめていた。人妻は老獪であった。じらすかのように、長谷川の思い通りにはさせなかった。つまり射精させなかったのである。彼女にとって大事なことは自分の欲望を満足させることだけだった。長谷川の身体をさんざんまさぐったあと、部屋をあとにした。いままで触れたことのない女体を知り、そして強烈な接吻に彼の頭はすっかり真っ白になっていた。この夜彼は一睡もできなかった。
三十年後になって、「人非人《ひとでなし》の歌える」と題した詩のなかで、この夜のことを生々しく思い起こしている。
「淫蕩な女よ
お前の唇が私の唇に、舌が舌にふれたとき
私は私の一切の、二十三歳の
ほこりも功名も流してしまった
青春のもろさよ
青麦の香り

ねばった汁の香り
かくして性のとりこになった私は
甘い蜜にひかれる虫のように
お前の肉体に突進した
何たる童貞！」

（「青鴉」一九六八年六月）

長谷川はこの日からすっかり人妻の肉体の奴隷になってしまった。引っ越し先の寺に人妻は毎晩のように姿を現し、長谷川を誘惑した。おそらく人妻にとっては火遊びであったのだろうが、長谷川のなかに次第に罪悪感が生まれてくる。叔父に告白したいと何度も言う長谷川に対して、女は短刀を抜いて、そんなことしたら死んでやるとおどかした。こんな情事がいつまでも隠しとおされるわけもなく、やがてふたりの情事は発覚、長谷川は大阪から追放される。

大阪を追われた長谷川は、夜汽車と、連絡船を乗り継ぎ、函館へ戻る。みじめな旅路であった。なにも喉を通らなかった。水さえ飲むことができなかった。車窓に映るなさけない顔をずっと見つめていた。自分が犯した罪の重さをかみしめながら、我を失い、函館谷地頭の自宅にたどりついた。蒼白な顔をして、玄関の前で、呆然と立ち尽くす兄の姿を見て、家に居合わせた弟の四郎は、驚く。濬は、カバンを茶の間に置き、はだしのまま家をとび出し、裏山に駆け上っていた。あとを追いかけてきた四郎に、大阪での不倫の顛末を涙ながらに告白する。四郎は、このことを母に伝える。この夜のことを長谷川は、何度も何度も「青鴉」に書くことになる。

「げに人非人《ひとでなし》の行いに荒れ狂いよき人を悩まし、号泣せしめし罪の深さ。浪花の都を追われ、津軽の海を越えてなすすべなくふるさとの土を踏む我なりき。はだしのまま裏山にかけ昇り、弟に言いせまられて苦しき告白の夜。

「ああ人非人よ、ひとでなし」と罵られ呼ばれて母に打たれてより、我が母への愛慕は足踏みして中止。以後母への呼ぶ声のゆがめるは、我が卑屈なる負い目か。」

（「青鴉」一九六八年八月）

自分の犯した過ちに対しての負い目よりも、ここで我が母から、殴打され、「人非人（ひとでなし）」と罵られたことに彼は衝撃を受ける。確かに自分がしたことは、不倫であり、母にも恥をかかせてしまった。反省はしている、ただ自分の子供に対してひとでなしとまでいい、罵るその目にひそむ憎悪の深さに、彼は戦慄したのだ。これは、生涯のトラウマとなる。この日以来ふたりの間では、母と子という関係が切れたと言ってもいいかもしれない。

仕事から戻ってきた父淑夫は、ことの次第を知り、母を伴い、すぐに大阪に向かう。濬が誘惑されたとはいえ、叔母の求めに応じたのはまぎれもない事実、ただただ平謝りをし、息子の非を詫びた。父は、このまま息子のロシアへの想いを途絶えさせたくなかった。とにかく大阪でロシア語の勉強を続けさせるため、父は全力を尽くした。函館に戻ってきた父は、濬にふたたび大阪で勉強することを勧めた。濬にとって救いのことばであった。

■大阪外語時代

大阪に戻り、受験勉強に集中した濬は、翌年四月大阪外国語学校に入学する。

「私は叔父から断絶されてひとり勉強し、二十四歳で外語ロシア語科に入学した。そして学生生活を送り、専らトルストイをよみ、罪の意識が私のまわりを見る眼が変わり、反社会的になり、アナーキーになり、兄弟四郎にも反逆的になり、内攻的になった。」（「青鴉」）

海と北方に憧れていた長谷川濬は、大学入学という、普通の人であれば門出の時に、母と弟の信頼を失うばかりか、姦通の罪に対して、母から投げつけられた「人非人」ということばに、向き合うことを余儀なくされるのである。

その罪滅ぼしが、ロシア語を学ぶことであり、トルストイを読むことであった。

「大阪の四年間は
トルストイの「クロイツェルソナタ」を信条とせり。
鞭打たれてはじめて
母の母たるを知れり
たらい廻しの末に

人非人とよばれたる
二十三歳の我は
ああ世間態にのみ
マスクをかぶりて若き命の
つづくままに
学ぶを命令せられたり。
我がロシア語はこの鉄かせをはめられたる身に習得せる罪ほろぼしなり。
故に常人のロシア語学習に非ざりしを今更痛感す。」
（「青鴉」一九六八年八月）

そんな時、北西鸖《きたにしつる》（鶴）太郎《たろう》という国文学の教授と出会うことで、彼は文学の道に一歩足を踏み入れることになる。戦後満洲から戻り、北西と久しぶりに再会した日に書かれた「青鴉」のなかで、この教授について次のように評している。

「私に文学をふきこんだ自由人
寛大でもの分かりのいい人
奥さんと子供を愛する
日本の古典に通じる人

私の小説を無断で掲載した人
男女の微妙心に通じる人、
ああ云う人になりたい。」

（「青鴉」一九五四年八月）

私の小説というのは、自分を苦しめ続けていた叔母との不倫事件について書いた「或るドクトルの告白」のことで、長谷川濬が書いた最初の小説であった。この処女作を読んだ北西は、大学の校友会機関誌『咲耶』に掲載したのである（一九三二年）。

この小説では過ちを犯した自分自身を主人公とはせず、不倫相手の夫であり叔父である医者の独白という形式をとっている。最後に妻と不倫した甥の手紙が紹介されているのだが、ここでその時の自分の気持ちを正直に吐露している。

「私は二十二歳で、始めて人間らしい苦悩を知りました。何にも弁解しません。新しい人生の道が開けるのか、どうか、慈愛の一撃を永久の愛の印として、私は去ります。死ぬ事は愚です。重い荷を背負ってよじ上がる——之が私の人生行路でせう。新しい生活と真面目な態度とは何であるか、私に判って来た様な気がします。私は泣きません……。」

処女作ですでに彼は「重い荷を背負ってよじ上がる——之が私の人生行路でせう」と罪を背負って生きていく自分の人生指針の決意を表明している。

「或るドクトルの告白」を書くことで、いままで眠っていた長谷川一族の血脈が目覚めたのかもしれない。父淑夫、兄海太郎や潾二郎、そして弟四郎と同じように濬もまた作家として歩き始めることになった。その意味でもこの処女作は大きな意義をもっている（この処女作「或るドクトルの告白」は、戦前から同人であった文学同人誌『作文』二〇〇号（二〇一〇年五月）に再掲載されている）。

「人非人」という罪を背負い、トルストイを支えにしながらも、その捌け口を求めるかのように、昼間はラクビーにうちこみ、夜は千日前、宗右衛門町のネオン街を徘徊し、カフェ通いを続ける。その中の一軒「ラ・パロマ」の女給と、一時は真剣な恋愛関係に陥り、結婚を考えたこともあった。新世界の芸者屋の娘につきまとわれ、本人が、「不倫を経て大阪外語時代は苦悩と放埒の時期。女と酒とロシア語」と回想しているように、行く先がみえないまま、青春放浪を続けていた。

この放浪の延長に満洲行きがあったといっていいだろう。

■章子と斉藤の恋

大阪を追放され函館に戻ったとき長谷川は、章子にもこのことを告白するのだが、この時章子は「わたしが悪かった」と一言だけ言って黙りこんでしまった。このあとふたりの間は疎遠になっていた。章子も函館の学校をやめ、福島に帰ってしまっていた。長谷川が大学一年の夏函館に帰郷したとき、章子が長谷川の家に泊まっていた。親類の子を函館まで連れてきているという。たまたまふたりで市電に乗っていた時、小学校からの友人斉藤鉄雄とばったり出くわす。

長谷川にとって、斉藤は小学校からの友人で、気になる存在であった。千代ヶ岱の屠殺場の近くで養鶏場を営む家で育った鉄雄は、文を書くことが好きで、いつも作文の時間には先生に褒められていた。家が貧しかった鉄雄は、金持ちの家で何不自由なく育っていた濬に対して、いつも何か世事にたけたような口ぶりで、見くだしていた。長谷川にとって「デミアン」のような存在だったといえるかもしれない。

夕方久しぶりに斉藤は長谷川の家にやって来た。長谷川は、この時のことをのちに「斉藤と章子の邂逅てんまつ」のなかでこう書いている。

「彼はすっかり老成ぶって、いよいよ私を上から見下すような態度で独特な目付きと口ぶりで応対し、そこへ章子が紅茶を持って仲間に加わり、三人で話した。斉藤の妹が章子の教え子であったことも親しくはなす動機であったようだ。斉藤はギターをやっていた。事業は苦しかったらしい。斉藤を送った章子の目が異様に光っていた。そして章子は斉藤に恋をした。」

長谷川は章子と鉄雄のふたりの恋の連絡役にさせられてしまう。

「翌朝私が起きて、私の部屋に行くと、章子は窓辺に頭をたれて考え込んでいた。私が「斉藤をどう思うか」と聞いたら、涙を流して深くため息をついた。「忘れられない人、あの人と交際したいから、斉藤の処へ私の意志を伝えて交際するように頼んでくれ」と熱心に請うので、私は承諾し、すぐに千代ヶ岱の彼の家へ行った。彼は鶏小屋の屋根裏にせまい部屋を築き、父と断交してひとり住み、ギターをやっていた。私が章子の気持ちを伝えると、彼は水のみに出かけた。壁には泥にまみれた二重まわしがかけてあった。彼はこの二重まわしを指して云った。

「ゆうべ君の家を出てから章子さんの眼光にやられて盲になり、どぶに落ちて、泥んこになってほうほうのていで帰り、一夜苦しんだ。彼女と付き合いたくても俺の家はいま借金、俺は失業。とても対等につき合う柄でない」私は彼女の気持ちを伝えて、家へ帰った。」ふたりはまさに稲妻に打たれたように恋に落ちた。鉄雄の想いを伝えた濬に対して章子は、突然抱きついてきた。

「私は彼女の気持ちを伝えて、家へ帰った。章子は私に抱きついて彼を恋していると告白。私の唇を求めてはなさない。二人は相愛の人のように抱き合ってなぐさめ合っていた。私は恋人の代わりのようにしていた。」

ふたりの恋の行方を、呆気にとられながら、見つめるしかなかった。長谷川は逃げるように大阪へ戻る。そしてふたりは章子の両親や、長谷川家の反対を乗り越え、結婚する。この知らせが大阪の長谷川のもとに届くのは、ずいぶん経ってからのことだった。長谷川の両親が仲人を頼まれたが、それを断わったという話もその時聞いた。

そんなふたりが、突然大阪の濬のもとを訪ねてきたのは、一九三一年の冬のことであった。「私が外語二年生（昭和六年三学期）のとき、章子と鉄雄が大阪にいる私の下宿先に訪ねてきた。斉藤一家がブラジルに移住するので、別れにやって来たと云う。いま神戸にいて、明日午後出帆の移民船で神戸を出ると云うのだ。

二人は私の部屋にすわり、鉄雄は前に、章子はその後ろに座った。章子の私を見る目が何となく意味あり気で、私は内心胸騒ぎを覚えた。それはあの当時、「手紙をやりあった頃、泳ぎに行ったころ、また鉄雄が不在のとき、私を抱いてくれたあなた、あの頃がなつかしいですね」と語っているようにとられた。私の目付きも普通でなかったのであろうが、今でも章子のあの眼光に一つの謎を見る。

翌日移民船は神戸をはなれた。私は埠頭に送る気になれず、丸善隣のドンパルと云う喫茶店でコーヒーをのんでいた。」

（「斉藤と章子の邂逅てんまつ」）

いとこ同士ということで禁断の恋となった初恋の結末、それが章子と鉄雄のブラジル行きだった。別れはあまりにもあっけなく、そして強烈であった。もう二度と会えないであろう。この時彼は喫茶店でコーヒーを飲みながら、日本にい続ける理由を失ったことに気がついたのではないだろうか。

長谷川がドン・コザック合唱団の歌声を聞いたのは、章子と鉄雄が神戸からブラジルに旅立ったあとだった。

「私は二十五歳の時（大阪外国語学校ロシア語の学生の時）はじめてセルゲイ・ジャーロフ指揮するドン・コサック合唱団吹込みのレコードでステンカ・ラージンをきき、その時以来、私はドン・コサック合唱団に魅惑され、あの肉声を直接きいたらどんなにすばらしいであろうかと夢想しつづけた。」

（「青鴉」一九五六年十二月）

ジャーロフが指揮する合唱団の歌声は、彼を北の荒野に誘っていた。

彼が章子と鉄雄が旅立った神戸の港から、満洲へ向けて旅立つのは、この翌年一九三二年五月十五日のことであった。

第二部

南嶺の赤い月

第三章　大いなる哉　満洲

■満洲への旅立ち

章子がブラジルへ旅立った一九三一（昭和六）年九月十八日、関東軍は奉天郊外の柳条湖で南満洲鉄道の線路を爆破、これを中国の仕業として一斉に軍事行動を開始し、翌三二年二月にはハルビンを占領、わずか五ヶ月ほどで満洲全土を占領する。そして三月一日には清朝の廃帝であった溥儀《ふぎ》を元首とした満洲国の建国が宣言された。首都は新京、元号は大同と定められた。

満洲国建国が宣告された一九三二年三月、長谷川濬は大阪外語学校を卒業する（国立の専門学校は三年制だった）。卒業してまもなく長谷川は上京、麹町にある東拓（東洋拓殖株式会社）ビルで行われた自治指導部訓練生の面接試験を受ける。一九〇八年朝鮮の植民地事業を進めるために設立された東洋拓殖株式会社は、満洲建国以降、満洲にも営業範囲を広げ、満鉄と並ぶ国策会社となっていた。

長谷川が受験した自治指導部訓練所は、新国家での官吏養成と育成を目的として一九三二年一月に創設され、その後正式に満洲国が建国されたのにともない、三月十五日自治指導部が解散、その任務を引き継いだ資政局の管轄下におかれ資政訓練所、さらに長谷川が入学したあと大同学院と改称されている。

長谷川濬は、この面接の様子から始まって、大同学院を卒業するまでを貴重な回想録に残している。これは戦後大同学院同窓会が編纂した『大いなる哉　満洲』（一九六六年刊）『碧空緑野三千里』（一九七二年刊）の二冊の本に収められている。この回想録がどういう経緯で書かれたかについては後述することにして、長谷川自身が書き残した文を引用しながら、彼の満洲への最初の道のりを辿りたい。

「昭和七年四月なかばの午前十時頃……、私は、東京麹町の東拓ビル六階の廊下にいた。この廊下には、いろんな青年が方々に屯ろして面接試験の順番を待っていた。集まった青年たちの雰囲気は雑然としていたが、そこに何となく国士型で右翼的な雰囲気をかもし出していた肥大漢が九州弁丸出しで満洲を論じ、当時新聞に伝唱された関東軍参謀の名をよびすてにして友人並に扱い大声に笑っていたり、背広服のサラリーマンタイプ、まだ学生服の青年、紋付に黒袴の壮士風の男、「オッス！」とあいさつする男、みんな若々しく生々として廊下に三三五五かたまり、談笑し、ゆっくり歩いていた。廊下のつき当りに面接室があり、そこへ青年たちは順番で一人一人よばれていた。

私は、ただ満洲国参事官になる日本青年を銓衡していることを漠然と知っている程度で、試問する人は大川周明ときかされた。

正面の扉があいて、黒紋付に袴をつけた見上げるばかりの長身の人が出て来た。角に刈り上げの頭が六尺にあまる背丈の上に小さくチョコンとのり、ギラつく部厚い黒縁の眼鏡の奥に大きな目がギョロリと光り、鼻高く、ひきしまった筋肉質の顔は、なめし革のようで浅黒く、一見インド人かと思われる壮士である。「大川周明だ」と誰かがつぶやいた。私は、はじめて高名なるアジア主義者大川周明を見た。

やがて順番が来て、面接部屋に入った。大きな窓を背に机がならび、そのまん中に先刻の大川周明、その左に軍服に参謀肩章をかけた軍人、その他の人物がズラリと並んでいた。指定の椅子に腰かけた。「満洲に渡ったら、命がけの仕事に従事しなければならない。覚悟はいいか」。

と大川周明がごつごつとした山形弁で訊ねた。

「はい、覚悟してます」とすらすらと反射的に答えた。みんな無言。

「よろしい」と大川周明が言った。

かくして、試問にパスして満洲国行がきまった。」（『碧空緑野三千里』）

ずいぶん簡単な面接だったようだが、この時受験したのは二千名、合格したのはわずか五七名、四十倍の狭き門であった。

長谷川を面接した大川周明は、いうまでもなく日本ファシズムを代表する論客である。山形県酒田市の出身で、東京帝大でインド哲学を学び、植民地インドの現状に目をむけ日本によるアジア解放を提唱する。一九一九年には北一輝らと猶存社を結成し、右翼的国家改造運動のさきがけをなす。まもなく北と対立、一九二五年には行地社を創設、機関誌『月刊日本』を発刊。このころから満洲への進出をさかんに呼びかけ、橋本欣五郎、小磯國昭など軍幹部と結託、三月事件や十月事件などの軍部クーデターに関与している。満洲事変が勃発したときには、「新国家が成立し、その国家と日本との間に、国防同盟ならびに経済同盟が結ばれることによって、国家は満洲を救うとともに日本を救い、かつ支那をも救うことによって、東洋平和の実現に甚大なる貢献をなすであろう」（『文藝春秋』昭和七年三月号「満洲新国家の建設」）と、満洲建国の必要性を強く主張していた。

事変が起きたとき、函館で長谷川濬の父淑夫は、自身の新聞『函館新聞』の中で「王道社会主義」を満洲の中で打ち立て、それは「満洲社会主義とも称すべし」という論を展開している。もともとは儒家の政治思想で、王が仁徳をもとに政治を行うという「王道」と社会主義を強引に結合させたこの主張は、大川周明の考え方をそのまま焼き直したものであった。この時期淑夫は公私ともに大川周明とかなり近いところにいた。長谷川濬がこの試験を受ける背景には淑夫と大川周明の公私にわたる強い絆があったと見ていいだろう。

息子が満洲へ旅立つことをなによりも誇らしく思っていた父淑夫は、濬の旅立ちにむけてはなむけの歌を送っている。

「ウラル丸浦安の國のうらうらと　とこしえの春ののぞみもて行け　（濬が満洲國へ行くを送る）　昭和七年五月一三日　世民」

■五・一五事件

五月十五日長谷川は神戸港からうらうら丸に乗り込んだ。門司港でさらに七十余名を乗せたうらる丸は大連に向けて錨をあげた。出航してまもなく、関門海峡をすぎ、玄界灘に入ったところで、突然船内ラジオの拡声器から緊急ニュースが流れる。今日午後五時半頃、東京で海軍将校と民間右翼団体が協力し、首相官邸、政友会本部、警視庁、牧野内府邸などを急襲し、犬養首相は銃弾を受け重体という報道であった。五・一五事件である。犬養毅は、護憲運動の中心にいた人物で、満洲建国に早くから異を唱えていた。彼が軍人によって暗殺されたことにより、日本は一挙にファシズムの道を突き進むことになる。

「この放送が一たび船内に流るるや、今までざわめいていた船室は一瞬水を打ったような静けさと変わり、その中一行の誰かが「とうとうやったな」と呟いたのを契機に船内は俄かに喧騒の巷と化した。ある者はこのことを予期していたかの如く、当然のことだと声を大にして、また、ある者は昭和維新に満洲維新が先を越されたと残念がり、中にはまた政治家としてでなく、人間犬養木堂を惜しむ者もいた。かくて船内は一種異様な感激と興奮の坩堝と化し、祖国日本の末期的症状と今次事件に関連する議論が各所に沸騰しかけた。」

（『大いなる哉　満洲』）

次第に事件の内容が明らかになるにつれ、中には「われわれは大連に上陸と同時に直ちに祖国に引き返し、昭和維新に参加すべきである」という演説をぶつ者もいた。

王道主義を満洲という新国家で打ち立てるための要員として集められたこの集団が、五・一五事件を肯定的に捉えたのは、ある意味当然のことであろう。

では長谷川はこの事件をどう見ていたのか。

彼にとってはこの満洲への旅立ちは、人生の中で大きな転換点となった。「青鴉」に何度もこの日のことを思い出し、書き留めている。

「私が昭和七年五月十五日（五・一五事件）に日本をたって満洲に渡った時の印象はあざやかである。大川周明の試験にパスして、自治指導部訓練生（この時は資政局訓練生―引用者注）の一人として日本青年一〇〇名の一員として集団で満洲に渡ったのである。門司で私は父に手紙を書いた。

日本はどうなるのですか？　その返答は結局、昭和二十年八月十五日の敗戦として私に返ってきた。」

（「青鴉」一九六〇年七月）

長谷川は他の学生より前に、門司に上陸したとき事件を知った。そして矢も楯もたまらず父に手紙を書いたのであった。昭和維新に燃え上がる多くの同乗の若者たちの熱気に煽られながらも、「日本はどうなるのですか」と問いかけするなかに、大きな時代の転換点に直面して高揚する思いと、自分の運命への暗い不安が垣間見られる。

心猛る若者を乗せたうらる丸は、大連港に錨を下ろし、長谷川たちはいよいよ満洲の地に一歩足を踏み入れた。

大連駅から鉄道に乗り換え、一路満洲国の首都新京に向かう。車窓の向こうに見える、黄塵けぶる大陸の地貌、そしてその延々と続く広さに、満洲に来ているという実感を肌で感じていた。

「柳の立木、黒いいらか、黒い豚、大車、ろ馬、青衣の娘、かささぎの飛ぶ姿、うねる轍、遠くにかすむ塔、まき上る黄塵、大豆畠……。人影まばらで広漠たる大地と空のひろがり……。」

（『碧空緑野三千里』）

奉天を経て、長谷川たちが新京に到着したのは、五月二十日のことである。

そこはまさにコスモポリタンたちが蠢《うごめ》く街であった。

「五月二十日の午すぎ……。

十六時近く、一行をのせた汽車は鐘の音をゆっくりひびかせながら長春駅のプラットフォームにすべりこんだ。駅広場の楡の木とウスリー柳の立木、広場を埋める馬車と馬夫の罵声と鞭の音、馬糞の匂。赤いふちどりの服をきた満人赤帽、洋車の並列。宿ひきの奇声、銭荘の金看板と金具看板、ボロのバス。屋台店にむらがる苦力の群。我々は汚いバスに分乗して、まっすぐ南嶺に向った。」

（同前）

バスは廃墟のような空屋が並ぶ兵営らしき処でとまった。黒煉瓦の低い塀にかこまれ、門に真新しい標示板が掲げてある。資政局訓練所と書いてあった。

高原の彼方に丸く真赤な大きい太陽が地平線の上に沈んでいくのを見て、長谷川は大陸にいることを感じた。日本では見たことのない大きな夕陽だった。

「沈み行く赤い夕陽に照らされるとき、人生の未来を感じることができた。日本人にとって未来はないのではという危機的状況があったのだが、そこは餅は餅屋。明日からはじまる南嶺生活に大いなる期待を持った。」

（同前）

■南嶺の青春

五月二十日に目的地南嶺に着いた長谷川は、ガランとした寮の粗末な鉄のベッドで一夜を明かした。翌朝慌ただしく朝食をとったあと、一同は食堂に集まった。伊東六十次郎《むそじろう》から教務に関する注意と報告があったあと、ここの責任者である笠木良明が登場する。

笠木は大川周明が結成した右翼結社猶存社に参加し、そのあと行地社の創立にも加わったのち、満洲に渡り、大雄峯会を結成し、満洲建国後は資政局局長に就任、自治指導部の中心的存在となる。満蒙に王道国家を建設し、アジア復興の礎とするという理念を掲げ、大川周明にも大きな影響を与えている。自治指導部は「真に王道国家に相応しい精神と徳力を発揮して官民を教導する」という笠木の主張によって、生まれたものであった。笠木は、自治指導部（建国後は資政局訓練所）を新国家の単なる官吏養成学校としてだけではなく、王道主義を実現するための主体として位置づけていた。

長谷川は、これから五ヶ月の間（修了期間は半年か一年だったが、一期生は変則的だった）自分たちがここで何を学ぶのか、直接話が聞けるということで、緊張しながら耳を傾ける。同伴した多々良庸信が、印刷された笠木の所感を読み上げた。アジアの自治運動実践の場としての満洲国と資政局の使命、地方農村自治運動の実践者である参事官の任務を説いたものだということはわかったが、難解な仏教語もまじり、宗教的に抽象化され、長谷川はすぐには理解できなかった。それは一緒に聞いていた他の学生も同じで、動揺する気運が広がっていった。ついに一人の学生が、「先生、農村自治をもっと具体的に説明して下さい」と質問した。

それに対し、笠木はニコリともせずに、無表情に「実情を見て、自分で感じて下さい。これは精神です。皆さんの先輩がやったことを見て下さい。いま満洲は新しい階段を昇ろうとしています」と答えた。これを機会にあちこちから質問が舞い飛ぶ。

「参事官とは……」

「参事官は官吏でない。強いて云えば牧民官です。官吏なら日本の役所にうじゃうじゃいる。君たちはそんなものじゃない。君達は役人になるのじゃない」

「王道主義と民族解放とは……」

めいめいが熱っぽく発言し出し、笠木の話を聞くというよりは、議論の場となっていた。笠木は自ら答えることなく、淡々と学生のことばをきいていた。長谷川にはここで報告された指導要綱は非現実的で仏教的にすぎるとさえ思われた。報告会が終わると、皆は売店からビールをとり寄せて食堂で浴びるように飲みながら、議論を交わしていた。

長谷川はひとり蚊帳の外にいて、熱く交わされる議論に耳を傾けるだけであった。

「私は満洲に関して無知である。南嶺に集まったこの日本青年たちは何をやろうとしてるか、要は地方農村に出て、村長の仕事をやればいいのか、宣撫工作か、討伐か、そのためにわざわざこの地へやって来たのか、いや、王道の実践者、笠木イズムで新しい歴史を創るのだ。私は雄峯会も青年連盟の主張も知らない。現地派の建国運動方向も知らなかった。全く無知だ。

満洲にやって来たのは単なる就職だったのか、「せまい日本に住みあきた」という例の大陸ロマンチズムやセンチメンタリズムの放浪癖か……。私にとって、教官や講師よりも同じ釜の飯を食らう同志の一人一人から何かを吸収した方がより現実に生きる道であると感じた。」（同前）

父親が北一輝や大川周明の影響を受け、満洲に王道楽土を築くべきだという思想をもっていたことは知ってはいたが、長谷川本人は、いま自分の周囲にいる仲間のように満洲建国に意気を感じ、熱烈に王道楽土思想に賛同していたわけではない。ただ、いま自分のまわりを包むこの熱気は、いままで一度も味わったことのないものだった。そのなかに身を置くのも悪いことではないという気になってきた。

授業は、衛藤利夫、伊東六十次郎を中心に、満洲の歴史的変遷、満洲における民族、習慣、建国のための思想学習を軸とした講義、中国語の学習などが午前中に行われた。常任の講師の講義だけでなく、この訓練所を王道国家の思想啓蒙の場にしようという笠木の考えに近い立場にいた橘樸《しらき》、甘粕正彦、橘孝三郎、中野正剛といった名だたる政治家や思想家もここにやって来て、特別に講義することもあった。

講義のあとは、午後から体育的な実地訓練が行われ、馬術、柔剣道、射撃などの訓練が行われた。特に馬術は、東西二組に分かれ、頭に剣道の面を被り、面の額に素焼きの皿をつけ、これを竹刀でたたき割るという戦国時代の合戦さながらの実戦形式で行われた。

文学ばかりに親しんでいた男にとって、まったくいままで知らなかった刺激的な講義とともに、こうして仲間と一緒に身体を動かし、汗を流しながら学ぶことは、初めての経験であった。長谷川濬の心の中にくすぶっていた何かに火がついたことはまちがいない。

満洲にたどり着くまで、彼は悶々とした日々をおくっていた。従妹との禁じられた初恋、心と体をひき裂かれた不倫、実母からの罵り、そして初恋の人が親友と結婚し、ブラジルへ旅立つという青春の苦みを思う存分味わった。長谷川にとっていま必要なことは、古い自分を捨て、再生することであった。王道楽土の夢を抱く仲間のなかに身を置きながら、次第に満洲への夢を育んでいく。

長谷川の中で何かが変わりはじめたとき、学舎の中で大きな問題が発生していた。

南嶺での生活も一ヶ月をすぎたころ、突然この学校の発案者でもあり、実質上の総括責任者である笠木良明が資政局長を辞任、さらに資政局の廃止が発表された。王道主義をもとに理想国家を建設しようという笠木に対して、近代的法治国家の形成を急ぐ政府中枢部の対立が背景にあるのだが、長谷川たちが出発した日に勃発した五・一五事件が、この対立に決着をつけることになった。笠木が資政局訓練所生の募集を関東軍司令官や総務長官に無断で行い、さらに五・一五事件に関係したことで逮捕される大川周明が試験官をしていたこと、さらにこの事件の容疑者として満洲に潜伏していた橘孝三郎を笠木たちの結社大雄峯会が庇護したことが大きな問題となり、関東軍は資政局廃止に踏み切ったのだ。

これは満洲国を支配する関東軍が、王道主義を基調とした理想主義思想を排除し、総務庁を中心とした中央集権体制による国家形成を選択したともいえる。政府は資政局訓練所を大同学院と改名し、入学したメンバーは再試験の上、合格者を大同学院に編入するという方針を打ち出す。笠木によって選ばれ、この訓練所に入った訓練生たちが大混乱に陥ってしまったことはいうまでもない。再試験など言語道断、逆に試験官を試験してやろうではないかという騒ぎまでおこる。政府としてもこうした騒ぎをこれ以上大きくするわけにもいかず、形式的に再試験を受けさせ、即日全員合格にするという穏便な対応をする。

こうして、七月十一日資政局訓練所は、大同学院と改称され、初代院長は国務院総務長官駒井

↑大同学院生大陸上陸第一歩第一期生 55 名（昭和 7 年 5 月 17 日）

→大同学院

徳三が兼務することになった。
戦後刊行された大同学院同窓会文集『大いなる哉　満洲』の責任編集人田中鈞一は満洲の官吏養成機関が、二度も改称する背景に満洲国建国の過程における思想上の相違や建国の方法論の対立があったとし、それを象徴するのが笠木と駒井の相剋にあったとして、次のように振り返っている。

「〔この状況の原因は〕端的にいって、満洲青年連盟と関東軍の一部少壮幹部を背景とする笠木良明氏と、片や満鉄の一部および関東軍上層部を背景とする駒井徳三氏との間における満洲国建国への方法論の相違と、それからくる相剋であったといっても過言ではないであろう。そしてその優劣を時間的に見るならば、政府機構にその枢要機関として資政局を設置した時までが笠木氏の考え方の優勢な時期であったと見るべきであり、訓練所が、大同学院と改称されるに至る頃から、駒井氏の考え方が優勢となった時期とみるのが正しいであろう。」

（『大いなる哉　満洲』）

駒井は大同学院初代院長に就任してまもなく生徒を前に訓示をしているが、この中で「大同学院と資政局訓練所との主たる相違」として、王道主義思想を排除し、また地方官吏養成に限定しないことを言明している。
このように政府の指導指針が大きく転換して大同学院に生まれ変わることで、生徒たちは激しく動揺したわけだが、生徒たちから全幅の信頼を受けていた衛藤利夫、伊東六十次郎、学監の藤井重郎がそのまま学院に残ったことが、大きな混乱をおこさせず、その後学業に専念させることにつながった。

長谷川は満洲国建国の根幹にも関わったこの改称をめぐる問題について、ほとんど触れていない。こうしたことは彼にとってどうでもいいことだったのかもしれない。

卒業を二ヶ月後に控えた八月、学院生は数班に分かれ約半月の予定で地方視察旅行に旅立った。長谷川は、奉天・撫順・新民県方面を旅行している。奉天で清朝発祥の歴史の跡をめぐり、撫順では露天堀を見学、文化人とも交流し、「満洲匪賊の社会学的考察」について話を聞いたりもする。新民県に入り、日本参事官に会って県公署を見学し、参事官の説明を聞く。実地教育ということで、訪れたある村で、同行した同期のひとりが、村の役人に新国家の意義を演説した時があった。中国語ができる仲間が通訳した。長谷川は、村の人たちがみんなぽかんとして話を聞いているのを見て、これでいいのかという疑問を抱く。

「その時、言語の問題が痛切に考えさせられた。日本人が農村運動に入って、通訳つきで工作せねばならないのか、彼等のはなしが分らず、こちらではしゃべれないとすれば、一体どうなる。ことばが彼我の相互理解の方便である。すると日本人は夫々満語を理解ししゃべらねばなるまい。風土風俗人情に通ずるにはことばがその鍵となる。ことばをマスターするのは相手の生活文化をマスターすることだ。私は、言語の重大性を痛切に感じた。私はアラビヤのロレンスを思った。日本人が彼のようになればいいのだ。ことばだけでない、銃の扱い方、馬の乗りこなし、体力、胆力、精神力すべてロレンス並になって満洲農村自治に挺身したら、彼等は日本人を理解するであろう。誰がロレンスになれるであろうか――。少なくとも南嶺青年群の中より輩出するだろうと期待した。」

ロレンスを思うところがいかにも長谷川らしいロマンチシズムといえるかもしれない。少なくとも彼が、居丈高に満洲国の指針を押しつける、満洲国政府がとろうとしていた中央集権的な立場にいなかったとはいえよう。

およそ半年の学習期間を終え、十月十日大同学院一期生の卒業式が挙行された。

卒業式は関東軍司令官武藤元帥、鄭国務総理、関東軍小磯参謀長ら軍官民多数の貴賓をむかえ盛大にとりおこなわれた。

日本から来た七十余名と現地で入学した者を加えた九十七名がこの日南嶺の学舎から巣立っていった。この後大同学院は、十四年間十九期生四千人に近い卒業生を送り出すことになる。

■夢は荒野を

わずか半年ばかりの南嶺での生活であったが、長谷川にとっては忘れがたいひとときであった。戦後満洲から引き揚げてきた長谷川が頻繁に交流していたのは、大同学院同期、一期生の仲間であった。「青鴉」には、彼らと何度も会っていることが記されている。それはなによりもこの半年間が彼にとっていかに濃密なひとときだったかを物語っている。

長谷川濬の満洲での十三年間の最初の一頁は南嶺の大同学院から始まった。だからこそ戦後この時代を書かないかという話があったとき、彼はこれに飛びついた。

一九六一年大同学院同窓会は、大同学院創立三十周年を記念して「大同学院史」を刊行することを決定し、編纂委員会を立ち上げる。編纂委員のひとり金沢幾雄は長谷川と同期であった。金沢は執筆者および責任編集人としてバイコフの翻訳で知られていた長谷川を推薦した。長谷川にとっては願ってもない話であった。

この話をはじめて打診された日に「青鴉」に彼はこう書いている。

「あの大同学院生活（南山嶺の）で私は何を学び、考えたか。

私は関東軍の手先、日本、資本家、官僚、軍閥の手先と満渡したのか？

私の満洲国観は何であったか？

私は満洲国で何をしたのか？

当時の大同学院一期生は何をなさんとしたか？

これを書けとすすめられる。現代の日本とかつての満洲国の問題より、青年の夢に生きた「人生劇場」であったのか？」

（「青鴉」一九六〇年七月）

この日から彼は、大同学院から始まる自分の満洲の青春物語を書きはじめる。それも猛烈な勢いで。長谷川に執筆の打診をした金沢は、次々に渡される原稿を見て、これは大同学院同窓会がつくろうとしているものとはちがうと感じはじめた。「大同学院史」は、あくまでもここで学んだ人々の記憶をまとめるものであった。長谷川個人の満洲は、そのなかの一部でしかない。長谷川にやってもらいたいのは、集められる大同学院卒業生の回想をリライトすることだった。

この学院史となる『大いなる哉 満洲』の編集後記で、長谷川のあとに編集人をつとめることになった田中鈞一は、「満洲国が、日本帝国主義の走狗であったという歴史しか残らないということは、わたくしたち満洲建国に挺身した者にとってはまことに残念なことである。ことの是非は後世史家の批判をまつとしても、身命を捧げて満洲建国に馳せ参じその理想を実践した五族青年の「善意の歴史」をこの際のこしておきたいという切なる願い」からこの書をつくろうとしたと書いている。

大同学院同窓会が求めていたのは、「身命を捧げて満洲建国に馳せ参じその理想を実践した五族青年の「善意の歴史」」であるが、長谷川自身が書きたいことは別にあった。それは満洲国にたまたまたどりついた人間の思想遍歴であった。

金沢から相談を受けた一年後の「青鴉」に彼は、こんなことを書いている。

「ぼくは大同学院史をやめた。金沢氏とぼくの構想に開きあり。満洲国の認識よりして。それに編集センスなし。ありていに云えば、満洲国の一切より脱却したい。書くとすれば、一人の男の思想彷徨である。昭和七年五月一五日より書き起こし、昭和二十年八月一五日、この十三年間の満洲における日本人の生活である。一つのロマンとして。」

（「青鴉」一九六一年八月）

長谷川濬にとって、「大同学院」を書くことは、あのとき自分が「満洲」に求めていたのは何かを知るための作業であった。王道楽土思想に惹きつけられながら、何故かそこに身を投げ入れることを躊躇していた自分、そこで彷徨っていた自分の遍歴を書くことで、それがわかるのではないかという思いがあった。しかし大同学院同窓会が編纂しようと思ったのは、学校の歴史であった。長谷川が送ってくる原稿は、長谷川濬という男の「満洲」でのドラマの断片であった。金沢は、原稿を預かりながら、大同学院史を書いて欲しいと何度も説得した。長谷川は、大同学院史執筆をやめてはいないが、いったん定めた方向を、変えることができなかった。結局長谷川は責任編集人を降りる。あらためて一期生で富士急行社長室長（富士空輸社長も兼務）をしていた田中鈞一が執筆責任者になり、大同学院同窓会の回想集『大いなる哉　満洲』が一九六六年十一月に公刊された。

この『大いなる哉　満洲』に長谷川濬の長詩「王道夢幻」の一部が収められている。新たに執筆責任者となった田中は、前任の責任編集人でもある長谷川の労に報いるために、この章をもうけたのであろう。

「大いなる時間と空間に生れ出でた吾等、東海国——日本の運命的時限と軍鼓のひびきよ、太平洋、日本海、オホーツク海、南支那海のどよめき、深き海溝に潜む予言的波動に囲繞《いにょう》されつつ黄土大陸の広漠たる地貌と竜巻と望楼と、……廿世紀の民族の瞼よ、深き轍に眠る王道の核を求める吾等。

テロリズムとマルクシズムと軍国主義のレトルトに密閉された青春の幻。生れ出づる若者の触角の指向、「アジアは一つ」と……玄海を彩る白き航跡の泡沫に郷愁を捨て、五・一五事件への疑問と革命的パッション。新しき王道主義者の歌う革新、交響曲のカンカータはこだまする。」

これはあくまでも断片である。いまとなっては原稿自体が散逸し、長谷川濬が書いたこの叙情詩自体どのくらいの分量のものだったのかはまったくわからない。

『大いなる哉　満洲』が出版されてから半年後には、「大同学院史」の続刊を出すことが決まっていたらしい。ただ長谷川に執筆してもらうかどうかについては、編纂委員会はなにも決めていなかった。続刊が出るという話を金沢から聞き、長谷川は再び満洲の物語を書き始める。彼は、これに「夢は荒野を」というタイトルをつけていた。

『大いなる哉　満洲』が出た翌年の四月、「青鴉」に長谷川はこんなことを書いている。

「満蒙同胞援護会（満洲からの引揚者の援護事業を目的とする団体）に赴き「夢は荒野を」を金沢へ。（中略）とにかく大同学院史は終わり、資料返還も完了。次に私が「夢は荒野を」の第二編百五十枚にとりかかるつもり。」
（「青鴉」一九六六年四月）

『大いなる哉　満洲』の続編となる『碧空緑野三千里』は、一九七一年に出版されている。この中に、先に引用した長谷川の回想も断片的に引用されている。おそらく長谷川は、かなりまとまったかたちで大同学院時代の回想からはじまり、満洲が崩壊するまでの遍歴の物語を書いて提出していたはずだ。大同学院同窓会が出版したこの二冊の本のなかに、「王道夢幻」と「夢は荒野を」という長谷川が書いた小説の一部が、紛れ込んだことはまちがいない。しかし彼が書いた「満洲」への旅立ちから満洲崩壊までのドラマを描いたふたつの作品そのものは、どこかに消えてしまった。長谷川濬という文学者が、「満洲」崩壊、そしてそこで生きた自分の魂の遍歴を、戦後という時間の流れのなかで、どうとらえ、どう書き、文学作品に昇華させたのか、なんとかして読みたいと思い、長谷川が原稿を提出したという満蒙同胞援護会を引き継いでいる国際善隣協会や親族の方々に尋ねてみたが、結局見つけることはできなかった。もしかしたら最大の傑作であったかもしれない小説は、どこかに消えてしまった。

『碧空緑野三千里』に収められているこの作品（「夢は荒野を」）の断片の最後に彼は、こう書いている。

「いますべては終った。満洲は毛思想で改革された。大同学院はすでに過去である。当時、新しい民族独立と解放に挺身した青年の行動をいまの人々はドン・キホーテとして語り草にするかも知れない。しかし新しい歴史の渦中に入った青年はハムレット的よりむしろドン・キホーテ的傾向にかたむくのが青年らしいところだ。また現代史に於いて満洲国は何人も抹殺出来ない事実であり、満洲国で純粋に行動した青年の行跡も事実だ。この評価は既成の観念（イデオロギー）では計量出来ないと思う。大同学院の第一期生は満洲国を独自に解して星雲状態のなかで積極的に勝手な行動をとった。これが却って次の学生に色々な暗示を与えたのではないかと思う。」

ハムレットではなくドン・キホーテとして、大同学院卒業後「満洲」国という幻の風車に向かっていく。ただ彼の勤務地は、望んでいた辺境ではなく、新京にある外交部であった。

「ロシア語専攻の履歴から外交部勤務を命ぜられ、ついに地方参事官の体験を経験しなかった。今にして思えば、やっぱり卒業生は地方農村の参事官として活躍するのが元来の大同学院の第一使命であると思う。これが自治指導部を経た大同学院の伝統精神であり、アルファであり、オメガであろう。今でもこれを信じている。」

（『碧空緑野三千里』）

多くの同志は地方の参事官に任命され、匪賊が跋扈する政情不安で生命の保証のない土地に赴いた。学院の寮に別れを告げ、南へ、北へ、蒙古へ、また辺境へ旅立っていくのを、長谷川は寂しく見送った。自分だけ取り残されたような気になった。

第四章　ポグラの青春

■国境の街チタ

南嶺から仲間たちが次々に辺境の地へ旅立っていくのを見送った後、彼はひとり新京に向かう。勤務先は外交部文書係、一日中机に向かい、ロシア語の翻訳をする、退屈な仕事だった。しかも上司たちのやる気のなさが目についてしかたがなかった。大同学院で学んだ仲間が満洲辺境の地で危険にさらされながら働いている時に、こんなことをしていいのか、苛立ちはつのるばかりであった。大同学院時代に押さえつけていた欲望に火がついた。新京の町に夜な夜な繰り出し、酒を飲み、女を買うことが増えてくる。長谷川は辺境勤務をなんども申し出る。役所の人間は冷たい視線で見守っていたが、長谷川は必死だった。そんな時ソ連領チタの日本領事館に欠員ができる。シベリアの辺地チタ、かつて極東共和国の首都であったこの地での勤務は、長谷川にとっては願ってもない話であった。やっと念願の辺境勤務が叶い、希望を胸にシベリア鉄道の汽車に乗り込んだのは、一九三三（昭和八）年二月満洲の大地がまだ凍てついていた時だった。蘇炳文《スウピンウェン》反乱事件直後の満洲里《マンチュリー》に着き、ホテルに入った直後だった。突然彼は喀血する。彼を生涯苦しめることになる肺病の最初の発作であった。

これからと思ったときに病が突然襲いかかり、道を塞ぐ。これは長谷川にとってひとつの宿命となる。この時だけではなく、彼が新たな一歩を踏み出そうという時に、何故か突然病が襲い、彼の前に立ちはだかるのだ。戦後彼は「青鴉」にこんなメモを残している。

「二十八の時、チタ赴任の途中で血を吐き、チタ行きは中止して、日本に帰り、全治し、結婚した。

四十の時、引揚げしてロシア語教授を始めようとした時、肺を病みて中止。

五十の時、アート・フレンドでドンコサックを招き、日本公演をやり、これからと云う時、喀血して倒れる。

何か企て、仕事の緒につけば、病が邪魔するのは、どうしたのであろう。」

（「青鴉」一九五六年九月）

長谷川は担架にのせられて市立病院に運び込まれた。担架で運ばれる長谷川の目に、乾いた青空が飛び込んできた。その空は色紙をはりつけたように青一色であった。突然襲いかかった病へ

満洲里（『満洲グラフ』誌より）

のショックよりも、彼は国境の町満洲里で、ひとりぽつねんと取り残されてしまったことに、ある感慨を抱く。目に沁みる底抜けに青い空と孤独、そのコントラストのなかに、彷徨うしかない自分の運命を予感したのかもしれない。後年彼は「風の人」という小説の中で、この時抱いたある感傷をこう書いている。

「窓から見える淡青色の空の表情に私が国境を感じたのは、私が病気でたよりなく臥床していた感傷のせいであったかも知れない。無限に青く、雲一つない澄みきった寒々とした空――私はこの単調な色に国境を感じた。」

国境とは、国と国を分ける境であっただけでなく、長谷川にとって、生と死、自由と束縛、相反するものが出会う場であった。彼はそこで生きることを運命づけられていたのかもしれない。ロシア人医師の「日本に帰ってゆっくり養生しなさい。南のあたたかい処で療養すれば直りますよ」という言葉に、長谷川は素直にしたがった。退院して彼はニキーチンホテルにしばらく滞在する。肺病には静養が一番である。二階の部屋のバルコニーの揺り椅子に座りながら、満洲里の街を眺めることが、なぐさめとなった。

「私は二階のバルコンの揺れ椅子にぐったりと腰かけて、満洲里の街をながめるのが唯一のたのしみであった。だだっぴろい街路、人通りの殆どない路は乾いて、暗緑色の門をとざしたシベリア式家屋の原色。ひろがる青空の輝き。巾広いレール。デポー（ロシア語で機関庫のこと―引用者注)。たまにきこえる汽笛。アトポール(不明)から入る機関車だけの単音。がらんとした空間はひっそりして時々駱駝が歩き、赤い帯をしめたモンゴル人がガニ股で通りを横切り、ぼやぼやしたうす毛をプラトク(ロシア語でスカーフのこと―引用者注)からはみ出させたロシア少女が大きな丸いパンを抱えて軒下を歩く。」(「風の人」)

三月末彼は満洲里を去って、日本へ向かう。もう二度と戻らないと思った日本であったが、いまは身体を元通りにすることが大事であった。彼は大連からひとり船に乗り、日本に向かう。

■帰国、そして結婚

犬養暗殺の報を聞いた門司港に戻った長谷川は、壇ノ浦の合戦前夜、平家一門が最後の酒宴を開いたといわれる門司港の近くの和布刈《めかり》神社に詣でたあと東京に向かう。その後湯河原の温泉で療養したあと、彼は見合いをし、そして二ヶ月後の六月十六日に帝国ホテルで式をあげている。再び満洲に戻るにせよ、身を固めるべきだという親の判断があったのかもしれないし、濬自身も健康を害しその必要性を感じたのかもしれない。

長谷川濬の生涯の伴侶となるのは、陸軍少将鈴木文次郎の長女文江であった。鈴木文次郎は陸軍士官学校第八期卒業生、陸軍大臣となった林銑十郎は同期であった。日露戦争に出征、敵の銃弾を受け負傷、その後騎兵隊として名を知られる騎兵第三旅団の団長となった陸軍のエリート将校であった。

長谷川が何故陸軍エリート将校の長女と見合いすることになったのか、長谷川自身も何も語っていないし、長谷川の子供たちもそのあたりの事情をまったく聞いていないという。一九六〇年九月に書かれた「青鴉」のなかで、長谷川は次のようなメモを残している。

「東京につき、それから湯が原温泉、そして見合い。そして五月に結婚と云う段取りになる。昭和八年のことである。ぼくが廿八歳、文江廿三歳。仲人は新妻二朗夫妻。場所は帝国ホテル。牧逸馬夫妻出席。彼は新聞に「新しき夫」を執筆中。紀州潮岬から帰った頃である。」

仲人の新妻二朗は鈴木文次郎の縁戚にあたる。おそらくこの新妻が紹介の労をとったのだろう。新妻二朗は横須賀出身で、鈴木文次郎と同じ陸軍学校出身（第十五期生）で、シベリア出兵に参加、ウラジオストックで中尉として軍務についていた。ここで現役免除となり、かねてから親しくしていたヴェラというロシア人女性と結婚、日本に戻り、日魯漁業に勤めている。日魯漁業はかつて長谷川が働いていたところであり、この関係でふたりは知り合い、そして親戚の鈴木文次郎の娘を紹介されたのではないだろうか。

新妻と長谷川はバイコフをめぐり不思議な糸で結ばれていた。新妻は長谷川を追うように一九三四年ロシア人妻ヴェラを伴い、満洲ハルビンに向かうことになる。そして長谷川の紹介でバイコフと出会い、『ざわめく密林』というバイコフの作品を翻訳、文藝春秋社から出版している。

新妻はこの本のあとがきで、当時彼がハルビンの鉄道警備隊長をしていたと書いている。陸軍士官学校出身のエリート軍人がロシア娘と恋をし、いわばドロップアウトするなか、バイコフと出会い、彼の生き方に惚れ込み翻訳まで出しているところに、長谷川濬と通じる無頼の精神を読みとることができるかもしれない。新妻はソ連軍侵攻後逮捕され、チタに抑留され、そこで亡くなっている。

帝国ホテルで式をあげたあと、ふたりは慌ただしく山形に新婚旅行に向かい、そして六月に再び玄界灘を渡り、満洲へと向かう。長谷川濬の新しい任地は、ポグラニーチナであった。

■ポグラの赤い月

「ポグラニーチナは満洲東部国境で旧北満鉄路——東支鉄道の終点で、またウスリー鉄道連結点であり、ロシア人はポグラニーチナヤと呼ぶ。ポグラニーチナヤとはロシア語で国境駅のことだ」と、長谷川が「青鴉」で書いているように、現在の中華人民共和国黒龍江省牡丹江市、いまでも東はロシア連邦沿海地方と二十七キロにわたって国境を接している、国境の町である。一八六〇年の中ロ北京条約締結により、この町はロシアと国境を接するようになった。一八九七年ロシアが建設した東清鉄道が開通し、それからこの町は、ロシアが操縦するハルビン鉄路管理局が管理することになり、一九二六年に綏芬河《すいふんが》市が誕生する。その後満洲国成立により、北満特別区に編入された。

続けて長谷川はこう書く。

「当時私は満洲国外交部官吏でポグラニーチナ外交部弁事処に勤務していた。弁事処は国境地点の外人査証事務を処理し且つ国境情報・紛争報道、且つ、地方的処理を兼任していた。そこは特務機関、憲兵隊、税関、国境警備隊があり、ソ連側では領事館、北鉄管理局、漢路軍、学校その他の機関があり、地方的紛争も多いので、中央では出先機関として、対ソ関係上、弁事処を設けていた。私は通訳官・査証官・暗号電報等を分担していた。

私の勤務地――綏芬江は私の生涯忘れられない場所である。それは、私は結婚してはじめて家を持った処であった。当時私は二十八歳、妻は二十三歳でまだ新婚で蜜月をこの国境ですごした。私はこの地をポグラと呼ぼう。

ポグラ――これは美しい高地の町である。恐らく満洲で最も美しい町である。」

（「青鴉」一九六九年六月）

ポグラニーチナのことを長谷川は何度も何度も書き残している。彼の生涯を俯瞰したとき、このポグラで過ごした二年間だけが、彼の人生にとって唯一幸福に、安らかに過ごすことができた時だったからに他ならない。

長谷川の「青鴉」には、思い出だけでなく、このポグラ時代のスケッチも何枚か残されている。

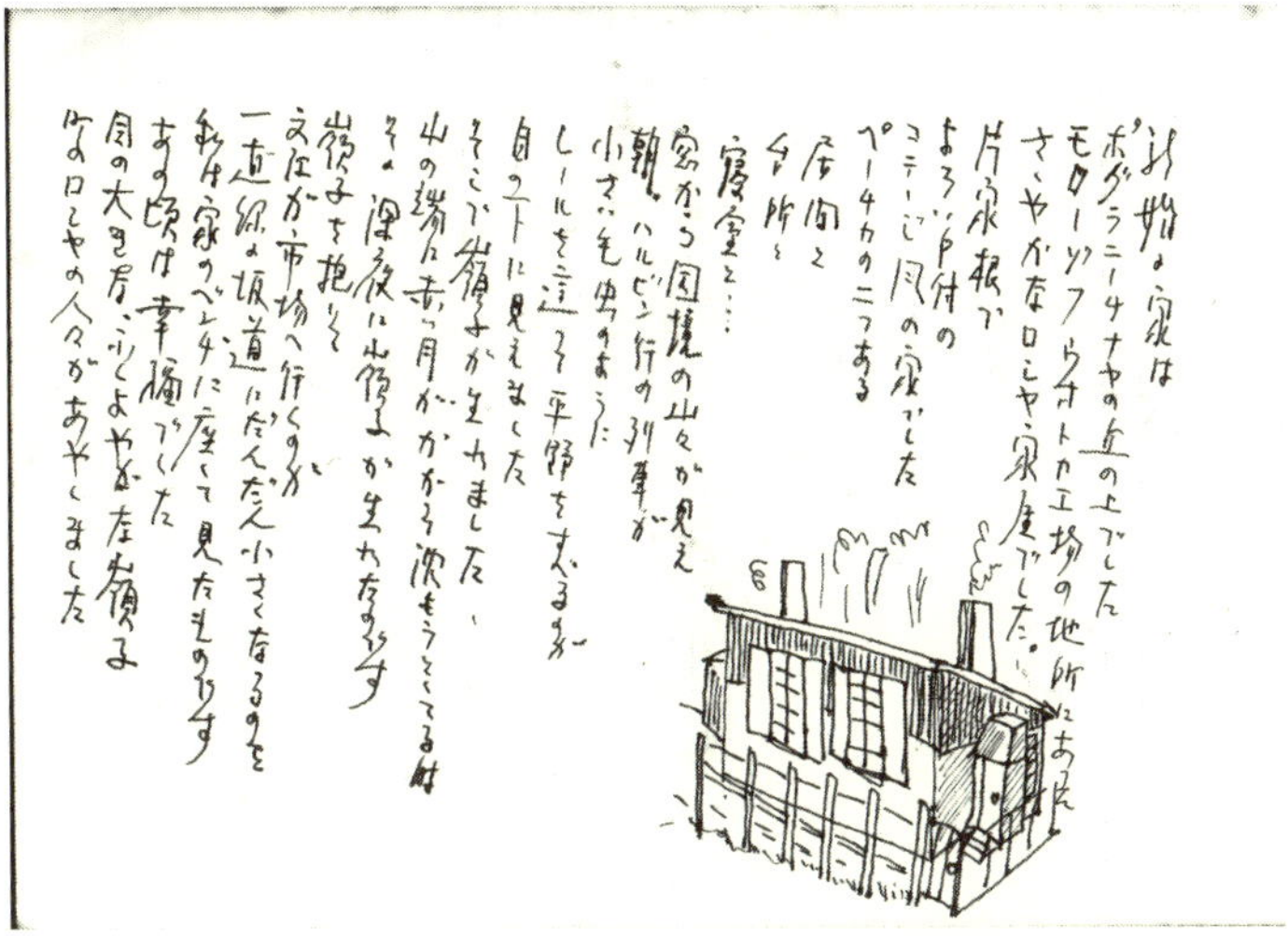

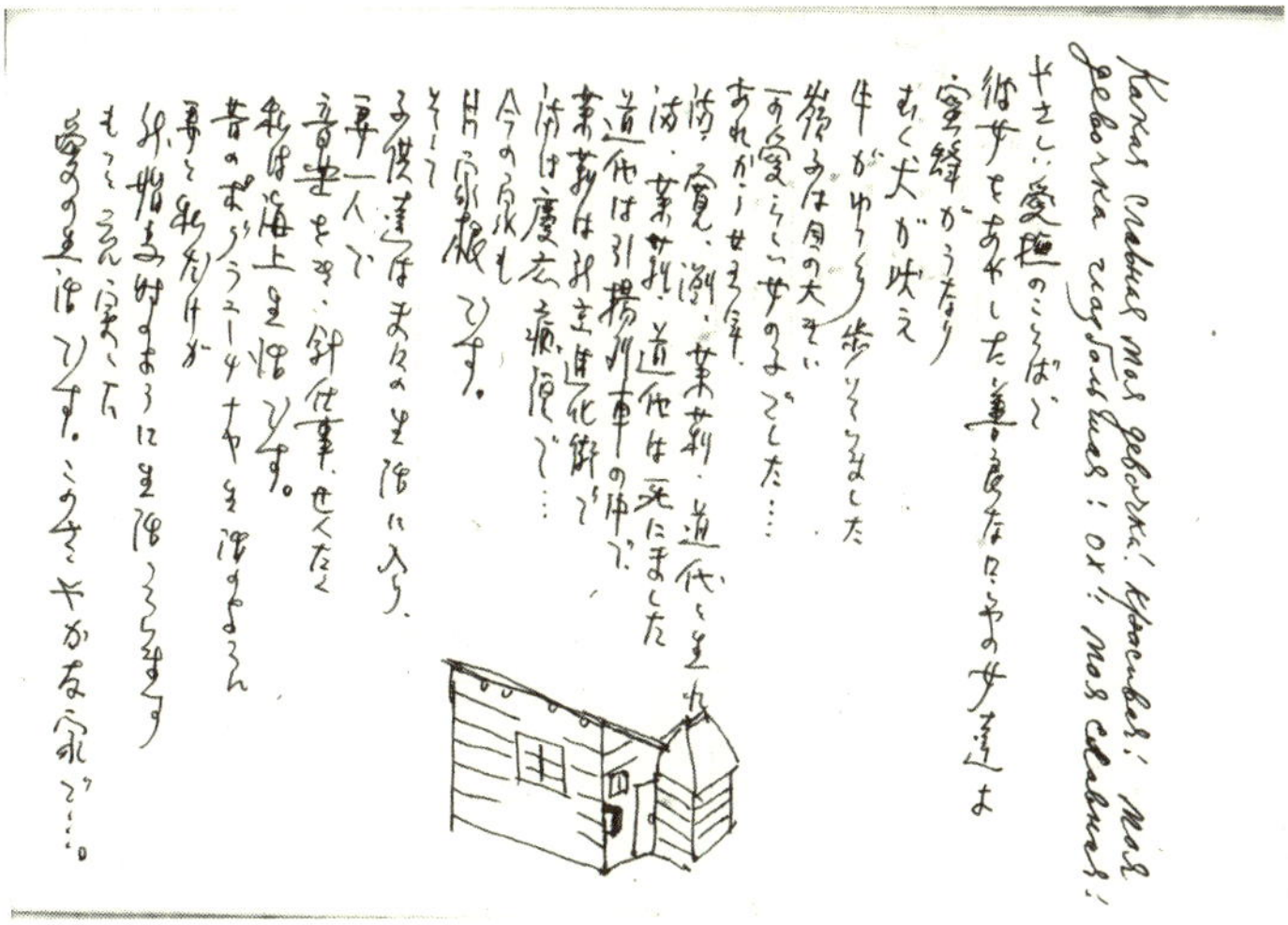

ノート「青鴉」より

白壁の片屋根で、よろい戸がついているロシア風のコテージが、小高い丘の上に建っている。風のささやき、鳥のさえずり、蜜蜂の羽音、遠くの汽笛まで聞こえてくるような牧歌的な風景が蘇ってくる。家の前には小さなベンチが置かれていた。長谷川はここに座って、下を眺めるのが好きだった。早朝ハルビンに向かって走る汽車が、レールを這って、草原をすべるように走る姿、身重になった文江が市場に買い物をするために坂をゆっくりおりていく姿を見るとき、幸せを実感できた。満洲国建国のゆがみをしめす事件が勃発していくなか、ここは別天地だった。いままで味わったことのない安らぎを感じることができた。

そんなとき長女の嶺子が生まれた。

小高い丘の彼方の山々に、赤い月がかかり、沈もうとする深夜だった。

なんどもなんどもこの日のことを昨日のことのように思い出して書いている。一九五九年七月「青鴉」のなかで、妻文江に宛てて、こんな風に思い出を書いている。

「元気ですか。あなたのことばかり思っています。もう二十五年の歳月ですね。帝国ホテルの式、山形ホテルの新婚の数日、満洲への旅、寛城子《かんじょうし》の生活、ポグラニーチナへの旅、そしてポグラニーチナの三年間――私の最もたのしかったあの生活、嶺子が生まれたその時のことを思い出します。月が真っ赤に国境の端にかかって、寂とした深夜でしたね。あの小さな家の一室で嶺子が産声をあげました。」

一九六五年『作文』六十号に、長谷川は「風の人」という小説を発表している。この小説は、満洲の国境の町、ポグラニーチナを舞台に、長谷川にとって最初の子供となった長女嶺子が生まれたときの思い出を背景に、結婚する前の最初の喀血、嶺子誕生のエピソードなど実体験を軸にしながら、風のように現れ、風のように消えていく謎の満人「風の人」を登場させ、国境での生活の緊張感、ここで暮らす若い夫婦の感情の機微、風の人との交流や国境で生きる人々を活写することで、多民族がうごめく満洲の一断面を見事に描いた戦後の長谷川濬の傑作小説である。

この作品について長谷川は「青鴉」のなかでこんなことを書いている。

「「風の人」は古風な物語です。或る奇妙な頭目と私の長女出生のエピソードでベールキン物語のような香気を放てば成功です。

主要な部分は満ソ国境生活の思い出で恐らく私の若い時、最もたのしい思い出深いポグラニーチナヤで私がはじめて父となったよろこび、子の成長に伴い、一人の頭目との短い交流と彼の処刑で終わる短編。

プーシキン的、或いはメリメ的に書けたらと思いつつ執筆した作品です。」

（「青鴉」一九六五年十月）

匪賊の頭領で風のように現れる男を造形することによって、国境で生きる緊張感を伝えながら、生まれたばかりの子供と一緒に家族の営みをする小さな幸せの実感がひしひしとにじみ出るところに、彼が何度も振り返る一番幸せだった時代のことが読みとれる。

五十歳になってから、「青鴉」にこう書いている。

「五十までどうして生きてきたのか分からない。自分の思うままに生きて来たのはちがいないが、僕の人生最良の年なんてあっただろうか。あったとすれば、文江とのポグラ生活であろうか、嶺子が生まれた頃の……。」

牧歌的な二年間はあっという間にすぎていく。一九三五（昭和十）年新京に戻れという辞令が届く。幼い嶺子を抱えて、長谷川一家は新京に向う。

第三部

満洲浪漫

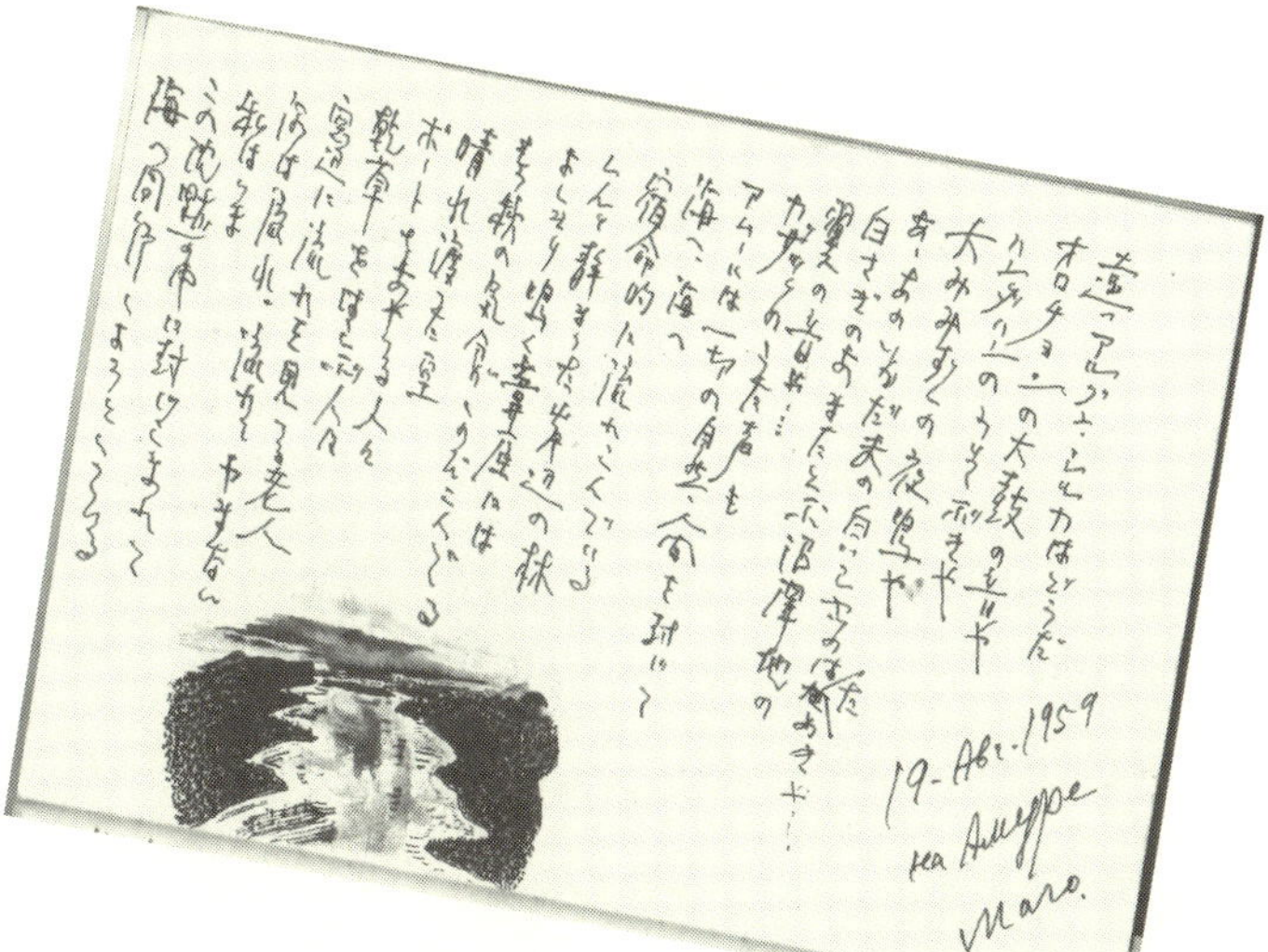

第五章　アムールの彼方に

■国境兵要調査隊――アムール遡行

新京でのまた退屈なデスクワークが始まった。一九三六（昭和十一）年一月に長男満が生まれる。妻の実家の両親に長女と長男を見せたいということもあったのだろう。長谷川は妻と子供たちを内地に一時帰国させた（数ヶ月後に新京に戻っている）。いやな上司に囲まれての退屈なデスクワーク、家族もいないということで、味気ない生活をおくっていた長谷川の許に、関東軍の命により組織された国境兵要調査隊に参加せよという指令が舞い込む。四年前、真冬に初めて旅した北満の風土は、長谷川に強烈な印象を残していた。そこを再び旅することができる、しかも今度は川を遡行する旅である、彼にとっては願ってもない話であった。一九三七年夏、長谷川は出発地の黒河に向かう。

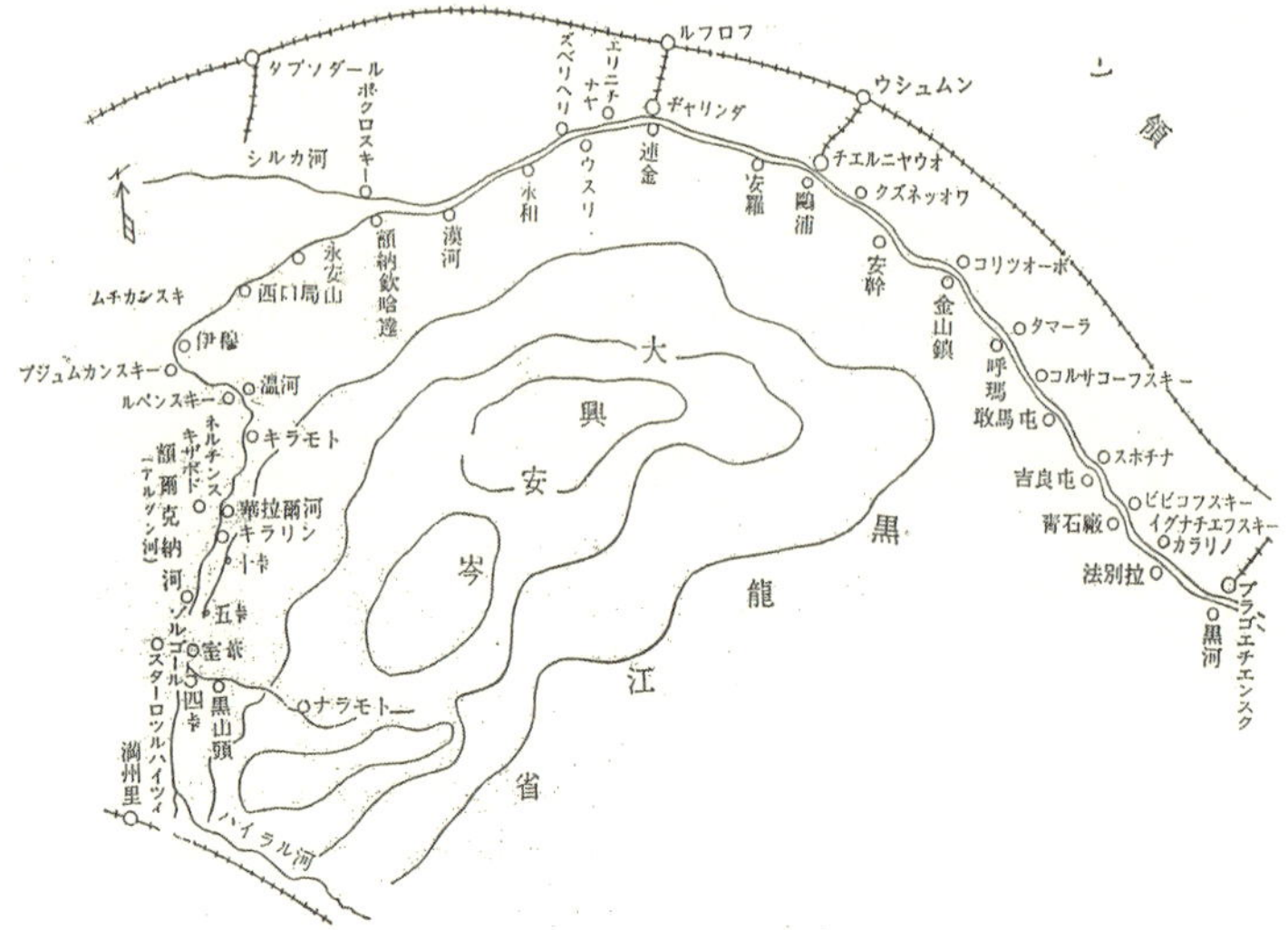

「国境調査第三班行動区域要図」

この年七月七日北京西南にあった盧溝橋で演習中の日本軍に何者かが発砲したことに端を発して、日本と国民軍は本格的に戦闘を開始する。こうした緊迫した状況のなか、この調査隊は満洲とソ連を分かつ国境の河を遡行することになった。

長谷川はこの調査隊の目的については何も語っていないが、兵要調査とは、予想される戦争のための基礎データを収集することである。中国と本格的な戦闘を開始したのと時を同じくして関東軍は、満洲国と国境を接するソ連との戦争の準備に本格的に取りかかっていたのである。

戦争に直結する国境調査をするなか、長谷川はどんな思いで満ソ国境を旅していたのであろうか。

「昭和十二年日支事変ぼっ発の年、私は黒河より満洲里までの調査旅行でアムールをさかのぼり、シルカ、アルグンをのぼった。あの時の旅はいまもはっきり憶えている。漠河の藪、キラリンの飯店——一品居のペルメニ。水磨の茂みにとまるおおみみずくの妖しい影。黒山頭の山にかかる騎馬岳のシルエット。三河の風景、ジャライノールの渡河。満洲里の夕焼け、ハイラルのリーム旅館。
またアムールのいかだ、いかだ夫の白いシャツのはためき。金山渓の娼婦達。採金苦力。スタリョーカの採金場。とばく場。ランプの胡同。河船のあかり。もやいに当たる水音。」
(「青鴉」一九六四年八月)

このように「青鴉」の中で長谷川が記憶の底から呼び起こしているのは、間近に戦争を控えた緊張感ではなく、北の河の風景である。ここに長谷川の資質を見ることができる。彼にとって大事なことは満洲国がどうなるかということではなく、満洲という土地の風景、そしてそこで生きようとしている自分であった。

晩年長谷川は「北の河の物語」という小説を書いている(一九七〇年『作文』八十二集)ここで初めて長谷川は、彼にとって官吏から文学者へという重要な転機となったこの国境の河の旅を振り返っている。これによってアムール・アルグンの旅の足跡をたどることができる。長谷川にとってのちのち重要な意義をもつことになったこの旅を、「北の河の物語」をもとに振り返ってみよう。

調査隊の出発点となった黒河は、シベリアの南の端と満洲の北の端が交差するところであった。紅松（ケードル）を組んだ大きなイカダが行き交うアムールの川の対岸にブラゴヴェチェンスクの岸辺が一望に見渡せた。夏雲をうつしたアムールの川辺では水遊びをする人の群れも見ることができる。川を隔てたそこにはロシアの大地が広がっていた。シベリアと満洲の接点——国境に長谷川は立っていた。

長谷川は発動機船に乗り込み黒河を出発する。彼が愛してやまない作家チェーホフは、かつてこの河を逆に下って旅していた。いま自分がチェーホフと同じ風景を見ているのだと思うと、感慨深いものがあった。小島や中洲になんども行く手を阻まれながら船は北を目指し航行していく。河岸には小さなテントがいくつも張られている。採金者のテントであった。夜屯子《トンズ》に停泊しているときだった。川向こうのソビエト側の岸から白いサーチライトが闇を貫き、対岸に届くのを見て、あらためていま自分が国境にいることを知った。

■ブラジャーガの唄

国境は彷徨う人たちが群がるところでもあった。金山鎮《キンザンチン》に停泊したときのことだった。上陸し暗がりを歩いていた長谷川の目の前に、突然明るく照明された朱の門があらわれる。門の中に入ると五色の光を放つ小さなランタンを吊り下げた平屋の家並みが忽然と現れ、石段の上には美女が群がり佇んでいた。娼街であった。まさかアムールの上流にこんなアラビアンナイトのような街があるとは、思いもよらなかった。彼は逃げるようにこの場を立ち去った。

船はさらに北を目指してアムールを遡る。何度も建築機材やトラクターを積んだソ連の大きなはしけとすれちがった。船に乗る労働者たちが手風琴の音にあわせながら低い声で歌う唄が心に沁みた。無人の岸辺、白樺林が続く中、この歌声がまるで地から湧いてくるように轟いてくるのである。

この時に耳にした「ブラジャーガ（放浪者）」の唄を忘れることができなかった。「青鴉」で長谷川はこう書き留めている。

「アムールの流れ……
両岸の白樺林の静寂
はしけをひくタグボートの機音……
あの「ブラジャーガ」のうた声が
きこえる　はしけの上に
機械と材木が積まれてるはしけ
労働者やターリマンの女達が

うたっている、革の外套、赤いカスインカ……
「ブラジャーガ」のうたがひびき
タグボートのスクリューが泡立ち
はしけはゆったりと下がる
あのしらべ、河の流れ、白樺林
はれた空、寝そべったまま
リフレインをくりかえす人々の
重い顔、顔、バス……
涙ぐましいノスタルジャーをそそるアムールよ」
（「青鴉」一九五九年九月）

「ブラジャーガ」とは、日本では映画「シベリア物語」（一九四八年日本公開）で一躍有名になった邦題「バイカル湖のほとり」の歌である。ドン・コザック合唱団招聘の原点はこの時耳にした「ブラジャーガ」である。

船は八月十三日満洲最北の街漠河に着く。低い家並みが岸に並び、岸の上には緑の立木が続いていた。ここで三泊することになったのだが、最初の夜開かれた歓迎会の席で長谷川は日華事変勃発を初めて知る。関東軍は中国全土に進撃中だという。だがここ北の果ての街は静かなものであった。長谷川は毎日河岸に腰かけて河をながめる。そして「日本はどうなるんだ」と河に向かってつぶやいていた。五年前満洲に向かったあの日、東京で五・一五事件が起ったことを知り、彼は父に宛てて「日本はどうなるのですか？」と書いたことを思い出した。日中戦争が始まったことを知った漠河を出発してから、長谷川の心は澱んでくる。満洲事変、満洲国独立、五・一五事件、二・二六事件、そして盧溝橋事件、確実に軍部がイニシアティブをとって戦争への道を歩んでいることへの暗い予感であった。

漠河を出発してから五日目、右手に河口が大きく開いてきた。シルカ河の河口である。ここでアムールは終わり、これからアルグン河となる。アルグン河には、ハウル、デリブル、ガンの三つの河が注ぎ込んでいた。所謂三河《さんが》地方とは、この三つの河流域の広大なる草原地帯の総称である。長谷川を乗せた船は四大了克《スタリョフカ》で停まった。ここから小さな船に乗り換えて北上するのだが、アムールの旅はひとまずここが終点となった。アムールからアルグンへと進む中で、長谷川はまったく違う世界、風景を感じていた。すでにここは満洲ではなく、ロシア、シベリアの果て、ザバイカルであった。アルグンを北上するなかで、自分がロシア、シベリアの大地の磁力に引き込まれているのではないかと感じていた。北の磁針に引き寄せられていること、それを意識するようになった。アムールで聞いた「ブラジャーガ」の唄が似合う風景、北の荒野に入り込んでいくとき、長谷川の内部で何かが変わりはじめた。二十歳の時カムチャツカの海へ旅立った時と同じような興奮が身体の中を駆けめぐっていた。それは彼の心の奥底にいままで眠っていたもの、ロシアの大地を彷徨うブラジャーガの魂と言ってもいいかもしれない。それが爆発するのはアルグンの上流の町キムラトウに着いた夜であった。

コザックたちが多く住むこの町でひらかれた酒宴の席で、本書の冒頭でも紹介したように彼は「ステンカ・ラージン」をロシア語で歌うのである。この時のことを「北の河の物語」で次のように書いている。

「私は副アマタンの家を訪れた。素朴な広間にカザックの若い男女が二十人ほど集まっていた。黒の服に革のベルトをしめ、女は村の女らしい服装をして、年寄りの女は松の特別な脂をガムのようにかんでいた。若い男女は色々な室内遊戯やダンスをたのしみ、私は広間の隅で見物していた。彼等からザバイカルの野生的な辺境人の体臭が発散している。私はいきなりうたいたいショックにかられた。発作的であった。私は胸を張って、『ステンカ・ラージン』をロシア語でうたい出した。その瞬間、みんなハッとして私を見た。そして私を中心に半円を作って自ら寄り集まり、両腕を腰骨あたりにくんで胸をはり、女は両腕を前にゆるく組み、うたいはじめた。忽ち地鳴りのするようなバスがうなり、バリトンとソプラノが和し、鋭い口笛とテノール・ファルセットがひびき渡り、広間は混成合唱団のコンサート場と変わった。老爺も婆さんもうたっている。私が音頭取りである。あのドンカザックのバラードがアルグン河にどよめき湧き上がった。歌に国境はない。

ヴォルガ　ヴォルガ
母なるヴォルガよ
ヴォルガこそロシアの河なるぞ

私がカザックになったような気分でうたった。うたい終わるとセメョンが足早にかけ寄って来て私の肩を抱いた。私の頬にキスした。

「すばらしい音頭取りじゃ。カザックそっくりじゃ」

シベリアの放浪者コザックたちと出会い、一緒に合唱するなかで、ずっと眠っていたコザックの魂が爆発したのだろうか。

このあとアルグンを遡り、吉拉林《キラリン》をへて水磨《ショイモー》へ着いたところでアルグンの河の旅は終わった。調査隊はさらに馬車を雇い、黒山頭の蒙古騎兵駐屯地に入り、そこからロシア人移民が住む三河のドラゴチェンカを見学する。三河ではわずかな滞在であったが、長谷川には強烈な印象を与えることになる。ロシアの源泉ともいうべきものが、ここにあった。自分の生きる場所は、ここだという確信をもった。

このあとダライノールを見学し、満洲里に入る。ここは満洲最果ての地、四年前チタ領事館赴任の途中喀血して倒れたところだった。あの時と同じニキーチンホテルに宿をとった。あの時見た真冬の青空を思い出しながら長谷川は、ある決意を固める。三ヶ月アムール、アルグンと河を遡る旅をしながら、何故自分は満洲に来たのかということをもう一度確かめていた。大同学院の一期生として満洲という国をつくる官吏となるべく教育を受けてはきたが、自分はそもそも国家の下僕になる人間ではない、北を目指す放浪者がふさわしいのではないか、そんな思いがふくらんでいく。

第六章　大陸の活動屋

■海太郎の死

新京に戻った長谷川濬は外交部から弘報処へ転勤を命じられる。外交部上層は長谷川を見限ったと言えなくもない。ただこの人事は長谷川にとっては息苦しい外交部の官僚生活から解放されたというだけでなく、文学の友と出会う場をつくったということで、大きな意味をもつことになった。彼の文学生活の拠点となる『満洲浪曼』を共に立ち上げる仲賢礼、さらにはバイコフの『偉大なる王』を初めて紹介してくれた別役憲夫とここで出会っている。

さらにこの年一九三七年八月に満洲映画協会（満映）が創設されたあと、秋に長谷川は弘報処を辞め、ここに入社、終戦まで働くことになる。長谷川濬の満洲時代は、満映に入社してから大きく変わっていく。やっと彼は満洲で生き甲斐を見つけたといえるかもしれない。彼は満洲国崩壊まで、満映社員として、さらには『満洲浪曼』を立ち上げ、『作文』『動物文学』の同人となるほか、バイコフの『偉大なる王』を翻訳して、一躍満洲文化の中心人物になっていく。彼の生涯でもっとも充実した時代を迎えることになった。どちらかというとのんびりとさまよいながら気ままに生きてきた濬が、積極的に人生に向かいあっていく背景には、二年前に志半ばで急死した兄海太郎の分も生きなくてはという思いがあったのかもしれない。

林不忘、谷譲次、牧逸馬と三つのペンネームを使い分け、大衆作家としてまさに超人的な勢いで作品を発表していた長兄長谷川海太郎は、一九三五年六月二十九日鎌倉の自宅で急死した。享年三十五歳という若さであった。個性的な兄弟に囲まれていた濬にとって長兄海太郎は、一番影響を受け、尊敬し、そしてなにより太陽のようにまぶしい存在であった。

「海太郎は私の若き時のアイドル的男性。彼の煽動でカムチャトカに行き、私の人生ははじまる。私にとって兄海太郎の影響は大きい。放浪と海と異国情緒。」（「青鴉」一九七二年六月）

「兄は独特の個性を持ち、私にとっては一つのアイドルであった。私が二十歳のとき、カムチャートカ・ペトロパブロフスクに単身渡ったのも兄の説得にあった。

私にとって兄は永遠の男である。いまでも。忘れ難き兄の姿、ことばよ。」

（「青鴉」一九七一年六月）

長谷川濬にとって人生の大きな転換期となったカムチャツカへの航海は、兄海太郎の勧めによるものだった。濬は北の海を航海し、ロシアの大地を初めて踏みしめることで、北への憧憬をふくらませていった。あの時の体験がなければ、こうして満洲まで来なかったであろう。海太郎は身をもって海をめざすこと、放浪すること、そんな生きかたがあることを教えてくれたのだ。その兄がまさか三十五歳の若さでこの世を去るとは……。兄の死を知った時のことを、兄が死んでから一ヶ月後に、父淑夫が発行する『函館新聞』に「兄の思い出」と題し追悼している。

「兄は六月二十九日午前十時に急逝した。

私はこの訃を六月三十日午後四時満蘇国境の綏芬河で一通の電報に依って知った。

電報送達紙に記入されている短い文があまりにも突然で、全く夢想さえしない悲報に、私は涙も出ず、呆然と立ちすくんだ。

あの肥った丈夫そうな兄が、もう永久に語らず、書かず、死して横たわっているのか私は遠く東方の空を眺めて、鎌倉の当時を只追想し、心の目で、兄の顔を見ようとその夜は独りで通夜をした。

窓際の椅子に坐って、林と山が黒い夜の空気に包まれた国境の深夜願わくば此処に兄の姿が現れ微笑まれかしと奇蹟を念じて端座した。又願わくば、兄の霊魂あらん事を祈りつゝ、無限の寂寞の裡に、兄への追慕と思出が胸に去来して、瞑目した時、始めて涙が溢れ出た。胸の奥からこみ上げて来る肉親への涙が燈火もない部屋の床に落ちた。この涙の一滴でもい丶、横たわる兄の最後の顔へ注ぎたかった。この涙が国境の空を飛行して鎌倉小袋坂へ雨の如く降らないかと念じた。

翌々日二日の十二時、告別式の日に、私は東方の窓へ野花の一束を生け、友人より貰った線香を立て妻と共に合掌し、兄の霊の安からん事を祈った、弔文を読んだ。途中で熱いものが胸にこみ上げて読む事が出来なかった。

それから幼い嶺子を連れて来て、妻が小さな掌を合わさせて、「ハイチャ」をさせた。何も知らぬ幼い姪は大きな目をくるくるさせて花を指差し、線香の煙を珍しそうに見ていた、何時かは日本に連れ帰り伯父に会わせようと楽しみにしていたのに、それも今は思出になって了った。」

濬がこの時生けた花は、青いあじさいだった。この日からあじさいは、濬にとっては悲しみの花となる。毎年六月二十九日になると兄のことを思い出し、日記にその想い出を書き記しているのだが、その中にこんな詩がある。

「　あじさいの花
崩れかけた垣根と
松の木の間に
あじさいの青い花がひっそりと

咲いている
このじめじめした梅雨の真昼に
そして花びらをのぞかす
不吉な色
雨、雨、雨……
ああ鎌倉のあの朝の急死よ

暗い亡霊のような
青い花に
私は兄を憶う
私は大陸のソ満国境にいて
山にかかる虹を見ていた
兄はもう息をとめ
ペンを握ったまま……
長寿と染めた革伴てん（半纏のことか？――引用者注）をつい立てにして
あの六月二十九日にも

あじさいは青く咲いていた」

（「青鴉」一九七一年六月）

濬が満洲へ行くことを知った海太郎は、大きな折鞄を贈り、「この中へ大アジアの気宇を入れ、この中から皇道を取り出して満洲国に布け、この鞄が手垢で黒くなる程、活躍し、人間的経験をうんと作れ」と励ました。濬は、兄の言う人間的経験というのがアメリカの放浪時代で培われたものであり、それが兄の文学の源泉となっていることを知っていた。

過去から逃れるように何かを求め満洲にやってきながら、官吏生活で圧しつぶされそうになっていた濬には、兄がアメリカで味わった失意の混沌状態がよくわかったにちがいない。そしてそこから脱け出すために、彼は官吏生活を捨て、満映へ入社したのだ。

■満映入社

一九三七年八月、満洲国と南満洲鉄道株式会社（満鉄）は、満洲映画協会（満映）を設立する。理事長には「東洋のマタ・ハリ」と異名をとった川島芳子の実兄金壁東《きんへきとう》が就任した。資本金五百万円を満洲国と満鉄が折半で出資したことでもわかるように、満映は完全な国策会社であった。事務所は新京第一の目抜き通り、新京駅から南方に一直線に走る大同大街という大通りにあるニッケ（日本毛織）ビル二階のワンフロアが当てられた。かつては荒れ野原だったところが、いまは関東軍司令部、憲兵隊司令部につづいて大興ビル、三中井《みなかい》百貨店など、高層ビルが立ち並ぶこの大同大街に面したこのビルの一階にはハイカラな洋品雑貨店や大通りの並木街に面した小粋な喫茶店があった。

満映は、満洲におけるすべての映画製作と配給を統制するためにつくられた会社だった。新京郊外の寛城子に、アジアにおける最大規模にして最新技術の映画制作設備をもったスタジオが建設されたことでもわかるように、満洲国は、満映をハリウッドやチネチッタのように、夢を産み出す工場として、象徴的な場所にしようとした。日本国内での映画制作にさまざまな統制がとられ息苦しさを感じた映画人たちは、満映設立のあと続々大陸に渡り、そして大陸で燻っていた青年たちも満映に集まってくるのだが、創業当初の社員は五十人足らず、中心となったのは、満洲国の政治をとりしきっていた協和会、満鉄の宣伝部門である満鉄映画製作所の技術者、満洲日報社その他の現地の新聞社、満洲政府の弘報処、文教部から集められた人たちであった。日本からもカメラマンなどが数人招かれたが、映画の専門家はそうした必要最小限の技術者だけで、監督やシナリオライターなどさえ加わってはいなかった。

ロシア語を見込まれて入社した長谷川濬は、牧逸馬の弟ということもあったのだろうか、最初脚本家として仕事をしていた。昭和十三（一九三八）年秋に製作された満映としては二作目となるオムニバス映画「富貴春夢」の第三話の脚本を書いたのをはじめ、翌年には高原富士郎監督「真仮姉妹」の脚本を書いている。

満映がさらに大きくなり、満洲国文化の中心となっていく契機となったのは、昭和十四年十一月甘粕正彦が理事長に就任してからである。いうまでもなく甘粕正彦は、関東大震災直後アナーキストの大杉栄、妻の伊藤野枝とその幼い甥を殺害したとされる元憲兵大尉である。謎に包まれたこの暗殺事件の罪を自ら認め、刑に服した甘粕は、わずか三年で出獄、その後陸軍の資金援助を受け、フランスに渡る。大杉事件を隠蔽したい陸軍の方針にしたがうしかなかった甘粕は、異国で不自由な生活を強いられ、牢獄生活とたいして変わらない日々を送る。

そんな彼が、自分の能力をフルに発揮する場が中国東北部で準備されていた。関東軍がここを植民地化するために陰謀工作を進めていたとき、甘粕はフランスから戻り、すぐに満洲に渡る。彼に日本本土で表立って活躍する場などあるわけがなかったのだ。満洲国で陰の男に相応しい情報・謀略工作、さらには満洲国の資金源となるアヘン売買など闇仕事を一手に引き受け、黒幕として君臨するようになる。満洲国皇帝に据えるため、天津に幽閉されていた清国の廃帝溥儀を、洗濯物に化けさせて柳行李に詰め込み、さらには苦力《クーリー》に変装させて三等車に押し込んだりして、湯崗子《とうこうし》まで連行したエピソードはあまりにも有名である。満洲国建国後は、民政部警務司長（警察庁長官に相当）に就任するなど、表舞台にも登場する。甘粕の満映理事長就任を画策したのは、かつて甘粕が協和会総務部長の時その下で働き、彼の人格と識見に惚れ込んだ満洲国国務院総務庁弘報処長武藤富男と、総務庁次長岸信介であった。

甘粕は、就任してすぐに、満映改革に乗り出す。就任したその日「建国の功労者甘粕先生を理事長に迎え吾々は光栄であります」と述べた総務部長の歓迎の辞を、全社員の目の前で、露骨に不快感をあらわにし、すぐに中止させたばかりでなく、翌日この総務部長を平社員に格下げし、社員たちを唖然とさせる。見えすいたお世辞は、俺には通用せんという強烈なデモンストレーションであった。これはいわば先制ジャブであり、就任してまもなく甘粕は、大幅な人事刷新を断行し、社内を騒然とさせる。甘粕が理事長に就任する噂が流れたとき「遂に満映が右翼軍国主義者に牛耳られる」と満映は蜂の巣をつついたような騒ぎになったのだが、この人事で日本人満人双方共に俳優、スタッフらの給料を大幅に引き上げたことから、彼の評判は一挙に高まることになる。この中で社員を驚かせたのが、長谷川濬の宣伝副課長就任であった。

満映理事長，甘粕正彦

『満洲文話会通信』の三十一号の会員消息のなかで、「二月二四日新京ヤマトホテルで、満映職制改正披露が開かれる。甘粕理事長ほかが出席。花形は長谷川濬新副課長と飯田秀世旧副課長。会を代表して吉野が祝辞」とある。

満洲国建設を支える地方官吏になるべく、大同学院の一期生として満洲に乗り込んできたもの
の、配属された外交部ロシア課で、たいした仕事をすることもなく半ば見放された長谷川だった
が、甘粕の理事長就任とともに、ここで活躍する場を得ることになる。甘粕の盟友のひとり、大川周明と長谷川家の関係があったのかもしれないが、長谷川が甘粕の目に叶ったことは間違いない。昭和十六（一九四一）年には長谷川は新しくつくられた部署、上映巡映課長にまで昇進している。

甘粕が理事長に就任してまもない頃、理事長室に入ってきた長谷川濬の靴が泥だらけだったのを見て、甘粕は直ちに人事課長を呼んで、靴を買ってやることを命じた。坪井与《あたえ》は『満洲映画協会の回想』の中で、このことが社員たちをおおいに喜ばせたと回顧している。この他にも、日本から政府高官などがやってきたとき、満映の女優の接待などを要求するのを「女優は芸者ではありません」と言ってことわるなど、甘粕は次第に満映社員の心をつかんでいく。日本人と満人との間に歴然と存在していた待遇の差を縮め、現場においても満人にもどんどん機会を与えていく、甘粕魔術ともいうべき人材登用が、満映を活性化していくことになる。

「満映は満人に喜ばれる映画を作ればいいので、日本人が珍しがるような映画をつくる必要は毫もない。日本人はともかく、満洲の変った物を珍しがって映画を作るから間違ってくるのです。対象はどこまでも満人であることを忘れてはならない。その上で、余裕ができれば、日本人向き

の映画を作るのも差し支えないでしょう」

ある講演会でこう述べた甘粕は、一九三〇年代初期左翼映画運動（プロキノ運動）に取り組み、日本の映画産業界からは政治的危険人物と目されていたような人材をも積極的に登用していく。

アラカンこと嵐寛寿郎は、竹中労との対談（『アラカン一代記』）の中で、こう語っている。

「甘粕大尉。ゆうたらこの人は最右翼や。ところがその下に大森で銀行ギャングやった大塚ナントカという人やら（注・大塚有章氏）、もと共産党の大ものたちがはたらいてますのや。傾向映画のシナリオ書いていた異木壮二郎、そのころは原研一郎と名前を変えておりました。例の熱演監督・辻吉朗と組んで、誰の目にも左翼やった。この人もいれば、ＰＣＬの木村荘十二《そとじ》監督もいてはる、はいなアカの残党ダ、ことごとく。

根岸寛一はん、前の日活多摩川撮影所長が統領で共産党の失業対策やっとる。甘粕ゆう人はどないなってんのやろ？　承知の上のことやったら、これは世にも不思議なものがたりや。満洲には白昼ユーレイが出よると、ワテは気味が悪くなった。後年、東映でプロデューサーをやっていた坂巻辰雄はん、敗戦のときにひゅっと雲がくれをしたと思うたら、中共軍の将校の制服を着てあらわれたそうでんな。何や得体の知れない闇の部分が、「満映」にはおました」

この他にも岩崎昶《あきら》、甘粕の遠縁筋にあたり弘前高校時代に左翼運動に走り、転向して進んだ東大経済学部で矢内原忠雄の門下生となった清野剛、さらに日本共産党の機関紙『赤旗』の元編集長三村亮一など元左翼が次々に入社する。こうした元左翼の連中と、長谷川は馬があったようだ。アラカンが、銀行ギャングと呼んだ大塚有章は、満洲国崩壊後も中国に残り、そこで学んだ毛沢東思想を広めるために、終戦十一年後に帰国しているのだが、回想録『未完の旅路』で、満映に入社したとき同じ机を並べた長谷川濬についてこのように振り返っている。

「この人は満映社員として私が不適格というより、もっと桁はずれに不適格の人だった。私はこの年になって、初めて詩人の風格というものに接することができたと思ったのです。牧逸馬（林不忘、谷譲次）氏や長谷川四郎氏と兄弟で、揃って文壇で活躍しているわけです。長谷川氏は恐らく文壇の規格からも喰み出す人かも知れない。まことに豊かな詩藻に恵まれた人であるのに、余りにも天衣無縫であった奇人の名をとどろかせている人です」

かつての共産党闘士で戦後も中国に残ることになる三村、そして甘粕の右腕となっていた清野とは、特に親しくしていた。昭和二十年八月十五日の終戦の報を、長谷川はこのふたりと共に聞くことになる。

真剣に満映を満洲文化の拠点にしようとしていた甘粕の強烈なリーダーシップのもと、巨大な坩堝となった満映の中で、長谷川はいままで発揮することができなかった才能を発揮することになる。

第七章　満洲作家誕生

■アムールの歌

「私は満洲国に来て、どうしたはずみかものを、「書く」人になった。（中略）満洲国の官吏を振り出しにうろつき、結局、今はものを「書く」人になってしまった。文学すると云えば仲々大きく聞こえるが、私は文学以前で、ただ書きたいと欲する本能で書く丈だ。」

これは長谷川濬が作家としてデビューすることになった総合誌『満洲行政』に書いた「新春つれづれ草」と題されたエッセイの中の一文である。

満洲に流れ、官吏として王道楽土の使命を担うはずだった長谷川は、父淑夫や、憧れの兄海太郎と同じように「書く人」となる。それはひとつの宿命だったといえるかもしれない。ただ彼は文学で身を立てようなどとは思っていなかった。いい作品を書くことよりも、書きたいという本能にしたがうこと、それが長谷川濬にとって「書く」ことだった。

幼い頃から文学に親しみ、ましてや父がジャーナリストとして新聞に毎日原稿を書くのを間近で見、さらには兄海太郎が、放浪生活のあと、作家として活躍していたことを羨望の目で見ていた濬の中に、書きたいという欲望があったのはごく自然のことである。日記やノートに習作を書き続けていた。それが活字となって最初に発表されたのは、前述したように大阪外語学校に在学していた二十三歳の時に書いた「或るドクトルの告白」である。

長谷川が「書く」ことを意識したのは、この小説を書いてからである。「書く」ことは生きることだということを教えてくれたのは、兄海太郎である。兄がアメリカを放浪するなかで自らの文学の基盤をつくったように、逃げるように日本を去り、新天地満洲に転がりこみ、国境の町で暮らし、また北の辺境を旅するなか、「書きたい」ことを発見する。

新京の外交部ロシア科に勤務しながら、小説や詩を書き続けた。単純なデスクワーク、上司との軋轢の中で、息が詰まるような生活を強いられていた彼だったが、半ば追われるようにここを辞めたことが、作家長谷川濬誕生を促すことになった。新しい職場弘報処で別役憲夫、仲賢礼、岡田益吉と出会い、そして満映に入り北村謙次郎と出会うことによって、彼のなかでずっと燻っていた「書きたい」という魂に火がつく。堰を切ったように彼は書きまくる。まさに怒濤の如く書くのである。

「満洲国で私が始めて書いたのは昭和十年で『満洲行政』が最初である。『満洲行政』は私にとって実に恩のある大切な雑誌だ。」（「新春つれづれ草」）

『満洲行政』は、一九三四年十二月に創刊された月刊誌で、発行元は満洲行政学会、自社の印刷工場を持ち、主として「満洲国」の法律関係の書物を出版していた。現在の株式会社ぎょうせいはこの後身にあたる。というと『満洲行政』が行政専門誌のような印象を持ってしまうが、創刊号で「全面的に満洲国の啓蒙に寄与」することを目的とするとうたっているように、総合雑誌的な性格を持っており、二巻八号（一九三五年八月）以降は積極的に文学作品を掲載していった。ここで最も多く九本の小説を発表していたのが長谷川濬なのである。『満洲行政』は作家長谷川濬の出発点として大きな意味をもつことになった。

ほとんど読むことは無理だろうと思われた満洲時代の長谷川濬の小説だが、近年植民地文化研究会を主宰する西田勝らが中国に何度も足を運び、長谷川が寄稿していたこの『満洲行政』や『芸文』などを発掘し、調査する中で、詳細な解説が入った目次を『植民地文化研究』で発表している。この研究調査によって、満洲時代の長谷川濬の小説の多くを入手できることになった。

長谷川濬が『満洲行政』に発表した小説は、「アムールの歌」（三巻九号・三六年九月）、「物語　シャガールの絵　ゴーゴリ風のストーリーとして」（四巻二号・三七年二月）、「興安館の人々」（四巻三号・同三月）、「或る生活」（四巻十号・同十月）、「蘇へる花束」（五巻一号・三八年一月）、「少年」（六巻二号・

三九年二月）、「薔薇館　或る夢想者の散文的郷愁（六巻十一号・同十一月）、「クンガース」（七巻一号・四〇年一月）、「傀儡の街」（七巻三号・同三月）の九本だが、この他にも「コント『勲章』」（三巻四号・三六年四月。「槙冬三郎」の名で）や紀行文「北辺放浪記　カムチヤートカー紀行断章」（六巻五号・三九年五月）も発表している。西田勝が、これらの作品を総括して、「コントや紀行文をふくめて舞台はハルピン・カムチャツカ・綏芬河・東京・「新京」・アルグン河・黒龍江畔・函館と多様で、登場人物も日本人・中国人・ロシア人と多彩、これらの作品は、ある意味でこの作家の青年時代の放浪癖の産物と言っていいだろう」と書いているが、自分の遍歴を書くことで、満洲というコスモポリタンが集う国に生きる自分を投影させるなか、それがそのまま新しく誕生した国家の新しい文学となるという、長谷川の意思表示と見ていいかもしれない。作品のスタイルもさまざまで、ゴーゴリ風の怪奇寓話（「物語　シャガールの絵　ゴーゴリ風のストーリーとして」）、チェーホフ風のボードビル（「コント『勲章』」）など、多彩な手法を駆使しながら、奔放に書いている。兄海太郎が、林不忘、牧逸馬、谷譲次という三つのペンネームを使いわけ、ミステリー、時代劇、恋愛小説、実験小説などを書きまくっていたことを意識したのかもしれない。

「国境駅は水のない波止場だ。

孤島に住む人に取って船が唯一の慰安である如く国境人も汽車を生活の伴侶として愛着を

感ずる。水平線に昇る煙が点となり形となり白いブリッヂを輝かせ、飛沫を上げて波止場に近づく時の嬉しさは島の人々のみが味わう感情である。延々山野を縫う鉄路を轟かせるたくましい鋼鉄に蒸気をはらませて軽くプラットホームに突入して来る汽車を待つ退屈な国境人の好奇心も亦愛すべき情緒がある。」

これは彼にとって満洲での本格的なデビュー作となった「アムールの歌」の冒頭の一文である。長谷川の文体の特徴といってもいい、歯切れのいい凛々しい文章で、満洲時代の作品を貫く大きなテーマとなる「国境」の存在を見事に浮かびあがらせる。ここでは綏芬河という陸の国境の町を舞台にしているが、「蘇へる花束」では、ソ連と満洲を隔てるアルグン河を舞台にし、結氷したこの河に愛犬を追って対岸のソ連監視兵に射殺された兄を持つ中国人少年が夏の河に流され、危ういところを助けられるという話で、国境に生きる満洲人の緊張感を書いている。コスモポリタンとして生きてきた長谷川にとって、満洲国のもうひとつの現実「国境」をどう捉えていくかが、満洲作家としての大きなテーマとなっていく。

■『満洲浪曼』創刊

一九三八（昭和十三）年十月、新京で文芸総合誌『満洲浪曼』が出版された。二〇〇二年に復刻された『満洲浪曼』別巻の解説で、呂元明が、

「長谷川濬の創作活動は「満洲」で始まり、『満洲浪曼』という格好の発表の場を得て、その成熟期を迎えた。『満洲浪曼』に掲載された作品は、そのまま長谷川濬の成長過程の記録といえる。」

（『満洲浪曼』の全体像」）

と書いているように、この雑誌を舞台に長谷川濬は満洲作家としての地歩を固めることになった。『満洲浪曼』は、長谷川濬が弘報処に転職した時に知り合った別役憲夫、仲賢礼、岡田益吉と共に「白想《バイシャン》」という同人誌を創刊しようとしたことからはじまった。この構想は、長谷川が満映に入社して、経理部で働いていた北村謙次郎と出会うなかで、かたちを変えることになる。長谷川自身のちに「『満洲浪曼』について」というエッセイでこう回想している。

「弘報処から満洲映画協会に移り、ここで経理部にいた北村謙次郎に仲を介して紹介され、新京の新聞記者や奥一や藤川や映画人とつき合い、毎日ニッケのコーヒー店にとぐろをまいて満洲文学を論じ、仲・北村と会う毎に「白想」の構想は変貌して、北村の文学意図に煮つめられた。」

北村謙次郎は、昭和十年代初頭保田與重郎が主宰し、太宰治や壇一雄らも参加していた『日本浪曼派』の同人であった。北村謙次郎の回想によれば、『満洲浪曼』は、北村と「満映」で働く矢原礼三郎の二人が発刊を企画し、「国務院弘報処」で『宣撫月刊』を編集する木崎龍を訪れ、木崎龍の紹介により、「満洲文化協会」の杉村勇造を訪ね、協力を取りつけて、発刊にこぎつけたということになっている。
『満洲浪曼』は、確かに北村謙次郎という「日本浪曼派」の流れを汲む作家を中心に、編集刊行されることになったが、そもそもこの雑誌の構想は長谷川濬が生み出したものであり、彼がこの雑誌で重要な役割を担っていたことは間違いない。

「『満洲浪曼』発刊のアイディアは、私には、私なりの覚悟があった。それは満洲国に移り住んでこの国に一生住まおうと覚悟したからでこの大陸に住みつく以上この国の文学をここに住む日本人で創ろうとする決心であった。風土気候民族の異なる大陸に移り住んだ日本人が、新しく体験する生活を通して日本内地と自ら異なる文学作品を創り出すこと――これが私の文学信条で、その発表機関として『満洲浪曼』発刊を企てたのである。」

（「『満洲浪曼』について」）

戦後長谷川はこのように回想しているが、作品を発表するだけでなく、満洲文学を自らが先頭に立って創ろうという志をもって『満洲浪曼』を立ち上げたことがわかる。

「執筆者を同人と限定せず各方面の寄稿を仰ぎ、同人誌というより文芸美術各般にわたる、一種の総合誌ふうのものを目指すのが当初からの意向であった。」（北村謙次郎『北辺慕情記』）

『満洲浪曼』創刊号で、長谷川は「伝説」と題した小説を発表している。
そして、最後の跋において、八名連名で、読者にむけて次のような熱いメッセージを送っている。

「われわれの仕事が、現在すぐ何かの役に立つだろうといふやうなことは、あまり考へたくない。文学の仕事といふものは、純粋であればあるだけ、ものゝ役に立つこと尠ないものである。

われわれの意図するところを、このやうな書物の形にして外に出すといふことすら、われわれ本来の思考の中核を為すものではない。われわれの実体は、もっと茫漠として捕捉しがたい。絢爛たる思想、火のごとき情熱、幽かにしてやさしき情緒は、惟ふにわれら個々人の内部において更に豊かであろう。われらはいま、いかに生きることにより、内部の豊かさのいや増すかを考へ、そして豊かさの自らなる氾濫の日の来るべきを信ずることに、最も大いなる悦びを知りたいと念願する。

詞華集満洲浪曼は、ただ一つの試みであるに過ぎない。われらは布教の徒ではない故に、文学を弄してさへわが仏尊しと説く低俗には与したくない。

若し満洲浪曼に成長といふごときものあるとすれば、それは卿等とともに、旺んなる満洲ルネサンスに拍手をおくる。」

満洲文学を創り出そうという明確な意思表示をここに見ることができる。

『満洲浪曼』創刊を祝う宴会が、南広場に近い厚徳福飯店で行われた。この祝賀会は、この日満鉄クラブでの講演会を終えた林房雄、小林秀雄の歓迎会も兼ねていた。長谷川はよほど嬉しかったのだろう、集まった人々に出来上がったばかりの『満洲浪曼』を配り、「満洲文学」誕生について熱く語っていた。人の渦のなかでやっと小林秀雄を見つけ、そこに駆け寄った長谷川の振舞いを北村謙次郎が『北辺慕情記』の中でこう描いている。

「長谷川濬が酔っぱらって小林氏をつかまえ「跋文がいいでしょう」と手前ミソを並べたら、小林氏は言下に跋文の中の一節「茫漠としてとらえがたい」というのを援用し

「さて、茫漠としたもんだね」と、手くどく応酬した。」

満洲で初めての本格的な文芸総合雑誌を立ち上げ、ここで内地とは異なる文学をつくるという夢へ向けて一歩踏み出したことで浮かれる長谷川が、内地を代表する大評論家にそれを誇示する底抜けの無邪気さと、内地とか外地で文学が異なるわけがないと軽くいなす小林秀雄の憎たらしいばかりの冷静さの対比が鮮やかである。

長谷川濬は確かに酔っていた、満洲という新国家が、文学のためにまったく新しい場を与えてくれる、そこで自分も新国家の人たちのために新たな文学をつくろう、そんな幻想に酔い痴れていた。彼はここを拠点に新たな文学、満洲文学を書き続けることになる。「烏爾順河《ウルシュン》」「家鴨に乗った王《ワン》」などの傑作小説は、この『満洲浪曼』から生まれている。戦後「青鴉」の中で、この時代

のことを何度となく回顧している。

「三十歳からはじめられた私の文学生活は継続的であり、また断片的でもあった。航路がきまっていない。満洲では、新しい満洲文学を創る夢があった。戦争が外部より私を圧迫した。『満洲浪曼』は私の城であった。」（「青鴉」一九六一年三月）

「私は満洲で、満洲文学を創ると豪語して小説を書いた。あの『満洲浪曼』で（中略）「満洲国」では我々が必要だったのである。満洲に住む日本人に、満洲の小説を読ませようとする意欲が、我々を押しすすめた。」（「青鴉」一九五四年四月）

満洲国の官吏にはなれなかったが長谷川濬は、満洲文学を創るという夢を手にした。そしてその夢を手にしたとき、彼の人生は輝きはじめる。

一九三九年三月十日に発行された『満洲浪曼』第二号の編集人は、長谷川濬である。他の号はすべて北村謙次郎だったのだが、この号だけは長谷川が編集人になっている。長谷川自らそれを買って出たのではないだろうか。編集後記の勢いある文章を読むと、そんな気持ちにさせられる。

「新らたに同人、荒牧、岡田、大内、逸見の諸氏を加へて満洲浪曼第二號を世に送る。

第一號は著作集なるが故に期待に反したとの世評を受けた。だが満洲浪曼の誕生だけでも満洲文學界の異彩だったと我々は自負してゐる。如何？

第二號は又趣きを變へてヴァラエテーに富む書き下ろしの詞華集、其に加ふるに民生部募集の日本満洲國承認記念賞選文藝作品の珠玉、日満人作品二編を収録し得たは我々同人の誇りとするところ、満洲文學発展の為に同慶に堪へない次第だ。

我々は現在の環境に甘んじてはゐない、測り知れぬ大きな未來の為に努力するのみ、満洲浪曼はそのあらわれの一つ。

いゝものは短時間に出來ない。永い時間が必要だ、文學する力は忍苦だ。我々は捨石のつもり。

時間と努力の上に光榮あれ、汝満洲浪曼よ、もろもろの人々と共に清純なる呼吸をつづけよ。

寄稿家諸氏に深甚なる感謝を表し、併せて

豊なる友情につゝがなきを祈る。」

■「家鴨に乗った王」

第一号は、総合文芸誌にしようということで、同人以外の著名な文学者に呼びかけ、強力な執筆陣を擁することに成功はしているのだが、ほとんどの作品は他の雑誌等に掲載されたものだった。しかしこの二号では、書き下ろしを集め、しかも中国人作家の作品を二作品掲載、さらには満洲に渡ってきた天才詩人逸見《へんみ》猶吉《ゆうきち》を同人としてひっぱり出すことにも成功している。弟四郎の

「狂人日記」が掲載されているのも目につく。自分が編集したこの記念すべき号で、長谷川自身が発表した作品は「家鴨に乗った王」、満洲時代の代表的作品となった小説である。

主人公は中国人「王《ワン》」。長谷川は一年後、虎の「王」を主人公とした『偉大なる王』を翻訳することで、一躍その名声を大陸だけでなく、本土にまで知らしめるようになったわけだが、「家鴨に乗った王」の主人公の「王」は、乞食であった。

「王《ワン》は乞食である。王は生まれつきの乞食で、彼には両親は勿論、兄弟、その他肉親と名乗る者は一人もなく、文字通りの天涯孤独である。」

長谷川らしい簡潔でリリカルな文体で始まるこの短編小説は、「乞食をするためにこの世に生まれ来た」男が、乞食をやめ、苦力《クーリー》になったのにもかかわらず、自分の天命が乞食であることを悟り、苦力をやめ、再び乞食に戻り、満洲国建国記念日に野垂れ死にするまでを描いた小説である。中国人、しかも庶民、というか最下層で生きる乞食を主人公としたこの作品はかなり異色であるといっていい。乞食をつくりだす社会を検証するとか、貧困の原因に迫るとかといった社会性を無視し、乞食「王」がいかに自由であったかということをあっけらかんと書くところが、いかにも長谷川らしいといえるのではないだろうか。乞食こそが自分の定めだった、それに反して苦力となり働いていること、それは堕落以外のなにものでもないと苦力をやめる決意を告げられた苦力頭は唖然とする。

「乞食がいい？　苦力頭は頭をかしげて考えた。だんだん苦力頭の顔に嘲りの色が浮かんで来た、貴様は馬鹿だ、今の世の中は苦力から大臣にでも、王者にでもなれる、貴様の腕一つだ、俺は昔、一介の苦力だった、一生懸命働いて苦力頭になった、貴様は金を捨てて塵芥を拾いに行く、考え直せと云った、王はまじめな顔で、俺は乞食が一番いいのだ、これが天命だ、大臣とか王者には別の人になって貰う、あんたは俺を馬鹿だと云ったが、あんたは乞食になれるかと質問したら苦力頭は頭を下げて黙ってしまった。その間に王はすたすた歩いて広々とした野原に足を踏み入れた。そこには自由の魂と漂泊の風が満ち満ち、鳥が悠々と飛んでいた。」

乞食であることが、放浪、漂泊のための絶対的な条件であると王は信じていた。乞食に戻った王は、再び手にした自由を謳歌するのを、長谷川はこう書く。

「放浪の青春よ、砂漠、ステップ、密林、海辺、町の中、一切の中に湧き出でる放浪の魂よ、それは魅力あるしかも見知らぬ浪漫の波を湛え、人人を誘う。」

自由と放浪への限りない賛美を、こうも素直に、しかも乞食に語らせるところに、長谷川濬らしいおおらかさがある。乞食になってまでも放浪を選ぶ、放浪こそが我が人生という王の選んだ道、それは長谷川自身の人生そのものと言ってもいいかもしれない。

新京の町が建国を祝い浮かれていたとき、王は完全な自由を手にした報いを受けることになる。

「街全体が巨大な勲章のごとく、民族の誇りを世界に放っていた、町の広場には色とりどりの旗がはためき、家毎に国旗が嬉しそうに拍手を互に送っている、人人は新しい装いにいそいそとして祝典に急いだ（中略）大通りを金モールの赤服に勢揃いした美しい軍楽隊が勇壮なマーチを奏して行進して来た、色々な楽器に光が反射してピカピカ輝き、群集の胸はときめいた、子供達は夢中で走り廻り手に手に小旗を振った、

「建国祭万歳！　万歳！」

人人は絶叫して、天上に感謝の意を表し、祝福の歓喜に酔っていた。」

こんな晴れやかな日に、王は酷寒のために凍え死んでいた。

「うら寂しい裏町、その横丁で一人の乞食が凍死していた、空にはじける花火の音、はためく万国旗をよそに凍死体は固く路上に横たわっていた。」

衝撃的なエンディングである。「満洲国」にとって最大のお祭りの日に、自由人「王」を凍死させているのである。呂元明は「ここまで悲惨な結末を描いた小説は非常に珍しい。急転直下の結末はあきらかに「満洲国」への強烈な風刺である――「王道楽土」を祝う「建国祭」の前夜に、路上で凍死者が出ているのである」（『満洲浪曼』の全体像」）と書いているが、長谷川自身は、この作品で「満洲国」を風刺しようなどとは思っていなかったのではないだろうか。放浪を賛美し、自由を讃えるなか、こうした自由を享受するという幸せな道を選んだものには、野垂れ死にが待っ

ていた。表通りの華やかなパレード風景と裏町の野垂れ死にを対比させているのは、風刺ではなく、彷徨人の宿命を浮かび出すためではなかったか。放浪への報いがかくも残酷であるということを、そして野垂れ死にであっても、それはそれでいいではないかという、長谷川の意志を感じることができる。実際彼は「王」と同じような局面に何度も追い込まれることになる。そうした意味では、長谷川濬という男の運命を暗示している作品といえるかもしれない。

■「烏爾順河」

昭和十六（一九四一）年に「満洲國各民族創作撰集（一）」という選集が日本の創元社から出版されている。岸田國士、川端康成、島木健作らが選んだ満洲文学のアンソロジーなのだが、この中で選ばれた長谷川濬の作品は「烏爾順河《ウルシュン》」だった。『満洲浪曼』第四集（一九三九）に発表されたこの短編は、満洲文学という枠のなかに、一番すっぽりと嵌まる作品だった。彼の唯一の作品集となる一九四四年に出版された作品集のタイトルも「烏爾順河」だった。「烏爾順河」は、「満洲」を体現する文学であったことはまちがいない。

大学卒業後満洲に渡った澤田は、大学の先輩天海の家を訪ねる。満洲国を建設する意気に燃える天海の熱弁に圧倒され、自分の中の何かに火がつくのを感じる。同席した同年代の竹村とこのあと熱く語り合い、ふたりは友誼を結ぶことになる。この席には、天海の義妹信子が同席していたのだが、澤田は一目で彼女の美しさに惹かれる。天海の紹介で仕事を得た彼は、何度か天海の家を訪ねるうちに信子への恋心を募らせる。気になるのは、竹村と信子の関係だった。信子への恋心がふくらみ、自分はその思いを告白するのに、はぐらかすような竹村の態度に、澤田は不安を感じる。そんな時だった。時間潰しに入った映画館で竹村と信子のふたりがまるで恋人のように親しげに振る舞っているのを目撃してしまう。それからまもなくして竹村の地方赴任が決定する。地方にはまだ匪賊がはびこり、生命の危険と背中合わせにあった。そこで満洲のため働くこと、それは竹村の本望であった。天海の家で開かれた送別会のあと、竹村は突然澤田の家に押しかけ、信子と恋仲であったことを告白する。澤田はこの竹村の告白を聞いて、少し気持ちが楽になった。しかしこの一週間後、竹村戦死の報せが届く。そして竹村の葬式の数日後恋人信子は、自ら命を絶ってしまう。

信子が愛していたのは自分の親友竹村だったという「烏爾順河」で描かれているロマンスに、函館時代の彼の恋愛体験が重ねられているのは間違いない。従妹の章子をあれだけ愛したのに、結局血が繋がっている従妹との禁断の恋を咎められ、否応なく章子と別れた長谷川は、彼女が自分の親友斉藤と出会い、恋に落ち、結婚を誓うまで、その一部始終をすべて見て、立ち会わされることになる。しかも斉藤と章子のふたりは長谷川を置いて、さっさとブラジルへ移民していった。

「烏爾順河」のふたりはさっさとあの世へと旅立っていった。竹村と信子の死は、「満洲」を純化することになる。ふたりの死を通じて満洲の理念は崇高なものとして昇華されたと言っていいかもしれない。だからこそこの作品は、川端康成らによって満洲文学撰集のひとつに選ばれたのである。

長谷川にとって、この作品は満洲を体現する作品であった。日記「青鴉」の中にも、この短編についての断章が書き留められている。

「「ウルシュン河」は私の建国イメージの一つの表れだ。あの作品は単純幼稚であろう。あの時代に渡満した青年の生き方が出ている。と私は自負している。昭和戦争文学全集に収録されるそうだ。恋がモチーフではない。それより外に向けた青年の恋だ。」（一九六四年八月）

さらに、

「再び「ウルシュン河」の情熱を。あれは廿代の私の満洲の情熱であった。風物と風土と人間への。」

（「青鴉」一九七二年七月）

確かにこの作品は長谷川濬の代表的作品となった。

第八章　虎との出会い——ハルビンにて

■ニコライ・バイコフ

長谷川濬が責任編集をつとめ、「家鴨に乗った王」を発表した翌号の『満洲浪曼』（一九三九年発行）三号に、「マーシュカ」と題された短編が掲載されている。作者は、ニコライ・バイコフ。亡命ロシア人作家である。満洲を代表する作家となるバイコフの作品が翻訳（大谷定九郎訳）され、日本語雑誌に発表されるのはこれが初めてであった。

翌年一月、かつて同人誌を立ち上げようとした仲間で、哈爾浜《ハルビン》高等検察思想科に勤務していた別役憲夫から、長谷川はハルビン土産としてこのバイコフが書いた『偉大なる王』をもらった。ハルビンのザイツェフ書店版で一九三六年に出版されたものだった。バイコフ自身が描いた挿絵も二〇枚ほど挿入されたこの本の頁をパラパラとめくっているうちに、ひらめくものがあった。

彼はのちに「「虎」を訳して――バイコフの眼に就いて」と題して、この訳を連載することになった『満洲日日新聞』でこんなことを書いている（昭和十五（一九四〇）年十月三日）。

「北満の密林に咆哮する虎の生態の描写――これは満洲の動物界の王者であり、文字通り「王大」であるだけに私に野生への誘ひを呼び起こす。私はその時から、ロシア語を勉強した以上、この本だけはものにしたいと決心した。」

そう決心はしたものの、実際に訳そうと思うと、辞書にない言葉や略語、難解な表現につまずき、プロローグだけを訳した原稿は机の中にしまわれたままになっていた。この原稿を取り出し、まさに夜を徹して訳業にとりかかるようになったのは、作家富沢有為男が『偉大なる王』とバイコフに惚れ込んでしまったことに端を発している。

別役からバイコフの本をもらった年の三月満洲を訪れていた富沢は、長谷川が勤めていた満映の宣伝課に顔を出す。ここで長谷川は、バイコフと『偉大なる王』の話をしたところ富沢の顔色が変わる。のちに長谷川はこの時のことをこう思い出している。

「顔の血の気がさーとひいて震え、瞳がちぢみ私をじーと見つめ、えものを狙う緊張した猫か豹のようになった。私はびっくりした。彼の声はふるえている。「その人は何処にいるか、何を書いたのか」「ハルビンに住み、満洲虎を書いてヨーロッパで有名だ。私は彼の本を読んでいる」

「是非みせてくれ。今日、ホテルに持って来てくれ」

富沢さんは熱心にしつこくたのんで帰って行き、私は約束通り『偉大なる王』の原書（ハルビンザイツェフ社出版）をホテルにとどけた。」（「富沢有為男さんのこと」『作文』八十集）

富沢はこのあと北京に行くことになっているが、また新京に戻ってくるから、一緒にハルビンにバイコフに会いに行こうと言って別れた。一週間後の四月八日再び満映宣伝課に顔を出した富沢は、さあすぐにバイコフに会いに行こうと言う。自分は課長であり、簡単に職務を放棄してハルビンに行くわけにいかないと躊躇する長谷川に対して、すべて上司たちの許可をとってあるといって聞かない。確認するために根岸理事のところに行くと、富沢さんの熱心なお願いだから特別に許可した、今晩発ちなさいと言われる。

長谷川はこの日富沢と共に夜行列車に乗り込み、ハルビンに向かう。ふたりは早朝ハルビンに着き、ヤマトホテルで少し休んだあと、馬家溝教堂街にあるバイコフ宅を訪問した。バイコフに会って、六十八歳の老爺が語る数奇な体験談に富沢はまさにうちのめされた。

富沢は会見直後の四月十七日・十八日と『満洲日日新聞』に「哈爾浜の作家・バイコフ」と題したエッセイを発表している。この老作家の数奇な半生を紹介しながら、「巨大な修練と、俊秀な才能を抱きながら、遂に六十八歳の老齢となり、十巻の力作を積みながら何等作家として世に報いられない所に私の感慨は最も深かった」と書き、最後に「自然を見る事だ。さうして自然に学ぶ事だ。私はそれをやってきた、この一生を」というバイコフの作家としての処すべき心得を紹介し、「せめて、この作家を、よく日本にしらせたいと、現在私は思っている」と締めた。この富沢の一言で、亡命者の街ハルビンで静かに余生を過ごしていたバイコフは、突如満洲文壇のスターとして引っ張りだされることになる。

バイコフ（ニコライ・アポロノウィチ・バイコフ）は、一八七二年十一月二十九日、キエフの世襲貴族の家に生まれている。南ロシアに生まれたバイコフだったが、長谷川濬がそうだったように、北の磁針にひきつけられハルビンにたどり着いた男だった。

世界的探検家プルジェヴァリスキイが書いた『ウスリー探検記』を読み、北方の未開の地、極東に憧れていたバイコフの背中を押したのは、この探検記の作者本人のプルジェヴァリスキイであった。プルジェヴァリスキイが、親戚の親友だったという奇遇により、バイコフは初めて彼とペテルブルグで会うことになる。このときプルジェヴァリスキイは、少年バイコフを、「自然や狩猟が好きなら、大きくなってから、極東に行くことを勧める。驚くべき辺境だ」と煽る。そしてバイコフが大事に持っていた自分の本を取り上げ、「記念のために、私の若き親友ニコライ・バイコフへ。老いた林の放浪者、エヌ・プルジェヴァリスキイ」とサインをした。憧れの人のこの一言、そしてこの一筆が、まだ幼かったバイコフの心に、「満洲」の森を歩きたいという夢を植えつけることになった。

バイコフはペテルブルグ大学博物学科に入学し、博物館学と剥製術を学んだあと、軍人の道を歩む。カフカース、グルジアでの軍務を経て、バイコフが憧れの極東に向かうのは、一九〇一年のことであった。ザアームール国境警備軍管区司令部勤務を命ずる指令が届いたのだ。一九〇一年二月、コーカサスの山地からユーラシア大陸を横断、バイコフは妻と生れたばかりの娘を連れて勤務地のハルビンにたどり着く。ここでバイコフは、匪賊が跋扈し、虎が出没する辺境の地、軍人たちが赴任を嫌がっていた国境と川の町、綏紛河《スイフンガ》への勤務を志願し、鉄道東部線警備の第三旅団に入隊、東は綏紛河から西は二層甸子に至る兵器管理官として勤務することになった。バイコフ二十九歳の時である。

バイコフが、妻と娘と三人で新しい生活を始めたところは、のちに長谷川濬が新婚生活を送ることになる綏紛河（ロシア語ではポグラニーチナヤ）であった。

東は沿海地方と二十七キロにわたって国境を接するまさに国境の町ポグラニーチナヤは、極東の密林、少年の頃から憧れていた荒々しい自然があった。バイコフは、一九一〇年にシートウヘーツ（石頭河子）鉄道警部隊長を任じられ転勤するまで、この国境の町を拠点に、小銃を肩に、カメラとフィールド手帳を携え黒龍江から朝鮮、日本海沿岸にいたるまでくまなく満洲の地を踏査する。この時実際に極東の密林を歩き、調査したことをもとに、バイコフは自分の文学の世界をつくりあげていくことになる。

一九一〇年からバイコフは、横道河子に居を構え、石頭河子駅の駐屯部隊長の職に就く。ここは未開の密林に覆われていた老嶺山嶺に囲まれ、バイコフは山嶺の麓に位置するこの密林の警備にあたることになった。老嶺山嶺を中心にした密林を地元の人たちは、シュウハイ（樹海）と呼んでいた。バイコフはここで過ごす四年間、彼があこがれていた満洲の自然の真っ只中、まさに森の霊気にひたりながら、虎をはじめとする猛獣、さらには匪賊と遭遇するという危険のなかに身を置きながら、生を謳歌する。樹海で生活することこそ、彼が小さい時の憧れだった。樹海こそが、バイコフの生命の源、文学の源泉であった。

「満洲（今の中国東北部）東南に広がる原生林は、広大な吉林省のほとんどの面積を占めている。かつて人間は激烈な生存競争の中で、自分の命とその立場とを守り抜いてきたが、そんな遠く過ぎ去った世界を、原生林はいまだに、神秘的なその深奥に秘しているのである。この原生林は数百キロメートルにわたって広がり、山脈や河川の谷間や高原を暗緑色の波で洗っている。そして常に、果てしない嵐の海のようにざわめきたっているのだ。この密林《タイガ》の荒々しい歌声は遠い遠い昔をしのばせてくれる。

土地の住民の間では、これらの森林は「樹海《シューハイ》」という名で知られている。つまり森林の海なのである。」

（バイコフ「山霊への生き贄」『バイコフの森』所収）

バイコフの指揮下にあった第六中隊は、密林地帯の林圃警備に当たっていた。ここでバイコフは狩猟、特に密林の王である虎狩りを奨励し、この時代にバイコフ自ら二頭の大虎を射殺するほか、部下たちも八頭の虎をものにしていた。この虎狩りのなかふたりの兵士が犠牲になっている。この狩猟によってバイコフの中隊は一躍有名になり、「猛虎中隊」と綽名をつけられるようになる。『偉大なる王』を初めとする虎を主人公としたバイコフの作品の原型は、実際に対峙した虎たちとの死を賭した闘いのなかからつくられていったと言っていいだろう。満洲の樹海で生きる動物や人間たち、そしてこの密林のなかに溶け込んで生きる自分の生活を、文章に綴り始める。そのひとつの成果が、一九一五年ペテルブルグで刊行された『満洲の森林にて』であった。これは満洲をテーマとして取り上げる文学作品としてはロシア最初のものであった。満洲の自然、森林に住む人々——狩人、土匪等——の生活を描写した短編集で、現地で撮られた写真が挿入されたこの本は、世界大戦という動乱期に出版されたにもかかわらず、大好評を博し、一万部を売り切った。

少年の頃から憧れていた満洲の地で、軍人として、探検家と同じように、北方の密林を虎を求め彷徨い、自然をストイックな目で描く文学者としてもデビューしたバイコフは、確実に自分の夢に向かって、突き進んでいた。

■バイコフ流浪の旅路

しかし戦争と革命が、彼の運命を大きく変えていく。ヨーロッパ全土を戦禍に巻き込んだ第一次世界大戦の勃発が、彼を満洲の土地から引き剥がし、流浪の旅を余儀なくさせるのである。

一九一四年戦争が勃発するや、バイコフは大尉として召集されて、オーストリア・ハンガリー軍との戦闘の場となったウクライナ国境ガリツィア戦線に赴任する。激戦地となったこの戦線で大腿部に銃創を受けて負傷、除隊となる。戦地を離れキエフに住む姉妹のもとに一時身を寄せ、ヴェーラ・イヴァノヴナ・クルーミンクと再婚する。

戦争が終わる前に、ロシア帝国が崩壊してしまう。一九一七年二月にペトログラードで勃発したロシア革命は、またたくまにロシア全土に広がり、十一月にはレーニン率いるボリシェビキがソビエト政権を樹立した。ロマノフ王朝が打倒され、新政権が樹立されたとはいえ、国内が完全に革命政権の支配下に入ったわけではない。ボリシェビキ政権に抵抗する白軍がロシア各地で組織され、極東や南ロシアを中心に、激しい戦闘が繰り広げられ、革命ロシアは一挙に国内戦の時代へと突入する。まもなくキエフにもボリシェビキの軍隊は進軍してきた。再びバイコフは、戦乱に巻き込まれることになる。

黒海沿岸のノヴォラシースクの白軍に加わり、戦線に立ったバイコフだったが、戦地に蔓延していた発疹チフスに罹り、瀕死の重体に陥ってしまう。しかも赤軍の反撃がはじまり、南ロシアの白軍は敗走を続ける。ヴェーラは、重症のバイコフ、さらには生まれたばかりの長女ナタリアを抱え、この事態から脱するために奔走する。やっと客船「サラトフ」号に乗船させてもらい、命からがらロシアを脱出することができた。まさに危機一髪のロシア脱出であった。

このあとバイコフ一家は、一年間アフリカに滞在したあと、インドへと向かう。

一九二一年五月二十一日、メルクーロフ率いるカッペリ兵団と旧セミョーノフ軍の残党がウラジオストックで決起して、メルクーロフを主席とした沿黒龍臨時政府を樹立したというニュースがインドまで伝わってきたとき、バイコフはいてもたってもいられなかった。なじみの深い極東の地に再び双頭の鷲の旗を掲げる新たな政権が誕生した。亡命者として先が見えないまま、袋小路に追いつめられたこの状況を脱するための、願ってもいないチャンスである。活路を求め、バイコフはまだ幼い娘ナタリアと妻と共に、極東をめざし、イギリス海軍の護送巡洋艦「ハーティング提督」号に乗った。バイコフは、五十二歳になっていた。

しかしバイコフが極東の新天地となるはずだったウラジオストックにやっとの思いで到着した一九二二年九月、メルクーロフ政権の命運はほぼ尽き果てていた。この政権を支えていたのは、ロシア革命を阻止しようとシベリアまで軍隊を派遣した日本だったが、一九二二年六月に成立した加藤友三郎内閣はシベリア撤兵の声明を出し、兵を引きはじめた。十月二十五日には撤兵が完了し、日本の支持を失ったメルクーロフ政権は、まもなくウラジオストックに進軍したソ連が極東につくった緩衝国極東共和国の軍隊によって、崩壊する。

バイコフ一家は、第二の故郷でもあった満洲のハルビンへと向かった。

ユーラシア大陸の北東を流れる大河アムールに注ぐ、松花江（スンガリー川）の河畔に面したハルビンは、一八九八年ロシアが東清鉄道の工事の拠点としてからモスクワをモデルとした都市建設が始まり、あっという間にヨーロッパのどの都市にも引けをとらない近代都市へと変貌していた。ロシア正教ニコライ教堂を手始めに、町には次々にロシア風の建物が出現していった。鉄道が開設されてからは、交通の要衝として発展、労働者だけでなくロシア人が押し寄せ、一九一四年には四万三千人のロシア人がこの街に住み着いていた。さらにロシア革命により、革命政権から逃れたロシア人が、異国にあるロシア人街ハルビンに集まり、他に例を見ない亡命ロシア人街ができていった。

革命の影響を受けない独自の生活様式を持つロシアの街、ロシアの幻影――ロシア正教やコザックの伝統が息づくこの街こそ、バイコフにとって、いま地上に残る最後の安住の場所であった。

いくつかの仕事を経て、一九二八年から三四年まで中学校で生物を教え、ハルビンの馬家溝に、小さいながら自分の家をもつようになり、バイコフはやっと、十数年にわたる流転の生活に終止符を打つことができた。しかも流れ着いたところは、彼が小さなときから憧れ、青春時代をすごした満洲、しかもロシアの幻影が残るハルビンだった。彼のなかで、失われた時間を取り戻すための起動装置に火がついた。バイコフは猛烈な勢いで書き始める。一九三四年には密林生活を描いた小説で、著者自筆の挿絵、写真も挿入された『満洲の密林にて』を出版する。バイコフは、残された人生を、作家として捧げようと決意する。この本を出した年、六年間勤めていた教師を辞め、作家として自立する。バイコフ六十二歳の時である。バイコフの最高傑作、満洲虎「王」の誕生から死に至るまでをリリカルな文章で綴った『偉大なる王』が出版されるのは、一九三六年のことだった。

そしてバイコフは馬家溝の小さな家で、『偉大なる王』を翻訳する男が訪ねてくるのをずっと待っていたのである。

■『偉大なる王』翻訳秘話

会見でバイコフが一番の自信作といっていた『偉大なる王』の翻訳掲載を勧めるために、新京に戻った富沢は、満洲日日新聞社の松本社長に働きかける。松本社長はすぐにハルビンに赴き、バイコフから翻訳掲載する了解を得た。満洲日日新聞学芸部の筒井から正式に、長谷川のもとに翻訳依頼がくる。もちろん原書を読んでいた時から、訳すのは自分だと思っていた長谷川である、断わる理由はない、だがこの時長谷川には、ためらいもあった。当時長谷川は満映宣伝課長として忙しい日々をおくっていた。ときあたかも李香蘭を本格的に売り出そうとしていたときだった。

それでもこの『偉大なる王』は訳さなければならなかった。

戦後『作文』七十二集の中で発表したエッセイ「バイコフのこと」（一九六八年）で、長谷川は当時のことをこうふり返っている。

「会社のつとめを終わり、家に帰ってから、ほんやくにとりかかり、何としても三枚半の原稿を毎日満洲日々新聞にとどけなければならない。『偉大なる王』は満日の夕刊に連載されていたからである。殆どは夜は二時、三時まで虎にとりつかれて神経はくたくたとなり、不明な処は友人のロシア人に、或いはバイコフに直接たずね、殆ど神経病患者のようになってほんやくに没頭した。」

長谷川は、バイコフと一体となり、そして虎の「王」と一体になりながら、原稿用紙に向かっていた。

一九四〇年六月二十四日の『満洲日日新聞』朝刊に「虎」連載の告知記事がでる。

「文豪ニコライ・バイコフ翁畢生の大作「偉大なる王」（日本訳「虎」）の本紙掲載の発表は俄然満洲、日本両文壇に旋風の如きセンセイションを起こしひとり文壇人のみならず一般読者待望の的であったが、本社はその邦訳の完璧を期するため着々準備を進め、この程漸く原作者と翻訳者との慎重なる打合せを果たしたので、いよいよ本日夕刊（一面）紙上より、その特異なる密林の世界と虎の生涯を全満の愛読者に贈ることとなった、挿絵も亦原作者自

虎
〔"偉大なる王"改題〕
H・バイコフ
長谷川濬
作者の前言
プロローグ（一）
自力健康器
食欲は進み
見よ この通り！
立向ほ二、三日
英、佛艦隊を保護抑留

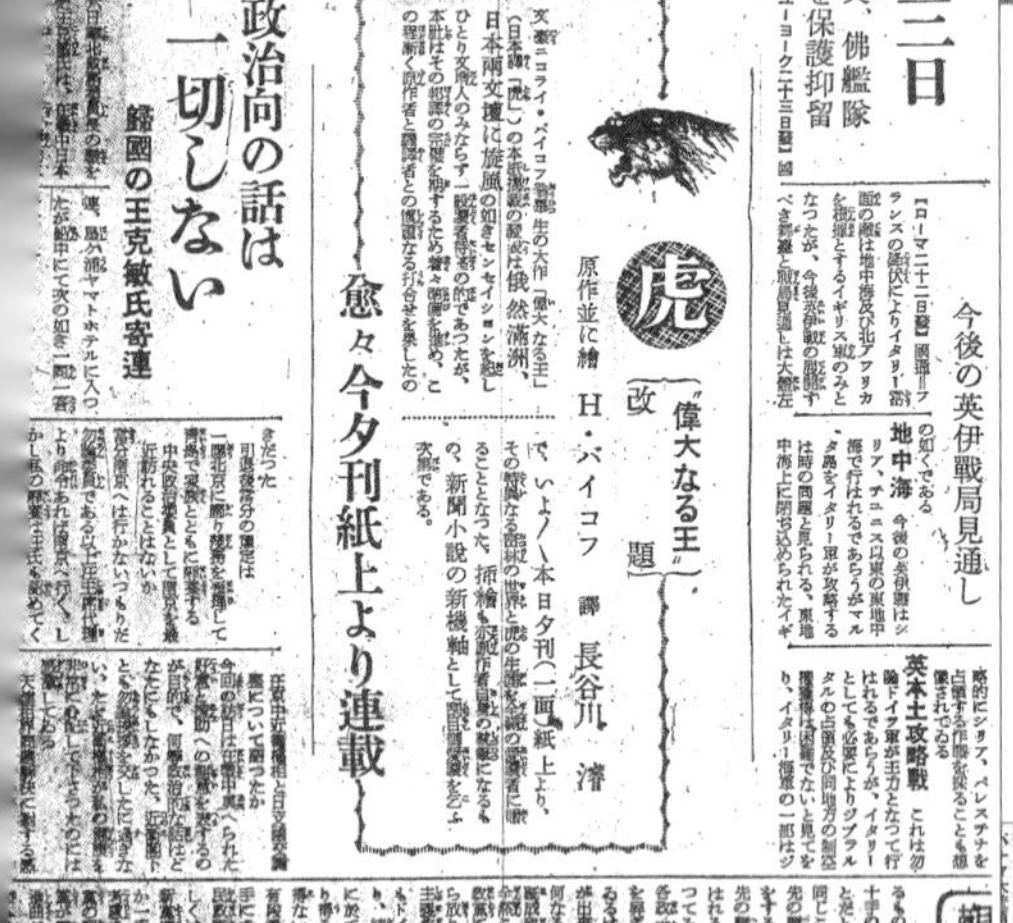

虎
原作並に繪 H・バイコフ 譯 長谷川濬
〔"偉大なる王"改題〕
愈々今夕刊紙上より連載
今後の英伊戰局見通し
地中海
英本土攻略戰
政治向の話は一切しない
歸國の王克敏氏寄連

虎
〔"偉大なる王"改題〕
H・バイコフ
長谷川濬
エピローグ

『満洲日日新聞』1940年の新聞記事
（上）6月25日
（中）6月24日
（下）10月3日

身の執筆になるもの、新聞小説の新機軸として刮目御愛読を乞う次第である。」

そして予告通りこの日の夕刊に、第一回目「プロローグ（一）」が掲載された。

「早春。

密林は生々と蘇えり、黄灰色の地表は若々しい茂みやエメラルド色の嫩枝で緑色を帯びて来た。谷川や山の斜面に沿うて、みざくらと林檎の花が咲き出した。鈴蘭の白い小さい鐘形の花々が、林の暗い茂の中にも、早ちらほら現れ始めた。水晶のように澄みきった山の空気は、花の香と大地の息吹に満たされた。太陽は西に傾き長い夕陽の影が死火山の斜面に延びていた。」

バイコフ自ら描いたふくろうのスケッチも掲載されていた。バイコフのロシア語が、長谷川の小気味よく、歯切れのいい文体の日本語となって生まれ変わっていた。額に王、首筋に大の字の模様をもつ、満洲の密林に君臨する定めをもって生まれた虎「王《ワン》」の一生を、季節ごとに変化する満洲の森林と、そこで生を営む動植物たちの姿も色彩豊かに織り込みながら、淡々と語っていくこの連載は、大きな反響を呼んだ。このころ大連にいた『作文』同人のひとり秋原勝二は、こう回想する。

「文章がね、良かったでしたよね。忘れられません。強烈な印象ですよ。なんていうんでしょう。凛々しい文章でしたよね。僕たちはバイコフというより、濬さんの訳文に惹かれたと言っていいかもしれません」

「虎」の翻訳をすることが決まった三月から訳し終える九月まで、長谷川にとっては仕事を抱えながらの翻訳、連日三、四時間の睡眠時間しかとれなかった、心身ともに厳しい時だったが、それはまた彼の人生の中で最も充実した一時でもあった。彼はバイコフが描く虎の王と共に、北満洲の樹林を彷徨っていた。王が獲物をねらいながら忍び寄る足音、樹林のざわめき、かささぎの鳴き声、フクロウの声、風の音すべて聞こえていた。長谷川はバイコフが誘う森の世界の住民になっていた。連載は十月三日の夕刊まで計八十五回続いた。

「王《ワン》」の物語に奥行きを与えているのが老猟師佟利《トンリ》の存在である。黒沢明の映画でも知られるアルセーニエフ原作の『デルス・ウザーラ』の主人公のデルスと同じように、猟師として生きているからこそ森の生きものたちと共生しなければならないことを知っているこの猟師は、森の神である虎「王」を畏敬の目で見ていた。かつて密林だったところに人間たちがどんどん入り込み鉄道工事が進められる。文明による自然破壊に、「王」は追いつめられ、凶暴になっていく。それをなんとか静めようとする佟利であったが、王は妻子を守るために、ほかの猟師の銃弾に倒れる。エピローグは、「王」の最期、そしてそれを見届け、満洲の森の中に消えていく佟利を描く。バイコフは「王」と佟利のふたりの退場を、決して昂らず淡々と描く。その静謐感が余韻を残す。

「王大は死んだ。

佟利は長い間立たなかった。王の目覚めを待って……。

空しいことだ。偉大な死がその白い翼で王に触れた。老人は立ち上り、そのやせた骨だらけの手を虎の広い額においた。

遠方から鉦の音が断続して流れて来た。無人の境は沈黙していた。長い夜の間、佟利は王大の傍にいた。太陽の最初の光が大頭頂子の花崗岩の頂を黄金色に彩る頃、彼は山を下りて、暗い密林の中へ姿を消した。」

バイコフの文体のリズム、森の静けさの余韻を伝える美しい日本語の訳文である。バイコフの思いが長谷川に間違いなく乗り移っていた。

「九月二日の午前四時半、徹夜してエピローグ訳の最後のピリオドを打った。あたりはし

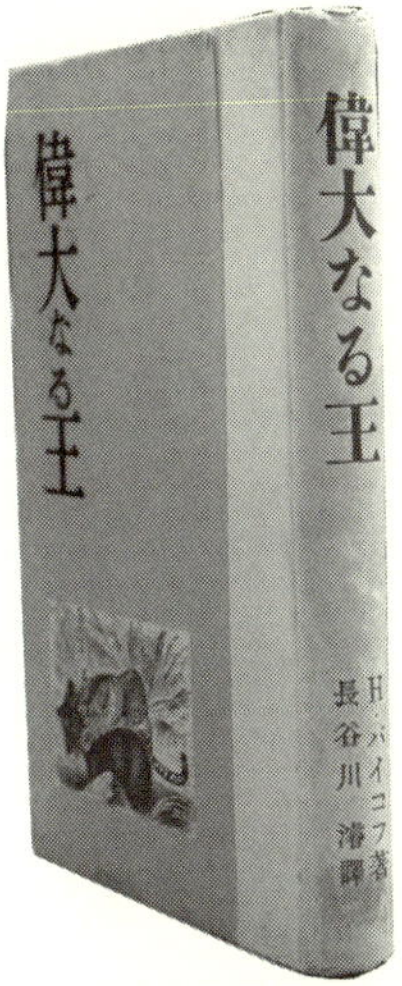

バイコフ著　長谷川濬訳『偉大なる王』と，バイコフ自身が描いた挿画

んと静まり返っていた。私はほっと溜息をついた。その時佟利の目が闇の中に光って、やがてさわやかな朝の光の中にとけ入って行くような感じを受けた。私は一睡もせずその光を待っていたのだ。あたかも絶壁の突端で大往生した王大の如く……。」

（「『虎』を訳して――バイコフの眼に就いて」）

エピローグを訳し終えたこの早朝のことを長谷川は一生忘れることができなかった。「バイコフのこと」で「エピローグは徹夜でやり通した。王大が死んだ時、私も死んだようになり、夜明け前の机の前にぼんやりとあかつきの光を待ったことを今でも憶い出す。」と書いている。

満洲の人たちを熱狂させたこの虎と人間、そして自然との物語は、たまたま満鉄外史執筆の資料蒐集のため満洲を訪れていた菊池寛の目にもとまることになる。菊池寛はこの小説を読み「満洲のジャングルブック」として称賛しただけでなく、翌年昭和十六（一九四一）年三月に自分の会社文藝春秋で『偉大なる王』と改題し、単行本として出版し、日本でも広く紹介することになった。勿論翻訳は長谷川濬、『満洲日日新聞』の訳がそのまま使われた。日本でもこの本は大評判を呼ぶことになる。バイコフはこの『偉大なる王』により、満洲を代表する作家として、日本中にその名を知られることになった。そして長谷川もまたこの翻訳によって、その名を文学史の中に刻むことになったのである。

第四部

三河幻想

○トルストイは私の三十才のはじまりの人生の、女の師であった。
文学の師で有かった。
モンゴル人の馬上交合。ホロンバイルの愛情風景。

第九章　ウルトラマリンの底で

■詩人・逸見猶吉との出会い

長谷川濬にとって宿命の男となった詩人逸見猶吉と出会ったのは『満洲浪曼』創刊号が出てまもない頃だった。「青鴉」の中で最初の出会いを長谷川はこう書き留めている。

「昭和十四年の夏と記憶する。私が満洲映画協会に入ってから北村謙次郎、矢原礼三郎、松本光庸、横田文子、仲賢礼等と『満洲浪曼』第一号を出してからのことである。会が終わって、新京ダイヤ街の扇芳亭グリルに寄った時、矢原礼三郎が私を力まかせにグイグイと引っ張ってテーブルに近づき、一人の男を指さして、例の早口で云った。「これがあの逸見猶吉だ。あの逸見だ」その云いかたは、高圧的で強制的で（お前はあの男を知っているはずだ！　知らないはずがない。あの有名な男を！）と云わんばかりのおっかぶせる口吻なので、私は「知らない、逸見なんか知らん」と今更云えなくなって、どぎまぎしながら、知っている振りをして、初対面の男にあいさつした。その男はテーブルに坐し、悠々とビールをのんでいた。私のあいさつに対して一寸頭を動かしただけで、不敵なしかも人なつこい微笑を浮かべていた。傲慢でぶっきら棒だが、それが如何にも似つかわしい自然のポーズのままであった。私はヘンミユウキチなる人を全然知らなかったし、彼が詩人であることも、彼の詩もしらないうかつ者であるが、一見した処、ヘンミなる人物は、ただのサラリーマンタイプではない、何か変わった男であると直感した。顔つきがギラギラ光って、浅黒く、肉がしまっている。鼻が突兀として、目じりが深く、唇をうすくかむようにしめて、何か荒々しい水夫のような面構えで野武士然とした風貌であった。荒風にふかれたような不敵な目の光りが印象的であった。

背広もネクタイも相当くたびれていたが、一癖ある柄もので、それを無造作に着こなしてるダンディ振りで一種のボヘミアンらしい気分が漂っている。

「のみましょう！」と云って、彼はコップにビールを注いで、悠然と構えている。こんな初対面で、私は逸見と付き合ったのである。彼が日本であの「ウルトラマリン」で吉田一穂《いっすい》氏の絶賛を浴びて詩人として名をあげたことを知ったのも、それ以後のことで、逸見自身は詩のはなし等を私に話したことは殆どない。彼との会見は、多くは酒の場であり、逸見在るところ必ず酒ありと云うテーゼの下に、私と彼の間柄は深くなっていった。」
（「青鴉」一九五八年九月）

逸見猶吉（本名・大野四郎、一九〇七―四六）は、一連のウルトラマリンシリーズの詩で、日本の詩壇に突風のように現れた詩人であった。一九二八年秋、二度にわたって北海道を放浪したときの心象風景を書き留めた「報告」は、詩壇に衝撃を与えた。

「　報告

ソノ時オレハ歩イテヰタ　ソノ時
外套ハ枝ニ吊ラレテアツタカ　白樺ノジツニ白イ
ソレダケガケワシイ　冬ノマン中デ　野ツ原デ
ソレガ如何シタ　ソレデ如何シタトオレハ吠エタ
《血ヲナガス北方　ココイラ　グングン密度ノ深クナル
　北方　ドコカラモ離レテ　荒涼タル　ウルトラマリンノ底ノ方ヘ――》」

ゴツゴツとした剥き出しの言葉の塊が、衝突しながら、極へ向け、限りなく落下する陶酔感に、おもわず引き込まれてしまいそうになるこの詩を書いた逸見猶吉は、この時まだ二十二歳であった。この詩によって、彼の名は文学史に永遠に刻み込まれることになった。伊藤信吉が編纂する『学校詩集』に、この「報告」の他に、「兇牙利的」と「死ト現象」の作品をまとめ、「ウルトラマリン」と名づけ発表するのだが、これを読んだ詩人吉田一穂は、こう絶賛していた。

「その最も新しい尖鋭的表現、強靭な意志の新しい戦慄美、彼は青天に歯を剥く雪原の狼であり、石と鉄の機構に擲弾して嘲う肉体であり、ウルトラマリンの虚無の眼と否定の舌、氷の歯をもったテロリストである。」（『詩と試論』一九三〇年三月刊）

「一九二八年秋・函館ニテ」と末尾に書かれてあるように、逸見が詩のことばとして彫り込んだ荒野の心象風景は、彼が彷徨い歩いた函館のある場に立ちのぼっていた地霊からインスピレーションを受けたものだった。長谷川はこれを読んで、それがどこか、すぐにわかった。

「ポプラ並木と泥濘の一劃で、屠殺場と養鶏場、豚小屋の建つ寒々とした処だ。赤い獄衣の囚人が鎖につながれて野良働きをしたり、囚人電車が通る。湿地帯を渉ると砂丘が冷たく横たわり、その向こうに津軽海峡が青く見え、人気ない海浜に波が打ち寄せ、鳥の群がいつも舞い、また浜に下りて、漂流物の間を漁る荒涼たる風景だ。私はこの千代ヶ岱のどろんこ道を通って中学校に通った。道ばたに血まみれの牛の角がころがっていたりした。私が中学校を卒業してカムチャートカの漁場に通っている頃、逸見は函館にいたのであろう。そしてこの郊外の湿地帯や、どろんこ道を烏の群にまじってほっつき歩いていたのであろう。『ウルトラマリン』には北方の荒々しい郷愁がにじみ出ているし、牙をむいてぶつかって来る動物のはげしい狂気がある。あの青い海峡や岬や、雲の色が『ウルトラマリン』にマッチするし、そのトーンはとび交う鳥の群の羽ばたきにも似ている。だから私も、彼の『ウルトラマリン』を愛誦した。」

(「逸見猶吉覚書」『文芸四季』一九五九年新年号)

千代ヶ岱と呼ばれたこのあたりに長谷川濬の少年・青春時代の親友であり、彼から初恋の人を奪った斉藤鉄雄の家があった。長谷川濬にとって逸見猶吉が宿命の人となったのは、逸見が北方の魂をもつ詩人であったこと、そしてウルトラマリンの詩によって青春時代の痛みを蘇らせてくれたことからだった。ウルトラマリンの詩は、長谷川にとって永遠の詩となった。

ウルトラマリンの詩が「学校詩集」に発表されてから、逸見は詩人として認められ、本格的な創作活動をはじめ、以後、『詩と詩論』『新詩論』などに作品を発表、一九三五年には、草野心平、中原中也等と詩誌『歴程』を創刊するなど、新進詩人として注目を浴びることになる。

■北への磁針

旺盛な創作活動をしていた逸見だったが、結婚して二年後の一九三七年、日蘇通信社(『月刊ロシア』などを刊行していた)の新京駐在員として、突如満洲に渡る。詩を捨て、アフリカに渡ったランボーを真似たわけではないだろうが、この満洲行きを機に、彼の創作欲は急速に萎えていく。通信社の仕事に励むというよりは、大陸を舞台に、放蕩生活にどっぷりとつかることになる。そんな時、長谷川濬と出会ったのだ。

長谷川は、詩人逸見猶吉ではなく、自分と同じように満洲へ流れてきたボヘミアンの仲間として、彼と付き合うことになる。逸見と酒を飲み、語りあうなかで、あの「報告」に、自分の故郷函館郊外の千代ヶ岱を彷徨いながらみた風景が描きこまれたことを知り、逸見という詩人にとって、北方の荒々しい郷愁が原風景となっていることに共感をもつ。長谷川は逸見が、北方をめざしている同志であることを知った。しかし同時に、長谷川は逸見が完全に酒に毒されていることも知った。そのためにすでに詩神が彼から去っていることも……

「青鴉」の中で、長谷川は逸見猶吉へ語りかけるようにこう書いている。

「お前はのみすぎた、あの酒がお前の肉体をほろぼした

好きな酒で死んで本望であろう　だが詩神は認めない」

（「青鴉」一九六四年九月）

「二十二、三歳の男は危ない年齢だ。

俺は性のとりこになって地獄へ落ちた。母に人非人とののしられてなぐられた年だ。（中略）二十七歳からは満洲だ。逃亡である。誰も俺を知らない所で勝手に生きたかった。その通りにやってトリッペル、そしてやけ酒。満洲官吏に愛想をつかして満映入り。満洲浪曼、そし

て逸見猶吉を知る。彼は昂然として涙もろく酒に溺れた。精悍なる男の面構えで歩いた。結局酒で死んだ。よき詩を作る前にウルトラマリンに溺死した詩人——猶吉よ。」

（「青鴉」一九六六年三月）

ふたりはうまが合った。いい飲み友だちになっていた。無茶もした。長谷川はとことん飲む逸見が好きだった。

「二人で無頼に酒の人だ　満洲酒房の深夜　二人で凍った湖を渡った
零下三十五度の夜　家はその向うにあった　肩をくみ、まろび
毛皮にくるまった二人の男よ、俺と逸見だ
ひげにつらら下げ、よくもあんなに酔って　零下三十五度の空の下
暁近く帰ったもんだ　家では妻と子供達が　すやすや眠っているのに
ああ二人で歩いた（いい大人が……）
満洲の夜……（こん畜生！）」

（「青鴉」一九七〇年一月）

いい奴だったからこそ、そしてかつて詩神に魅せられた詩人であったからこそ、長谷川はこのままにしておきたくなかった。自分が責任編集することになった『満洲浪曼』第二号で、逸見を誘い、同人としている。『満洲浪曼』第二号の編集後記で、逸見猶吉はこう書いている。

「私がこの號から『満洲浪曼』の同人へ加えられたことは多分に長谷川君の好意からであった。

先頃、電話をかけて来て君を同人にするが構わないかと言うので、私は有り難く承知した。」

逸見はここで「汗山詩」を発表する。

「茫々たるところ
無造作に引かれし線にはあらず
バルガの天末。
生き抜かんとする
地を灼かんとするは
露はなる岩漿の世にもなき夢なり
あはれ葦酒に酔ふ
舊き靺鞨の血も乾れはてて
いまぞ鳴る風の眩暈

汗山とは蒙古語にて興安嶺の意なり」

ウルトラマリンのような緊張感はまったくなく、空疎な言葉が羅列され、言葉は力をもっていない。あのウルトラマリンの詩を書いた詩人が本当に書いたものなのかと思うぐらい、凡庸な痛々しい詩であった。長谷川も読んで悲しくなっただろう。でもそれ以上に悲しみに打ちひしがれていたのは逸見自身であった。満洲に流れ着いた逸見は、自分のなかから詩神がすでに離れていったのを知っていた。「ウルトラマリン」は、北の大地を放浪するなかで、突然詩神に憑かれて出来た詩であった。しかしいまの彼からはなにもことばが出てこない、だからこそ飲み歩き、北への想いを長谷川にぶつけていた。長谷川は、『文芸四季』に発表したエッセイ「逸見猶吉を焼く」のなかで、逸見は酔っぱらうと、彼に自分の詩を暗誦してくれとせがむので、「報告」の一節を誦しはじめると、彼は一句ごとにうなずき、両目からとめどもなく流れる涙を拭おうともせず、自分の詩に聴き入っていたと書いている。この涙は、つらいものだったにちがいない。詩神から見放されたことを誰よりも、一番知っていたのは逸見自身であり、だからこそ詩神に憑かれていたときの自分の詩がいとおしかったのだろう。

第十章　ハイラル・リーム

■ハイラル、北への入り口

『満洲浪曼』第三号にも逸見猶吉の「地理二編」と題された詩が掲載されている。ハイラルとハルビンをテーマにしたものであった。「海拉爾《ハイラル》」とはこんな詩である。

「凄まじき風の日なり
この日絶え間なく震撼せるは何ぞ
いんいんたる蝕の日なれば
野生の韮を噛むごとき
ひとりなる汗の怒りをかんぜり

げに我が降りたてる驛のけはしさ
悲しき一筋の知られざる脊力の證か
啖ふに物なきがごと歩廊を蹴るなり
流れてやまぬ血のなかに泛びいづるは
大興安のみぞおちに一瞬目を閉づる時過ぎるもの
歴史なり
火襤褸なり
永遠熄みがたき汗の意志なり
風の日樺飛び　祈りあぐる
おお砂塵たちけぶる果に馬を驅れば
色寒き里木《リーム》旅館は傾けり」

「汗山」と同じように言葉は力を失い、ここで描かれる風景も陰影もなく平板なものになっている。すでに逸見のもとから詩神が去っていたことは知っていた長谷川であったが、最後の詩句「色寒き里木《リーム》旅館は傾けり」に、魂を揺さぶられた。長谷川はハイラルの町を二度訪れている。初めて訪れたのは、一九三三年二月のことであった。満洲国外交部の職員としてチタへ赴任する途中、ハイラル駅に停車した。真冬のハイラルは零下五十度、強烈な寒さに震え、その寒さの記憶は身体に染みついて離れることがなかった。二度目に訪れたのは、それから四年後、一九三七年の夏だった。その時長谷川は国境兵要調査隊の通訳として、黒龍江を遡行、満洲里まで旅をしていた。その時に立ち寄ったハイラルの街はずれにあった砂塵につつまれた里木《リーム》旅館のわびしい佇まいが目に浮かんできた。この侘しい宿こそ、長谷川濬にとって北を彷徨うための入り口だった。

　里木旅館は、北の入り口だっただけでなく、長谷川濬の魂の原点、コスモポリタンが蠢くところでもあった。

「青鴉」のなかで、長谷川は何度も里木旅館について書いている。

　「故逸見猶吉へ
ブリヤートモンゴルのがに股
ザバイカルカザックのトルコ式ズボン
砂煙る夏の路を
駱駝は古老の如く
口をとざしてゆったりと歩む
ゆがんだフロント

「荒涼たるハイラルの街道。ロシア人ホテル・リームの前通り」
（福田新生『北満のロシア人部落』より）

窓傾く平屋
里木《リーム》旅館の
色あせたロシア文字の看板
主のニコは大男
丸坊主頭のしわがれ声
広間の窓ぎわに坐して
トランプの一人占い
黒パンの匂
羊肉のくし焼
グルジア風の食卓に
山人の憶い出が……
ニコよ
君はグルジアの男だったな
あの山高きカフカーズの空……」
（「青鴉」一九七一年六月）

↑ハイラル
←漢・満・露で書かれたハイラルの商店の看板
↓海拉爾日本小学校

長谷川は逸見の「海拉爾《ハイラル》」を読んで、ロシアと国境を画す満洲の北境にもう一度行きたいという思いをふくらませる。『偉大なる王』を訳す時、何度かハルビンで会ったバイコフが、満洲の樹海の魅力を淡々と語っていたのも思い出されてきた。

北へ行きたいという思いに駆り立てられた長谷川濬は、満映の中堅社員として、さらには作家として、バイコフのベストセラー『偉大なる王』の翻訳者として、充実した時を送っていた。さらに家庭でも三男一女に恵まれ、満ち足りた生活をおくっていた。この生活を捨て、彼は北の涯、北満の辺境、白系ロシア人が開拓していた三河《サンガ》をめざすことになる。

■三河へ

三河へ行く決意を固めてからまもなくして、勤務していた満映の甘粕理事長に面会、一時休職を願い出ている。休職などとんでもないと解雇されることも覚悟の直談判だった。ここで甘粕は、思いがけない提案をしてくる。彼を三河協和会嘱託に任命し、三河コザックの調査を命ずるというのだ。

甘粕が自殺するまでお茶汲みとして側近として仕えていた伊藤すま子は、甘粕が長谷川濬のことをとても可愛がっていたと証言している。

「甘粕さんはいつも怖い顔をして、面会する人に応対するんです。ひどい時なんかそっぽ向いて二度とふり返ろうとしないのです。私がその人に、理事長はもうお話にならないと思いますなんて言わなくちゃいけなかったことも何回もありました。でもね。濬さんが来ると、いつもニコニコしてるんですよ。あの強面が嘘みたい。お茶を出しにいくとふたりで窓辺に立って、なんか楽しそうに話しているんです。あんな風に理事長が接した人は濬さんだけじゃないかしら」

甘粕が長谷川に対して特別配慮していた背後に大川周明の姿を見ているのは、長谷川濬の甥にあたる長谷川四郎の長男元吉である。

「父のすぐ上の兄・濬が、一九四二年に、国境地帯にてコザックの小説の取材を計画し、一時、満映に休暇願いを出した時、理事長甘粕正彦は濬を三河協和会嘱託に任命し、三河コザックの調査を命ずるとの辞令を出し、取材の費用として三千円（今の約三百万円）もの金を渡している。

そんな甘粕正彦のむこうには、どうしても大川周明の姿が見えてしまう。黒幕と実行班とその手足。三つが一つになって事は成立する。手足として存在した伯父濬と親父四郎の二人には、たえず甘粕正彦と大川周明の影が付いてまわっているように見える。いや、大川周明と甘粕正彦のそばに、二人は自然といたのだ。」（『父・長谷川四郎の謎』）

確かに長谷川濬は、父淑夫の導きで大川周明と出会い、大川と笠木が理想実現のために構想した大同学院の一期生として満洲に渡った。大同学院の門下生として笠木や大川の大アジア主義に影響を受けたこともあったが、大同学院の卒業生が新国家満洲国の官吏として地方に赴任していたのに対し、長谷川は官吏として生きることを放棄、いわばドロップアウトして、満映に就職していた。大川とのコネとは関係なく、甘粕が長谷川濬に好感をもっていたこと、さらにこの年文藝春秋社から日本でも出版された『偉大なる王』の訳者であったことが大きかったのだろう。

一九四二（昭和十七）年一月二十九日、長谷川濬は、新京を出発した。「おい、丈夫で子供を頼むぞ」と妻に声をかけ、家を出る長谷川に対して、妻は「ええ、お互いに」と答えたという。この時のことをのちに長谷川は「海拉爾の宿」というエッセイのなかでこう書いている。

「長女は学校に行っていた。長男は肺炎で入院していた。もはや危険は去り、退院するばかりであったので、後事を妻に託して旅に出た。二男はやうやく浦島太郎の歌を覚えた。三男は耳だれで通院中だ。私は一切の家庭のわづらはしさを妻一人におしつけてアルグンに入るのだ。妻よ、私の我が儘を許せよ！　北方が私を呼んでいるのだ。」

新京を出た長谷川は、ハルビンで下車し、バイコフを訪ねている。

「哈爾浜で私はバイコフさんに面会した。翁は私の三河行きを心から喜んで次のやうなことばをシートに書いて下さった。

自然は人間のよき友であり、教師である。

自然は人生に必要なあらゆるものを與へる。魂にも肉体にも。
自然に学べ、そして己が幸をその中に見付ける事だ。

一九四二年一月三一日

ハルビンにて　バイコフ

『偉大なる王』の作者

私は彼の前でこの文を朗々とよんだ。バ翁は鼻眼鏡を光らせ、大きくうなづき乍ら満足そうに私の手を固く握りしめた。

「私の伜、行って来なさい。すばらしい自然がお前さんを待つとる」とはげまして呉れた。私はほんとにうれしかった。

私はバ翁の手を固く握りしめて云った。

「行って来ます。偉大なる王！　私は書きます。きっと書きます」」

（『海拉爾の宿』）

バイコフは長谷川のことを、ほんとうに自分の子供のように思っていた。内村剛介がバイコフの家を訪ねた時のことを思い出して、こう語っている。

「ハルビン郊外の馬家溝の自宅にバイコフを訪ねたことがある。その折バイコフは訳者長谷川濬の才とその無類の善人ぶりを口をきわめて語っていた。」

（長谷川四郎『シベリア物語』文庫版解説より）

バイコフからのメッセージは、北へ向かう長谷川になによりも勇気を与えた。高揚する思いを胸に、二月一日長谷川はハルビンを離れ、最北をめざす。そこは自分を惹きつけてやまない、北の磁力の原点であった。

「アムール、アルグンの河岸の町々、筏夫、採金苦力、娼婦の群、鷺、河もや、西口子の夕やけ等々、幾度か私は北の妄想に追われて苦しかった。三十七歳の今日、私はまた独り三河に入る。これも止むを得ない。私は書きたいから入るのだ。満洲の文学を作りたいから。

この広大な土地に我々が移り住み、諸民族と交わり、苛酷な風土にまみれ、しかもこの土地を愛しつづけやうとする人々は、先ず動かねばならぬ。私は官吏でも政治家でもない。私は一個の作家としてこの大地に住む。これ以外に何ものでもないのだ。私は作家として働く。それが三河行となって表れた。

私は北辺の自然と人間を書きたい。狂暴な自然と闘いつづけるカザックの群を生々しく書きたい。半野蛮人の血を引くあのアルグンカザックの生命力と恋と歌と狩猟とを……。そこには広大な草原と河と部落と開墾地がある。狼が吠え、風がうなる。花の香りにむせるすばらしい夏の野営場がある。ああ私はこんなものに子供のやうに憧れて、家を出たのだ。」

（「海拉爾の宿」）

アルグンを遡行しながら、長谷川濬は三河をめざした。

第十一章　三河――野性の宴

■白系ロシア人のもとへ

二月一日ハルビンを出発した長谷川濬は、翌日朝八時ハイラル駅に降り立った。ハイラルは凍え、孤立していた。この孤立感が長谷川には心地よかった。一台の馬車を雇って里木旅館に向かう。

里木旅館に七日滞在したあと、二月九日、長谷川はバスに乗ってハイラルを出発、三河へと向かった。ここで一年ロシアのコザックと生活しながら、本物の満洲文学を創作しようというのだ。このために家族を置いて、北を目指したのだ。ぶ厚い羊皮外套に身を包み、防寒帽を目深にかぶり、カートンキと呼ばれるロシア製のフェルト長靴をはき、羊の毛の手袋を二枚つけて、長谷川はバスの最後尾に一席だけ残っていた座席に座った。バスはホロンバイル高原北部の荒野の中の一本道を突っ走って行く。長谷川は白い荒野に見とれていた。

それにしても何故三河だったのだろう。そして三河とはどんなところだったのか。

「三河」は、満洲国北西の辺境、大興安嶺の後方にひろがるホロンバイル高原の北のはずれにある。黒龍江の上流アルグン川の支流である根河《ガン》、デルブル河、ハウール河という三つの川の流域と草原の一帯を「三河」と呼んでいた。「三河」という名称は、ロシア人達がこの三つの河にまたがる地域をトリョフレーチェ（三つの河）と呼んでいたことに由来する。

人口は八千人、ここの住民の大部分はロシア革命から逃れてきたザバイカル・コザックの白系ロシア人であった。革命後赤軍に追われ、帝政復興の夢も叶わぬと悟ったロシア人たちは、ここで生きるしかないと、農業や牧畜に専念するようになる。満洲国建設当初の作付面積は五年後には約二倍にひろがり、北満の穀倉と呼ばれるまでに彼らは開拓に力を注いでいたのだ。長谷川がここを目指したのは、ロシアの大地を追われた彼らが、満洲という新国家で、大地を耕し、新たな土地で再生しようとしていたからに他ならない。我が身を流れるロシア的野性の故郷が、ここにあった、そしてこの野性こそが、誰も構築していない満洲文学の原点になるはずだった。だからこそ彼はここに来たのだ。

「三河」（一九三九年）という満映が制作したドキュメンタリー映画がある。頬髭を生やし、白い服を来た白系ロシア人たちの独自のザバイカル農法のありかた、ペチカに温められた床で寝る生活、信心深さ、お祭りでの踊りや歌など、原ロシア人ともいえる生活の一部がそこには描かれている。

ハイラルを出発してから八時間後の午後五時、目的地三河の中心ナラムト（ロシア名ドラゴッェンコ）に到着した。長谷川濬はスーツケースをひとつぶら下げてバスから降り立った。氷道を踏みしめながらまず協和会三河地域本部を訪ねた。夜が近づくにつれて、大地をおおう零下三十五度の寒気の中で長谷川は呆然と星を見上げていた。とうとうここまで来たという思いがこみあげてくる。コザックの人々と共に暮らすなかで、新たな満洲文学をつくる、そんな思いに駆り立てられ高揚する彼に、自然は静かに語りかけていた。

「夜が近づくと、氷から立ち昇るもやは煙のようにたなびき、牛や馬が野放しのまま、水をのみに集まり、そのもやの向こうにイズバー（農家のこと―引用者注）が点々と黒づんで並び、煙が白く立ち昇ってくる。くっきりと晴れた空は透明体の巨大なドームのように広がり、星がキラキラまたたき始めた。山の稜線はあくまでも黒く空を画し、その一線から、虹色にぼやけた夕空が、夜の幕をそろそろとたぐり出す。馬のいななき、橇のきしみ、犬の遠吠えがあちこちにひびいて、銀白色の村は静かな休息に入ろうとしている。」（「或るマクシムの手記」）

■ウェルフ・ウルガ

ここでおよそ十日すごし、二月十八日午前十時半長谷川は橇に乗ってウェルフ・ウルガに向かう。ウェルフ・ウルガとはロシア語でウルガ河の上流という意味になる。

白樺林が果てしなく続く道を橇は走る。美しい白樺の林の彼方に、魔界の生き物たちが生き、そのささやきが聞こえてくるようであった。長谷川はこの森のなかに静かにロシアの大地の息づかいを感じていた。

「すべては静かに大きく、深く沈み、生物の気配なく、ただ得体の知れない魂が彷徨していた。私は恐怖を覚えた。冬の大王が不思議な力で山や林を抑えつけているのであろう。すべては清らかで透明であった。」

（「或るマクシムの手記」）

四時間ほど走っただろうか。間もなく人家がちらほら現れてきた。カザック帽子をかぶった人に長谷川は「ウェルフ・ウルガかね」と尋ねる。

「『そうだよ、ウェルフ・ウルガで……』」

とカザックが答えた。私の一年間の生活の根拠地である。私は周囲を眺めた。

全くの農村である。大きな丸太を組んだ百姓小屋が黒くくすんで点在し、道はくねり、牛や馬がのそのそ廻っている。」

（「或るマクシムの手記」）

長谷川がここを訪ねた三年後の一九四五年一月、ウェルフ・ウルガを訪れた石井素介は、回想録『三河紀行素描──戦時下の旧北満辺境調査日誌』の中で、この地についてこう書いている。

「冬枯れの丘陵地帯を上がったり下ったりの道が続き、谷間の低湿地にさしかかると、湿地坊主と呼ばれる枯草の塊のようなものが群立していて、走行に難儀する。このあたり、樹木の林は所々にしか見られず、南向きの緩やかな斜面の一部が方形の畑として開墾利用されているだけで、大部分は野草の採草地となっているようである。

街道をさらに東の方に走って、やがてウェルフ・ウルガという村に到着、直ちに村長《アタマン》のパートリン氏宅に入る。この集落の名称は、ウルガ河の上流という意味に由来するという。丘陵の斜面に立地する集落は、数十戸の農家が不規則に集まった形で、整然とした開拓集落風の形態をとってはいない。その代わり個々の農家の造りは、太い丸太を組んだ「イズバ」と呼ばれる校倉式の立派なログハウスで、おそらく東シベリアのザバイカル地方在住時代以来の伝統によるであろうか、地場の建築材料を巧みに利用した防寒本位の造りになっている。」

ちなみにこの時石井を案内したのは、戦後長谷川濬とも浅からぬ付き合いをすることになるロシア文学者佐藤清郎であった。石井は佐藤の案内で村長のパートリンの家に行き、そこで宿泊している。

ウェルフ・ウルガの協和会事務所を出た長谷川が目指したのは警察署であった。ここにこの村でただひとりの日本人の警察官が住んでいたのだ。二十九歳の単身赴任でここに勤務する警察官の家にこの後足しげく通うことになるのだが、この日はハイラル出張中ということで不在だった。彼はとりあえず紹介してもらった家にやっかいになった。

二月二十日ウェルフ・ウルガでの拠点となる家に移り、翌日から学校に行き、子どもたちに日本語を教え始める。

「私はこの寒村に不意にやって来た。此処はカザックの村である。私は毎日ロシア語の会話のみを聞き、話さねばならぬ。私はこの土地に自己の文学を切り拓く為にやって来たのだ。この広漠なる大地に移り住んだカザックの奔放な生活、生態を知り、表現せんが為にはるばる独り此の地に移ったのだ。今は冬だ。すべては氷と雪に封じられて動かない。私は毎日一室に閉じこもって窓から外を見ている。この中に私はじーとして坐らねばならないのだ。そして内から湧き上がる力を見つめねばならぬ。」（「或るマクシムの手記」）

およそ二百世帯、八百人の白系ロシア人が住んでいたこのウェルフ・ウルガが、長谷川が根拠とする住処となる。満人の世帯はわずか五世帯あまり、ここはまさにロシア人たちの村であった。

「私は独り夜の道を行く。語る人もなく、語るべき事もない。

ぎしぎし固い雪を踏んで、私は独り歩く。歩くのみが仕事である。

春の到来！　それはすばらしい寒気の爆発であろう。大斎期より解放された人間と自然の交流、私はこの一室にへばり付いてその大歓喜の飛沫を浴びようとしているのだ。その為私はこの孤独の中に生き、忍ばねばならぬ。」

長谷川濬は三河滞在中に、「或るマクシムの手記」をはじめ、「野火」、「耕地」、「早春」と四つの小説を書いている。ルポルタージュ「或るマクシムの手記」以外は、三河に生きるカザック、カザックとなった日本人の野生の強さと、そこに入り込んできたひ弱な日本人の対比が、濃厚な北の風景の描写を背景に描かれている。憧れの北の極地に自ら入り込みながら、どこか腰がひけて、溶け込むことができないという自画像が、長谷川濬らしく偽りなく語られていると言ってもいいかもしれない。ただどこか手応えを感じていたともいえる。自分はロシア人になれるかもしれないという手応えである。ルポルタージュ風にハイラルからウェルフ・ウルガまでの旅路を追った「或るマクシムの手記」の最後、長谷川濬は、ロシア人になることを宣言しているのである。

「二月二十六日、名をマクシム・ニコライウイチと仮に付けた。よって拙文を或るマクシムの手記と名付く」と書き、その手記を締め括っている。

文芸評論家川村湊は、長谷川濬のこの改名についてこう書いている。

「長谷川濬は、亡命ロシア人の村へ入り、そこに住み込み、名前をロシア人のものに変えて、そこで「自己の文学を切り拓」こうとしたのである。異民族、異文化との協調と協和。まさにそこに貫かれているのは「五族協和」という満洲国のスローガン通りの多民族国家、複数民族国家の理念に忠実であろうとする心情なのであり、彼は日本人のほとんどいない村において、白系ロシア人にまさに「同化」しようという決意を「或るマクシムの手記」として書いたのである。（中略）自ら進んでロシア名に「創氏改名」した長谷川濬は、まさに「五族協和」という民族融和、民族の差違の解消を身をもって体現しようとしたのであり、それが「満洲」の建国精神であり、満洲文学の根本精神であると彼には考えられていたのである。」

（『満洲崩壊──「大東亜文学」と作家たち』）

長谷川はここで満洲文学をつくり、自分がその先頭に立つはずであった。

この頃三河を訪れていた安藤英夫は「三河紀行」（『月刊ロシア』一九四二年十月号）で、「変わった話としては故牧逸馬の実弟の長谷川氏が「静かなるドン」を凌駕すべき大作をものにせんと三河入りをし、カザックと共に生活しているという」と書いている。

しかし満洲という国家自体が消滅するなかで、こうした長谷川の牧歌的な夢はもろくも崩れていく。それはそのあとの歴史が証明していくのだが、その前に理想の根拠地となったはずのこの地を、彼は自ら去ってしまうのである。

■父の死

「「チチウエセイキョ、スグカヘレ」ハハ

父上逝去直ぐ帰れ。母

槙は紙を見たが、嘘のように思われた。日本からもたらされた悲報が突然彼の平衡を破った。河田は悲しい目付で立っている。

「お気の毒です。お察しします」

と河田が低く云った。

槙は大きく溜息をついて電報をしまった。」

これは「耕地」の中の一節である。やっと荒野である三河での農村生活、そしてここで生きるコザックの人たちとの生活に慣れてきた主人公槙は、唐突に父の死を知るのだが、これは全て事実に基づいている。

この年の五月十六日、長谷川淑夫は東京の自宅で亡くなった。享年七十一歳であった。

「私は父の死を昭和一七年三河ウェルフーウルガの耕地で聞き（電報で）、三河より急きょ東京に帰ったが、葬式はすでにすみ、函館で葬式を挙行。私は三日間大隅千代の世話で荻窪宅でみんなの帰京を待った。」

（「青鴉」一九七三年一月）

「新函館」の社葬は、五月二十八日函館市船見町の実行寺でとりおこなわれた。

母由起、喪主の次男潾二郎夫妻、海太郎未亡人の和子、四郎らの遺族が居ならび、ショパンの葬送曲がながれるなかを、七百四名が会葬し、北海道庁長官の戸塚九一郎などが弔辞をよんだ。

葬儀にあわせ、その日の『新函館新聞』はつぎのような社説を載せた。

「故長谷川世民氏は、北辺の一隅にあって四十年一日のごとく、地方人啓蒙のため正論を吐いた。その説くところは常に天下国家を以てし、独特の風格ある筆法は、地方新聞界における異彩であり、そのファンをしていつも快哉を叫ばしめたものであった。また、言論の独立は氏のかたき信念で、一度その所信に邁進するとき、なにごともこれを冒しえず、じつに剛毅不抜の人であった。」

長谷川濬は遠く北の果てからわざわざ上京してきたのにもかかわらず、葬式にも参列できず、最期のお別れもできなかったことになる。それでも彼は父のそばに行きたかった。濬にとって父は特別の人であった。叔母との不倫事件で、母から「人非人」と罵られ、それを一生負の刻印として背負った息子に、救いの手をさしのべたのは、父淑夫であった。満洲への逃げ道も父が用意してくれた。長男海太郎には厳しかった父であったが、不器用な生き方をする三男坊に優しかった。自分を重ねあわせていたのかもしれない。父の浪漫主義を濬は、確実に受け継いでいた。それは濬自身が一番よく知っていた。

「父は新聞社主筆、歌よみにしてロマン派、浪費家にして理想主義的自由人。母は漢学の出にして、傲慢、虚栄の才女型にして典型的偽善家。(中略)

父親はこの妻の倫理と才女的言動にどれほど悩まされて、背信的行為を酒の上でやったか、私にはよくわかる。不幸な父よ。あなたはフェミニストで家庭では孤独でしたね。

貴方の方が話が分かりますよ。「男」の気持ちをよく知って下さいました。」

（「青鴉」一九五七年十月）

「立待岬の丘に我が父の歌の石碑は海を見下ろす
我が父に生き写しの我なれど社長になれず、金持ちにもなれず
近眼でせっかちの処父に似て
人見知りにして世間知らずなり」

（「青鴉」一九六五年十月）

「父は、自由に夢を求め、浪漫の中に子を放ち、私を育て、放牧してくれた。
これが唯一の救いであった。」

（「青鴉」一九六七年三月）

身内でたったひとり、自分を理解してくれた父のもとに駆けつけたいということだったのだろう。

父と別れを告げたあと、長谷川濬は三河には戻らなかった。そのまま新京の家族のもとに留まる。「満洲文学」をつくるために、休職までして三河のコザックたちと生活を共にするという道を選んだ濬であったが、わずか三ヶ月あまりで、この生活に自ら終止符を打ったことになる。

もしかしたら長谷川は察知したのかもしれない。彼が創ろうとしていた「満洲文学」など、しょせん幻だったということを。

第五部

満洲崩壊

第十二章　土煙る三月——死の予感

■バイコフ来日

一九四二年五月二十九日、長谷川濬が日本に戻っていた頃、ハルビンではバイコフの作家生活四十周年を祝う行事が盛大に行われた。『偉大なる王』によって、バイコフはいまや満洲を代表する作家になっていた。この年がバイコフにとって絶頂の年となったと言っていいかもしれない。十月二十九日バイコフは、妻と娘のナタリアと共に、初めて日本の土を踏む。十一月三日から開かれる大東亜文学者大会に満洲国を代表して出席するためだった。上陸地となった下関には、作家大佛《おさらぎ》次郎が出迎えに来ていた。彼と共にバイコフは十月三十日東京駅に到着、菊池寛や富沢有為男らの盛大な出迎えを受けた。バイコフ来日のニュースは連日新聞で報じられている。バイコフを下関まで出迎え、その夜共にふぐを食べた大佛次郎は、「日本の心を知る——バイコフ氏と語る」と題したエッセイを『朝日新聞』に寄稿しているが、その中で「この精神主義の行動人は、大東亜の文化の建設に西欧人ではない性格を更に明瞭にするに違いない」（『朝日新聞』十一月一日）と書いている。いまやバイコフは大東亜文学者の代表となっていたのだ。

大東亜文学者大会の開会式は、十一月三日帝国劇場に、およそ千五百人の参加者を集め、開かれた。歌人土屋文明による開会宣言のあと、久米正雄の挨拶、祝辞、各国を代表しての挨拶が続いた。二番目に祝辞を述べた矢萩陸軍報道部長が「大東亜戦争は建設戦である、建設戦は政治戦であり、経済戦であるが、これを裏づけ強力にするものは文化と思想である。諸君こそは文化兵器の先兵である」と言っているように、戦争勝利のために、文学者も一致団結して協力していかねばならない、このことを確認し、さらにそれを高揚させるための大会であった。

大会一日目挨拶に立ったバイコフは「私は各国を遍歴し、種々の民族に接したが、日本ほど高い精神をもった民族を見たことがない。つぎの世代を担う青少年に健全な文化をあたえ、米英的思想の害毒から彼らを守ることが文学者の使命であり、責任である」と発言、大きな拍手を受けることになる。

十一月四日・五日と東亜会館で本会議が行われ、五日には大会宣言が決議された。

バイコフはこの大会に出席したあと、菊池寛の手配により箱根、京都を見物し、下関から帰国の途についた。

バイコフがハルビンに戻ってまもなく、長谷川濬が同人となっていた文芸誌『作文』が第五十五集で終刊となった。満洲国の文化政策で、一部門一誌という原則が打ち出されたためであった。戦時体制の強化、紙の手配、印刷の手配などを合理化するための施策であった。長谷川が創刊に関わった、ある意味長谷川の拠点となっていた『満洲浪曼』も、一九四〇年十一月に第六号が出たあと、四一年五月に「僻土残歌」というタイトルで『満洲浪曼叢書』が出版されたのが、実質上最後の号となった。

満洲で自由闊達に書き続けてきた長谷川であったが、発表する場が次第に狭まれてきた。そんな時、別役憲夫と共に『満洲浪曼』を立ち上げたひとり、木崎龍（本名仲賢礼）が亡くなる。

■李香蘭と「私の鶯」

帝大国文科出身で、在学中「明治文学研究会」の一員でもあった木崎龍は、卒業後一九三七年満洲に渡り、国務院弘報処に勤務し、ここで『宣撫月刊』の編集に携わったあと、満映に移動した。長谷川濬とは弘報処で知り合った。『満洲浪曼』では文学評論で活躍、「才子」と呼ばれた木崎だが、長谷川の言葉をかりれば「宿命的に病弱であった」（「木崎龍の文学精神」）。一九四三年一月十三日結核のため亡くなった。三十二歳という若さだった。

満映理事長甘粕正彦は、木崎が残した家族が実家の広島に帰る時に、親友長谷川濬に同行を命じた。長谷川は、三月二十七日新京に帰任した。戦線を東南アジア、南太平洋に拡大し、占領していった日本が、各地で後退を余儀なくされていた時であった。ガダルカナル島からの撤退、山本五十六の戦死、アッカ島の全滅など日本は、次第に追いつめられていく。満洲にもこうしたニュースは連日届いている。日本の敗色が濃厚になっていく最中、満映はこうした時代に背を向けた映画を制作していた。

「私の鶯」である。

原作は、バイコフを下関まで迎えに出た大佛次郎の「ハルビンの歌姫」、監督島津保次郎は、以前バイコフの「牝虎」を映画化しようとした監督だった。音楽担当は服部良一、さらに映画プロデューサーは岩崎昶と、戦後の音楽、映画界を代表するふたりも参加していた。満映と東宝の合作によってつくられたこの作品は、一九四二年から十六ヶ月かけて撮影されて、一九四三年暮れに完成、翌四四年に満洲で公開されている。東宝が制作に加わっていたにもかかわらず日本では未公開となった。

映画の主な舞台はハルビン、日本人の娘が親と生き別れてロシア人の声楽家に育てられ、二十数年後に父親と再会するという話なのだが、登場人物のほとんどはロシア人、それもハルビンを代表する歌手や俳優たちばかりだった。ヒロインの日本人娘を演じたのが満映のトップスター李香蘭である。全編ロシア語で日本語字幕というまさにコスモポリタン国家、満洲を象徴する映画といってもいいだろう。

この映画に長谷川も参画していた。大森銀行襲撃事件で逮捕された元共産党幹部大塚有章は、一九四二年満期釈放されたあと、この年の八月満映に入社しているのだが、上司として大塚の面倒を見ていたのは長谷川濬であった。大塚は回想録『未完の旅路』の中で、長谷川濬とヒロインを演じた李香蘭について面白いエピソードを紹介している。

「私たちがたたずんでいる直ぐ側で動物が轢き殺されたような音がして、黒塗りの大型乗用車が急停止したのです。こちらでは自動車は珍しい存在ですし、何事であろうと緊張したとたんに、車のドアーが開いて「長谷川先生」と呼ぶ美しい声と共に李香蘭さんがスクリーンに現れたときと同じような濃艶な表情で降りてきたのです。

「お久しゅうございます。御機嫌いかが……」

二人は握手した。長谷川氏が差し出した右手には洋服の袖口からはみ出した裏地がかぶさっている。しかし彼は泰然としていて、全く意に介していない。「巡映課長です」と紹介されたので、私は、「はじめまして……」といって握手した。李香蘭さんは鈴を転がすような声で「奥地は大変でございましょう」といった。

李香蘭さんは挨拶がすむと直ぐに去ったのですが、二人の話題はしばらく彼女のことで持ち切りでした。

「東京、上海、北京、新京を翔けめぐる国際女優だけあって頭が良さそうだな。それにしても、わざわざ車から降りて挨拶するなんか、ただの鼠ではないな。先生と読んでいたが相当に懇意なの？」

「ロシア語の先生さ。日本から島津保次郎という大監督がやってきてね。ハルビンのキャバレーを舞台にして李香蘭主演の「私の鶯」という映画を作ったのさ。その映画で李香蘭は盛んにロシア民謡を歌うし、ロシア語の会話もやる。それを指導したのさ。すごい女だよ。台詞に出てくるロシア語を暗記するのではなくて、本格的にロシア語の勉強をして立派にマスターできるようになったのだからな」

（中略）

長谷川氏が口ずさむ「私の鶯」の歌を聞きながら、満洲特有の大幅な道を漫歩するのはまことに愉快なことでした。」

スケールの大きな、いかにも大陸を感じさせるこの映画の中で、李香蘭はロシア人にまじって見事にロシア語を操っていたが、そのかげに長谷川濬がいたわけだ。

■別役憲夫の死

一九四五年三月三十一日親友のひとり、木崎と同じく『満洲浪曼』を立ち上げた仲間、そしてバイコフの『偉大なる王』の原書を長谷川にプレゼントしてくれた男、別役憲夫が結核のため亡くなった。「青鴉」で長谷川は別役の死を「満洲という国の終焉を告げる足音でもあった」（一九七二年八月）とふり返っている。

長谷川は、飲むと石川啄木の「我は知るテロリストの悲しい心を」を歌う別役のことが大好きだった。

「憲夫はいい男であった。私の真の友人こそ彼だ。最初にして最後の友。満洲生活で忘れざる人――憲夫。私の友として安心してつきあえた。私の二十――三十――四十に至る年輪で私の心ゆるしてゆるされた人――憲夫。」（「青鴉」一九六八年四月）

そして長谷川は黄色い土が空をおおった日に、亡くなった別役の最期の場面を何度も何度も思い出している。

「君は土ふる三月三十一日に昇天した。窓枠ががたがた鳴り、空は黄色だった。
俺は君のそばにいるのがこわかった。
死にさそわれて、引きずりこまれる。
俺は逃げた。

ゆるして　別役よ
この通り俺は死人の如く生きているのだ
ゆるしてくれ給え」

（「青鴉」一九六八年四月）

別役憲夫は、死に際にもユーモア交じりに長谷川濬に話しかけ、動くな、動くなとささやいた。すでに死が近づいているのを知る別役のその表情を見て、長谷川は怖くなってきた。いま死に瀕している別役以上に、長谷川は死を身近に感じてしまった。この恐怖に勝てず彼はその場を逃げ出す。親友の死を見とれなかったことを彼は死ぬまで悔いる。

「別役の臨終を思い浮かべて、痛恨切なり。気息奄々たる死にのぞむ彼に死の恐怖をおぼえし私はその苦しさと落ち着きと死にのぞむ漠たる風貌に接していたたまれず、そして彼のもとを抜け出し、友人に報せに走り、帰り来る時、すでに息を引きとり。妻女のなげき悲しむさまを目のあたりに見て、呆然と立ちすくみし。当時の状況を思い出して、彼にすまないことをしたと後悔の情に堪えず。

死に行く彼の手を握りしめてやればよかったとつくづく思うのである。」

（「青鴉」一九六五年九月）

長谷川濬らしい悔恨である。そしてそれを死ぬまでひきずるところも長谷川らしい。友人の死を怖くて看取らなかった自分が情けない、その思いを自分の墓場まで持っていこうとするこのナイーブさこそ、長谷川濬の優しさである。こうした罪の意識をいくつも背負いながら彼は生きていったのである。

劇作家、別役実は、憲夫の息子である。別役実の話によると、満洲・新京の長谷川の家と別役の家は隣同士、別役の姉は長谷川の長女嶺子と同級生、そして実も長男満と同じ年ということで、両家は家族同然のつき合いをしていたという。晩年日記の中で、長谷川は憲夫にコザックの防寒帽と防寒靴をはかされた実の幼い姿を何度も思い起こしている。別役実が新人劇作家として頭角を現すころから長谷川は憲夫の息子の活躍を頼もしく見守っていた。別役初期の出世作となる『マッチ売りの少女』を発表する前年の一九六五年九月十日の日記に彼はこう書き留めている。

「別役よ、君の息子、実君は新進詩人、劇作家として君の生をうけて伸びんとす。清らかに安んぜよ。君の舞台姿をしのびつつ、君のめい福を祈るのみ。」

そして岸田國士戯曲賞を受賞したこの『マッチ売りの少女』を収めた戯曲集が出版された時も、早速購入、「別役実の戯曲よむ。意識の停滞と時間のくりかえしと科白のつみ重ねのうちにある現実の沈殿。要するに舞台で見なければなんにも言えない。」(一九六九年八月)と感想を「青鴉」に書いている。

長谷川濬が亡くなる一九七三年は、別役実にとっては劇作家として、童話作家として、映画の脚本家として、その才能を思う存分に発揮していた時でもあった。長谷川は憲夫の息子実の活躍が嬉しかった。

「別役実童話の本（『淋しいおさかな』のこと―引用者注）を出す。時代だ。あの実の成長。今は新進劇作家、憲夫の血が流れている。子供は成長、私は年とったのか。別役実の力は若い。カザック姿の実よ。」（「青鴉」一九七三年九月四日）

一九七三年には長谷川家とは縁の深い北一輝と二・二六事件を描いた吉田喜重監督の『戒厳令』が公開されている。これも、長谷川には因縁深いものだった。

「吉田喜重の映画「戒厳令」に脚色別役実。撮影長谷川元吉。実は別役憲夫の息子。元吉は四郎の息子。年齢も相似ている。一人は満洲、一人は北京生まれだ。」（「青鴉」六月二十九日）

四郎とは、いうまでもないが自分の弟である長谷川四郎のことである。なんたる因縁なのだろうと長谷川は思った。映画とは別に別役実の『戒厳令』という本も出ている。これも長谷川は入手し、すぐに読んでいる。

「十月十九日

別役実「戒厳令」を出す。北一輝のこと。いまだよまず。北一輝は昭和のダークホースなりき。特に軍人間に。実は憲夫の才をうけたり。一つは満洲育ちの野放図も彼の才を支えてると思わる。いま、まさに才の敏活なる時なるべし。」（「青鴉」一九七三年）

別役実は、長谷川濬のことをよく覚えていた。

「濬さんは、骨太のロマンチストでした。書く文章は格調高かったですよね。ただ大きな方なんですが気弱さというか優しさがある人でした。文学青年で穏やかな人でした。濬さんの名を高めたのはバイコフの『偉大なる王』です。私も好きでした。男性的でも優しさを兼ね備える濬さんらしい作品なのではないですか」

戦後引き揚げてきてから何度か濬は、別役家を訪れている。この時のことも別役実はよく覚えていた。

「私が大学を出て、ものを書き始めた頃、そう三十歳ぐらいの時だったと思うのですが、目黒の家にやって来て、いろいろ話していきました。満洲時代のことを反省しているとか、お前のおやじも俺も植民地主義者だとか言っていましたが、カラッとしてるんですね。それにちょっと違和感は感じました。たしかこの時だったと思うなあ。色紙を書いてくれたんです。いまでもしっかり覚えています。『海には太古の響きあり』でしたね」

長谷川がこの時どんな意味を込めて「海には太古の響きあり」と書き認《したた》めたのかはわからない。ただ親友の息子が文学の世界で、才能を発揮し、認められたこと、それが自分のことのように嬉しかったことは間違いない。父憲夫も、そして自分も成し遂げられなかったことを、実が実現している、それが嬉しかったのだろう。

第十三章　王道夢幻

■ソ連軍新京侵攻

日本の敗戦を知らず、そして満洲崩壊を見ずに死んだ別役憲夫は、ある意味幸せだったのかもしれない。その後満洲に残った日本人たちを待っていたのは、まさに地獄の修羅場であった。一九四五年四月二十三日ソ連軍はベルリンに突入、二十八日イタリアのムッソリーニが銃殺され、さらに三十日にはヒトラーが自殺、ヨーロッパにおける連合国の勝利は確定した。まだ戦い続ける日本に対して、アメリカの攻撃は日ましに激化していく。三月九日深夜の東京大空襲をはじめ、名古屋、大阪、神戸と主要都市は焦土と化していく。別役が死んだ翌日四月一日にアメリカ軍が沖縄に上陸、戦場となった沖縄では多くの命が奪われていった。米英ソの首脳はドイツのポツダムで会談、日本に対して無条件降服を迫る宣言をつきつけるも鈴木貫太郎首相は、この宣言を黙殺、戦争続行を表明した。

　敗色が濃厚となったこんな時だったが、新京の長谷川家は慌ただしく、そして喜びにつつまれていた。七月十日三女道代が誕生したのだ。長谷川家にとって道代は、一年前わずか一歳で亡くなった次女茉莉の生まれ変わりにみえた。道代が生まれた一週間後アメリカはニューメキシコで原爆実験を成功させている。この原爆が、戦争を終結させることになるのだが、あまりにも酷く、悲惨な痕跡を残すことになる。広島に原爆が投下されたのは八月六日、そして三日後には長崎にも投下され、二十万人以上の市民の尊い命が奪われていた。

　長崎に原爆が投下されることになる九日の午前零時、ソ連は対日宣戦布告を行うと同時に、国境線を突破して、首都新京を目指して進攻を開始する。この日（八月九日）早暁、ワシレフスキー元帥を総司令官とする極東ソ連軍は、地上軍兵力一五七万人を三方面軍に編成、六方向から満洲中央部に向かって進撃を開始していた。長谷川がマキシムと名乗り、コザックたちと共に生活するなかで、満洲文学をつくろうと仕事も家庭も一時的に捨てて、数ヶ月暮らした三河にソ連軍が入り込んできたのは、宣戦布告直後の八月十日のことである。さらに同日、長谷川濬が愛してやまなかった里木《リーム》旅館があった、北満最大の軍都ハイラルにも戦火が拡がる。

　ソ連の宣戦布告後、新京は騒然となっていた。情報が飛び交うなか、二十四時間以内にソ連軍が新京に侵攻してくるという話が町中に流れ、日本人たちは慌てふためいていた。大同大街から、中央通りにかけ、大小さまざまな荷を負った人々が長蛇の列を作って新京の駅に向かうのが、満映のビルからも見えた。逃げたところで、安全かどうか分からぬ状態だった。

こうした状況を見て、満映の甘粕理事長は、八月十一日午後に「本日午後七時、日系全社員は家族を帯同して本社に集合せよ。歩行困難な老人、病人も担架で運ぶこと。すべて衣服は清浄なるものを用い、男子は武器を携行すること」という指令を出す。このときの模様を内田吐夢は、「たすき十字にうしろ鉢巻き、日本刀を斜めに背負って、小脇に銃剣棒――まるで西南戦争を思わせるいでたちが――続々と撮影所に駆けつけた」と回想している。この日から満映社員とその家族は満映スタジオ内に籠城することになった。生まれたばかりの道代をはじめ五人の幼子を抱えた長谷川濬と文江もこの中にいた。この日の夜十時から千名を越える満映社員とその家族は重病人だけをスタジオに残して、大講堂で開かれた最後の宴にのぞんだ。甘粕が秘蔵していた各国の高級酒が運ばれ、「海ゆかば」を一同で斉唱したあと、各家族がグループをつくり、盃が交わされた。

翌日この指令を知らずに出社した坪井与は、異様な風景を目にして驚く。

「玄関前に整列している人たち、右往左往する人の群れ、而も皆、正常な有様でなく、少し狂ったやうな、少し酔っ払ったような挙動である。」

（『満洲映画協会の回想』）

社員の家族たちは炊き出しをし、ぶた汁をつくっていた。この日ソ連軍が新京に入ってくるとのことであったが、進軍の速度が鈍り、新京に来るまでまだ少し時間がかかることがわかった。

翌十三日関東軍総司令部は、一個師団を増強、二個師団で新京防衛に当り、市街戦も辞さないという態度を表明した。これに対して甘粕は新京にどうしても残らなければならない者以外の満映社員の家族を新京から逃がすためにすぐに動いた。奉天に移すべく、列車を手配、引率者として大塚有章を任命した。満洲時代のことはほとんど覚えていないという長谷川濬の次男寛であるが、この時兄弟と一緒に奉天に向かったことだけはよく覚えているという。避難先は満映が経営する映画館であった。奉天に向かった一行のほとんどは終戦後新京に戻っている。

■八月十五日の黒い煙

そして八月十五日がやってくる。この日新京の空は青く晴れ渡り、太陽がさんさんと照りつけていた。正午長谷川濬は、清野剛の自宅にいた。清野は、甘粕の遠縁にあたり、弘前高校時代に左翼運動にはしり、転向後東大で経済学を学んだ後、甘粕が満洲で立ち上げた研究組織である大東協会専務理事として甘粕を支えていた。この時清野は結核のため伏していた。やせ衰えぜいぜいとやっとのことで息をするその姿に、いま崩壊しようとしている満洲の姿がだぶってくる。この日清野の寝床のそばに、三村亮一もいた。三村は日本共産党の機関紙『赤旗』の元編集長、大塚有章と同じように大森銀行襲撃事件に関連して、四年間獄中にあったこともある筋金入りの共産党員であった。満洲に来てから作家壇一雄の妹寿美と結婚していた。かつては共産党に属し、大陸に流れてきたふたりとともに、長谷川は終戦を迎えることになった。長谷川は戦後、八月十五日が来ると、毎年のようにこの日のことを思い出し、「青鴉」に書き留めている。

「本日敗戦記念日なり。

今より十四年前敗戦放送を満洲新京満映そばの清野宅できいた。瀕死の清野、三村、私と三人できいた。はっきりきこえなかったが、降伏すると云うはなしだった。

ソ連の攻撃よりこの日までの緊張は忘れられない。家族のスタジオろう城、男子の参戦準備、家族そかい、その間の恐怖と緊張、甘粕氏の司令……。そして十五日を迎えた。

私はほっとした。これで一切が終結したと。」（「青鴉」一九五九年）

「十五日のあの時の新京満映の真昼は！　私ははっきり憶えている。大陸の太陽のギラギラ照りつける。静まり返った南新京のスタジオ、遠方に見える列車も走らない鉄路。放心のまま私は赤レンガの陰に立っていた。」（「青鴉」一九六八年）

「二十年八月十五日、天皇放送を満洲新京（今の長春）満映のそば清野剛宅できく。主人剛はすでに瀕死の病人、三村亮一、私三人できく。すべては終わった。

新東亜の夢、満洲国も、アジア復興も、日満一特一心も、生命線も、東亜連盟も民族協和も王道主義も満洲浪曼も関東軍も協和会も一切がっさい完了。

この日晴れて大陸の盛夏の一日、素堀の塚のみ黒々と穴をさらし、いま徒《いたずら》にのびて南嶺の地平線くっきりとして雲を浮かす。」

（「青鴉」一九六九年）

毎年のように終戦記念日に「青鴉」に満洲が崩壊した日のことを思い起こしていた長谷川濬だが、亡くなる年の終戦記念日にもあの日のことを思い起こし、「青鴉」に書いている。

「一條の煙

この日私は満洲新京（長春）郊外満映スタジオで敗戦を知った。明るい八月の太陽の下で

……

新京の都心に

一條の黒い煙が細くまっすぐ空に昇っていた。

殆ど一日中黒煙がまっすぐ空に立ち昇っていた

それが今でもはっきり目に見える……」

（「青鴉」一九七三年）

八月十五日新京の青い空に立ち昇った一条の黒い煙は、長谷川にとって不幸な予感の象徴であったのかもしれない。生後一ヶ月半の道代を抱っこしながら長谷川の目はじっと黒い煙を追っていた。病床で玉音放送を聞いた清野は翌年四月三十六歳の若さで亡くなっている。

他の満映社員全員は正面玄関前に集合して、無条件降伏の「玉音放送」を聞いた。茫然と立ちつくす人々に、甘粕は「いま聞かれた通りです」というひとことを残し、身をひるがえして二階

の理事長室に引き上げた。

それにしても何故この時長谷川だけ清野の家にいたのだろう。もしかしたら長谷川は一緒にいた三村亮一を監視していたのかもしれない。

一九六六年の終戦記念日に書かれた日記にこんな一節がある。

「昭和二〇年八月十五日旧満洲満映そばの清野剛宅で十二時、三村と共に天皇の放送をきく。清野すでに病床に在りて、重体。三村八路軍と連絡中。暑い大陸の真昼であった。」

満洲崩壊後自ら望んで中国に残った三村は、この時すでに八路軍と接触をとっていたということなのだろうか。

『満洲浪曼』の同人で、満映に勤務していた北村謙次郎は三村についてこう回想している。

「三村氏は終戦を迎えたとたん、北尾陽三君らと同じく、中共の文化宣伝隊（？）めざしてとびこんで行き、それきり、寿美さんともども中国残留組の一人となっていま北京に住んでいる。」

（『北辺慕情記』）

元共産党幹部という前歴に目をつぶり可愛がってきた人間が、敗戦まぎわに怪しげな動きをしていたことに感づいていた甘粕が、長谷川に命じて監視させたのかもしれない。

■甘粕自決

満洲が滅びる時は自決すると親しい人たちに公言していた甘粕に対して監視の目が強まった。彼の身辺からピストルや手榴弾や刃物などが取り上げられていたが、さらに三名の社員が特別護衛を命じられた。大谷隆、赤川孝一（作家赤川次郎の父）、そして長谷川濬であった。長谷川は、彼の自決の場に居合わせることになるのである。

満洲から引き揚げてきたあと、長谷川は『文藝春秋』に「甘粕の死」と題したエッセイを発表している。

亡くなる前日の夜、甘粕に軽い読み物を二、三冊持ってきてくれと命じられた長谷川は、資料室で適当な本を探せず、自宅に戻り永井荷風の『おもかげ』を持参して渡した。ソファーと椅子を寄せ集めた寝室に横たわりながら甘粕はこの本を読みふけっていた。長谷川はそこから三メートル離れたところで椅子によりかかっていた。

「二十日の朝早く起きた甘粕さんは、私にあいさつをして、「おもかげ」を手にして「これ、君の本かね」と訊ねた。「そうです」と答えると、そのまま部屋に入り、真新しい白いワイシャツを着た。そこへ、K氏が起きて、甘粕さんに「おはようございます」と挨拶した。」

異変はこのあとすぐに起きた。

「朝の散歩に私が同伴するつもりで、甘粕さんの出て来るのを待っていた。やがて、小柄な甘粕さんは服装を整えて出て来た。私の方へ、伏目勝ちで、肩を振って近づいたが、何か忘れ物に気が付いたやうな様子で、突然、くるりと踵を返して部屋に戻った。ぷんと香水の匂を残して。私は自分の帽子をつかんで、今か今かと甘粕さんの現れるのを待った。三分、四分……。すると突然、「おい！」と呼ぶやうな妙な声が聞こえたので、Oが立って部屋に入った。Oは忽ち引き返して早口に「理事長が変だ」と小さく叫んだ。私は飛び込んで行った。

ソファーに端然と坐した甘粕さんは姿勢を崩さず、硬直し、小刻みに震えていた。私は手を取って「理事長！」と叫んだが、固く結んだ唇から「うー」と苦しげな声を絞り出してぶるぶると震えた。目は瞬きもせず、鈍く光ってぴくりともしない。香水の匂がつんと私の鼻をついた。「理事長、理事長」と叫んでゆすぶったがぴくりともしない甘粕さんは、胸の底から「うー、うー」とうなって、そのまま動かなくなった。どやどやと理事や内田吐夢さんやK氏等が入って来た。長靴を脱がし、服のボタンを外し、長椅子に寝かせ、塩水を呑ませたがもはや呑み込む力はなかった。それから床に寝かせ、内田さんが馬乗りになって胸をさすり乍ら、「吐いて下さい、吐いて下さい」と叫んだが、甘粕さんは、動かず、刻一刻顔色が変わり、冷たくなって行った。すでにこと切れたのである。青酸加里をのんだらしい。固いカラーにそり立ての丸いあごを埋めた甘粕さんの胸から香水の匂のみが放たれていた。時に八月二十日七時二十分である。

テーブルの上に白封筒の遺書があり、Oが真先にとび込んだ時、無言でテーブルの上を指差していたそうだ。事務机の上には、鉛筆の走り書で「みんな仲よくやってくれ」と書いてあった。

メモ用の黒板には、自筆で大ばくち元も子もとられすってんてんと川柳めいた句が書かれてあった。甘粕さんはあっさりと死んで行った。」

実はこのエッセイで明らかにしていない秘密があった。甘粕が自決する前に、三村亮一を殺害しようとしたことである。

戦後書かれた日記の中で、長谷川がこの件について初めて触れているのは、一九六五年十月十三日のことである。甘粕の自決の場に立ち会ったことに触れながら、こう書いている。

「私がこんな人間の最後を見るとは。これも満洲国に来た運命である。

この人間が大杉栄を殺した如く、三村亮一を殺さんとして果たせず、自ら毒を仰ぐ。」

前後関係がはっきりしなかったので、気にはなったものの、そのまま読み過ごしていたのだが、長谷川濬が亡くなった一九七三年の九月十三日に書かれた一節を読んで、はっきりした。

「甘粕は昭和二十年八月二十日に満映理事長室のソファーで青酸カリで自殺した。あっけなく死んだ。覚悟の死。死の前に三村亮一を殺そうとした。この私に引っ張ってくるようにたのみ、私は拒絶した。大杉もこんな具合にやられたのかもしれない。何かさわぎが持ち上がると、チェックしていた人間をばらすのが或る種の軍人の癖かも知れない。甘粕もそのひとり。」

さらに長谷川が亡くなる一週間前にはこんなことも「青鴉」に書いている。

「あの日、私をよんで、三村亮一を殺すから湖西会館の庭におびき出せ」と云った彼のことばのうちに彼の真骨頂があるか?」

長谷川は、甘粕から直接的にこんな指示を仰いでいたからこそ、彼の殺意を感じていたのかもしれない。長谷川が残した日記の中で、何度か甘粕について触れているのだが、甘粕が亡くなった八月二十日ではなく、九月一日に思い起こしている。この日は関東大震災があった日、そしてこの騒ぎの中で大杉栄ら三人が殺害された。甘粕は大杉栄を殺害したのではなく、自らその罪をかぶったという説の方がいまはかなり優勢のようであるが、満映時代甘粕のそばにいて可愛がられていた長谷川濬の目には、大杉栄を殺した男に映っていた。それはなによりも自ら三村を殺すという甘粕の狂気を実際に見ていたからなのだろう。

甘粕が自らの命を絶ったこの日、八月二十日早朝遂にソ連軍が新京市内に入ってきた。前日の夕方カルロフ少将が二百人の護衛兵を率いて、空路新京郊外に到着、協和会に乗りこんできたのだ。

第十四章　満洲崩壊

■敗者の定め

新京にソ連軍が進軍する二日前の八月十八日、溥儀がひっそりと退位、満洲国が消滅したその日、バイコフが住むハルビンにもソ連軍が入り込んできた。ハルビンはソ連の占領下におかれる。バイコフの生活はこの日から激変する。

「一九四五年以降、一家の暮らしは完全に破綻をきたし、なんの蓄えもないので、生活苦にあえぐようになった。娘は秋林百貨店文房具売場の店員となった。ひと月分の給料では二週間ともたず、冬場は石炭を買わなければならないので、こんな薄給では、一週間暮らしていくのがやっとであった。

差し当たり不要と思われる物は、なんでも売り払った。幸い古物商が、毛布、下着、食器、家具など、何もかもお構いなしに引き取ってはくれたものの、どんなによい品物でも二束三文に買いたたかれた。だが、ほかに打つ手はなく、胃袋が食べ物を求めているからには、手当たり次第売るしかなかったのだ。ありがたいことに、隣人や日本の友人たちが引き揚げる際に、壊れた椅子や書棚などを燃料がわりと、少しばかり残していってくれたので、それを薪にしてくべるのだった。」

（バイコフ『回想』）

このあとバイコフは、妻や娘の献身的な支えを頼りに、病や飢えに苦しみながらもなんとか生きのび、一九五六年五月ハルビンから香港に出て、それからオーストラリアのブリーズベンに亡命することになる。

敗戦前長谷川の家族が住んでいた家の近くの空き地に、一本の旗竿が立ち、そこに赤旗が翻ったのは、甘粕が自決した二日後の八月二十二日であった。かつて隣組が集まり防空訓練をやり、濠を掘り、国旗掲揚式をし、山本五十六が戦死したときはこの旗の下で、黙祷をした同じ場所に、まるで燃え立つ炎のように真新しい真紅の旗が風に揺れていた。この赤旗がいま目の前にしている現実を物語っている。ラジオから一日ジャズが流れていた。二日前に甘粕が自殺をとげた理事長室の机には、李山が腕まくりして座っていた。彼は脚本を書く若い作家で、終戦まで反満抗日派の急進分子として監禁されていた。長谷川の姿を認めた李は「長谷川さん、一緒にやりましょう。ロシア語のほうたのみますよ」と声をかけてくるのに対して「よろしく、何でもやりますから」と答える自分の卑屈さに我ながら嫌になった。しかしこれも現実であった。

赤旗は関東軍司令部にも翻っていた。建物にあった菊の紋は剥がれてぽっかりと大穴が空いていた。長谷川は「赤軍進駐」という小説でこのときの自分の想いをこう書いている。

「私は立ち止まって呆然とそこを見つめた。

——何たる空虚だ——

関東軍司令官があの穴に最敬礼していたのだ。

「わははは……」私は哄笑した。

虚ろな笑い声が灰色の空に吸われていった。

何たる虚無！　これが国家か、権威か、

俺達はこんな象徴に信頼と崇敬をかけて来たのか。」

ソ連軍が新京に入ってから日本人たちは、あらゆる屈辱をうけ、ソ軍の軍靴に蹂躙されるがままとなった。「ダワイ、ダワイ、ダワイ」とマンダリン（短機関銃）をふり回して民家へ乱入して来たソ連兵士たちは掠奪をくり返していた。ロシア語ができた長谷川は、ソ連兵士のために駆り出され、通訳することになった。ときにはカフェに連れて行かれ、そこで働く日本人女性の品定めの通訳を強いられることもあった。みじめであったが、それが敗者の定めであった。

「きびしい敗戦の鞭が
ピンピンと鳴りひびくのを　私はきいた
民族協和！　何たる空言ぞ
嘘つきの植民地仮面はずり落ちた
それは国と国、力と力の　きびしい現実だ
見よ　日本人のほいど面を」

（「青鴉」一九七三年八月十五日）

かつては自分も抱いた五族協和、理想の王道楽士をつくるという夢のなんと脆かったことか。

「あの寛城子《カンチャンス》の柳絮が
雪のように降った、六月の浪漫はもう遠い昔だ」

（「青鴉」一九六八年七月）

白い柳絮の乱舞が、満洲浪曼を象徴していたとすれば、敗戦の日長谷川が見た黒い一条の煙は、満洲崩壊の象徴となった。この日から敗残者として長谷川はうつむきながら、じっと堪えながら帰国の日が来るのを待つことになる。それは敗者であることを思い知らされる日々であった。そして日本民族の思いあがりが復讐される時でもあった。終戦から二十二年後の八月十五日、長谷川は「青鴉」にこう書いている。

「生涯の一変事敗戦。これを満洲で迎えた。この日を境として、在満日本人は乞食道のどん底に落ちた。あらゆる屈辱をうけ、やがてソ軍の軍靴にじゅうりんされ、命乞いして歩き、満人に土下座して、帰国を待ちわび一日一日と死に絶えて行った。日本民族の思い上がりが復仇された日である。思って見よ。日本人の在り方を。現在の世界における日本を！　知るべし日本人を、世界を。」

（「青鴉」一九六八年一月）

■劇団文化座の満洲

二〇〇六年十一月劇団文化座は創立六十五周年、満洲引き揚げ五十周年記念と銘打ち「冬華――演劇と青春」という芝居を上演した。敗戦直前の一九四五年六月に満洲巡業のため新京に着いた佐佐木隆と鈴木光枝率いる劇団「文化座」は、終戦とソ連進攻を奉天で迎える。この芝居は奉天から新京に戻り、寒さ、飢えと闘い、ソ連軍や国民軍の略奪から必死で身を守り、演劇という夢に支えられながら必死に生きる若い演劇人群像を描いたものである。文化座と長谷川濬はこの時以来深い絆で結びつけられることになる。川崎賢子が『彼等の昭和』の略年譜の一九四六年の項で「濬は、この春、巡業中敗戦となったため満映の社宅に滞在中だった劇団文化座を世話し、在留民団の後援で、吉野町の市公会堂にて、三好十郎作「彦六大いに笑ふ」公演を実現させる」と書いているように、満映の社宅に逃げ込んできた文化座の人たちと共に新京で辛酸な生活を耐え忍んだばかりか、同じ船に乗り日本に引き揚げてくることになった。引き揚げ後も長谷川と文化座の関係は切れることなく、佐佐木隆が亡くなるまで続く。

この「冬華」を長谷川寛と一緒に見た。戦後終戦後の新京の辛い状況を描く場面が続くたびに、隣に座る寛のことが気になってしかたがなかった。公演後「辛かったのではないですか」と思わず聞いてしまったのだが、寛はいつものように淡々と、「懐かしいですね」と答えておられたが、いろいろな思いが交錯したのではないかと思う。この時寛は、文化座が滞在していた社宅に住んでおり、同じ時代を共有していたはずなのだから。

「冬華」には、満映関係者が三人出てくる。敗戦後の新京で芝居をやりたいという無謀な劇団の希望をかなえる為に中国側と交渉するほか、いろいろと劇団の面倒を見る犬塚、ソ連側に追われる理事戸崎、そして照明など裏方をする元映画監督本村である。本村は内田吐夢、戸崎は理事長だった甘粕がモデルになっているのだろうか。問題は新京市公会堂を借りるため、また食糧などを手に入れるため奔走する犬塚のモデルなのだが、これが長谷川濬だという感じがした。これは寛も同意見であった。しかし犬塚のモデルとしていたのはどうも大塚有章のようだった。公演プログラムのなかで、座長の佐々木愛は、こんなことを書いている。

「満洲時代、苦楽を共にした内田吐夢先生、木村荘十二先生、森繁久弥氏、大塚有章氏、新京公会堂支配人だった土屋さん、（中略）この作品にも登場する沢山の方々の援助のもとに、文化座は満洲で生き延び、今日まで歩みつづけた」

大塚有章は、戦後中国から帰国して出した回想録『未完の旅路』の中で、文化座についてこう語っている。

「私が東北電影公司の日本人代表委員だったときのことは、殆ど忘れてしまっているのに、一つだけ頭に焼き付いて離れないことがある。それは満洲公演中に運悪く敗戦に遭遇して、日本に帰るまでの一年余りを長春に籠城しなければならなかった文化座にまつわる物語である。文化座が満洲公演の最後を飾ったのは長春市（当時の新京）公会堂におけるマチネーであった。それは最後を飾るという言葉がピタリとするほど、公会堂は大入り満員だったし、数千の観衆は一座の好演に魅了させられたものだった。すでに戦争は末期の兆しを呈しており、文化座の公演を勝ちとるためには、旧満映が軍や政府方面に向かって諒解をつける必要があった。旧満映では応召で人が足らず、私が宣伝課長も兼務しているという状態だったので、門外漢の私も公演には多少の関係があったように記憶する」

その後敗戦後も大塚と文化座の交流はあったようにこの回想録は書いているのだが、「冬華」の直接のテーマとなっている敗戦後一九四六年に上演された「彦六大いに笑ふ」については、大塚は何も触れていない。芝居では犬塚はロシア語も話せる設定になっていたことを考えると、やはりこの犬塚のモデルは長谷川濬だったのではないだろうか。

劇団代表の佐々木愛にこのことについて聞いてみた。

「母から長谷川さんの話はずいぶん聞かされていましたし、戦後もよく稽古場に顔を出してま

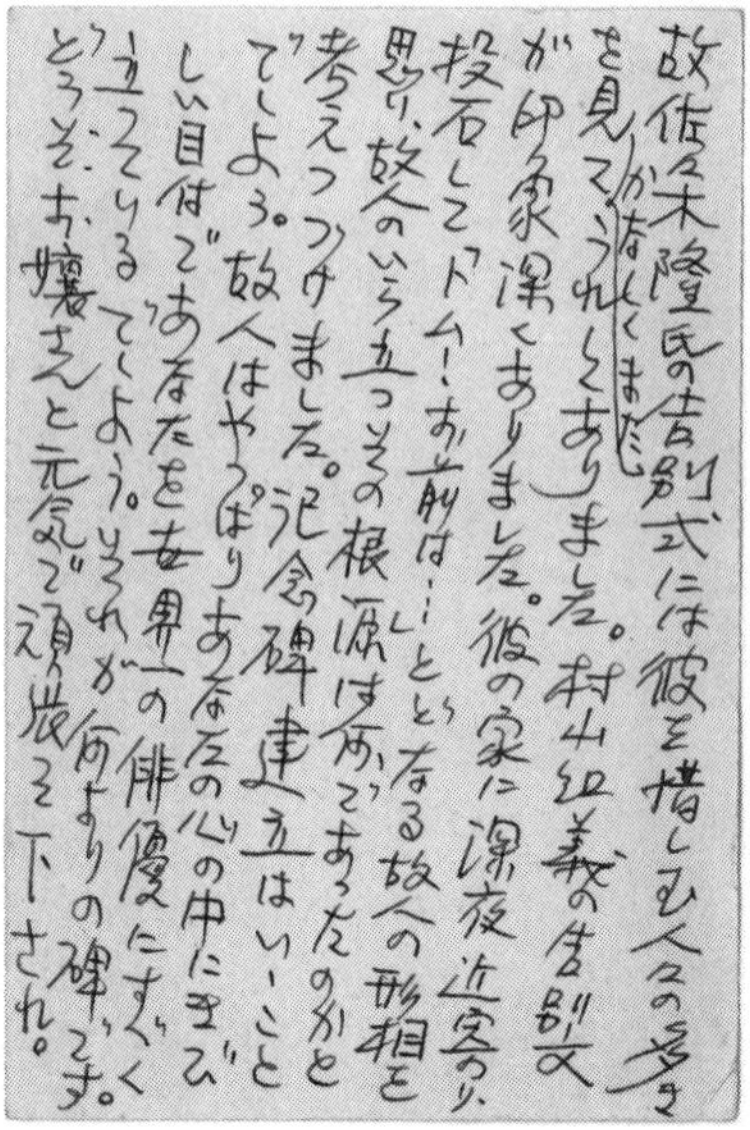

故佐々木隆氏の告別式には彼を惜しむ人々の多さ
を見てうれしく（かなしくまた）ありました。村山知義氏の告別式
が印象深くありました。彼の家に深夜近寄り
投石して「ドム！お前は…」と、どなる故人の形相を
思い、故人のいら立つその根源は何であったのかと
考えつづけました。記念碑建立はいいこと
でしょう。故人はやっぱりあなたの心の中にきび
しい目付であなたを世界一の俳優にすべく
立っているでしょう。それが何よりの碑です。
どうぞお嬢さんと元気で頑張って下され。

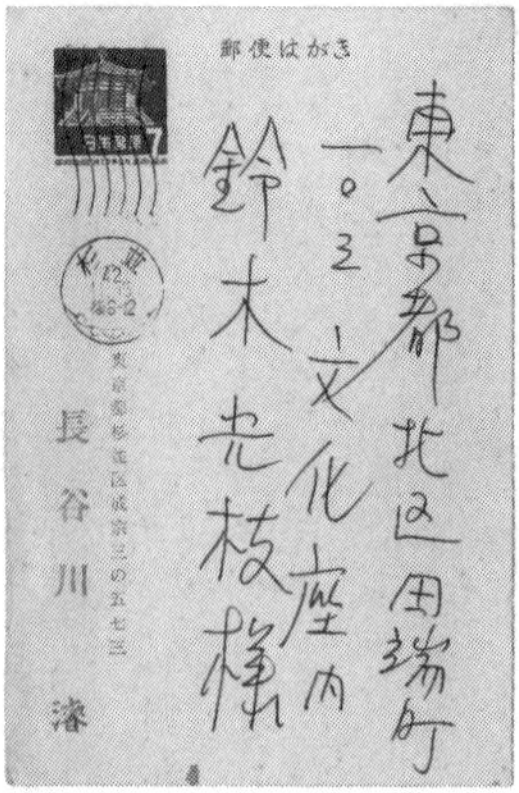

郵便はがき
東京都北区田端町
一〇三
文化座内
鈴木光枝様
東京都杉並区成宗三の五七三
長谷川濬

鈴木光枝宛のハガキ
（佐々木愛氏蔵）

したからね。船に乗っていらしたみたいですね。その帰りになんていうですかソ連のサラミみたいなものをぶら下げてひょいと顔だすんですよ。そして父とそれを肴に酒飲んで、いつも歌うんですよ、ロシア民謡を。大陸浪人みたいな人でした。

犬塚のモデルですか。長谷川さんではないですね。でも私はね、長谷川濬をはっきりイメージした人を出した方がいいといまでも思ってるんですよ。母もずいぶん濬さんについては亡くなってからも思い出していろんなことを言ってましたからね」

この芝居が上演されておよそ半年後の二〇〇七年五月二十二日、佐々木愛の母でもある元劇団代表鈴木光枝が亡くなった。この二年後、仏壇を整理していた佐々木愛は母に宛てた長谷川濬のハガキを見つける。一九六七年佐佐木隆が亡くなった告別式の時、母と娘、愛を励ましたものだった。

文化座が一九四六年三月二十三日から二十九日まで長春公会堂で「彦六大いに笑ふ」を上演してまもなく、ソ連軍が新京から撤退し、八路軍が進軍してきた。ソ連軍の暴行、掠奪から逃れられると日本人たちは安心するものの、正体のわからない八路軍にも不安を感じながらただ見守るしかなかった。冬が去り、ソ連軍も撤退するなか帰国という問題が現実味を帯びるようになっていた。まもなく日本に帰れるとみんなが期待に胸をふくらませたとき、逸見猶吉が、じっと死を待っていた。

■逸見猶吉を焼く

敗戦、満洲国崩壊、ソ連軍の侵攻は、結核病みの逸見の身体をさらに痛めつけていた。見舞いに行くたびに逸見は「俺は死ぬもんか、俺は逸見猶吉だ」と意気がるのだが、衰弱はひどく、胸は枯れ木のように細くなっていた。この衰弱ぶりをみて、実兄で、満映の理事をしていた和田日出男の口添えで、一時難民病院に収容されるのだが、そこは開拓地より流れてきた日本人重患者のための施設で、病院というよりは死の収容所といってよかった。兄の世話でやっと入れた病院だったのだが、逸見は自分の死に場所は自分で決めるとばかりに、すぐに退院し、自宅に戻る。

そして退院から三日後の一九四六年五月十七日午前五時、逸見猶吉は、三十八年間の短い命を閉じた。

この日外はさわやかな快晴で、ライラックの花が香気を放ち、カッコーが啼いていた。安らかな死に顔だったが、半眼は開かれたままだった。にぶい光りが澱むその眼を見て、長谷川は、おもわず「猶吉よ、目をつぶってくれ」とつぶやく。

翌日棺のふたを釘付けする時、集まった人はリラの花や新緑の枝をあふれんばかりに投げ入れた。長谷川は、逸見が愛用していた徳利と前菜入れ、そしてランボーの『地獄の季節』のフランス語版をそっと忍ばせた。

この時長谷川と共に逸見を送った画家関合正明は、エッセイ集『コルトバの雪』の中で悲しみにくれる長谷川のことを思い起こしている。

「死棺に火がつき出すと、死骸を焼くあの頭の芯まで痛くなるような嫌な臭気がしてきた。濬さんは、居ても立ってもいられないような焦燥感にうろうろしている。

「逸見は可哀相だ、逸見は可哀相だ」

と泣声を出しながら階段を上がって地上に逃出して行った。」

親友別役憲夫の最期の時も、看取るのが怖く逃げ出した長谷川は、ここでも逃げ出している。関合は続けてこう書いている。

「大柄の濬さんが、草原の中を往きつ戻りつしている。私を見かけると大股でやって来た。見ると大粒の涙を出している。泣声で、また逸見は可哀相だと言う」

繰り返し可哀相だというしかなかったところに長谷川の悲しみの深さがあった。だからこそ彼は、逸見の死と、葬儀のことを「青鴉」のなかで、それこそ何度も何度も書き記している。ここに紹介するのは、死んで二十二年経ったときのものである。

「まためぐり来る
五月十七日
この日お前は死んだ
半眼のまま
骨と皮のせんべいとなり
かかとのあかは
亀甲型にひびわれていた
棺に入れる時お前の骸が
軽いので胸にこたえた
お前の胸にランボーの「地獄の季節」の原本が

置かれた
お前を骨灰にした時
この「地獄の季節」が
原本のまま真っ白い灰になり
骨の中に鎮座していた
俺は形を崩さず
そのままそっくり
骨箱に入れた
猶吉よ、お前はランボーと共に
昇天した」

長谷川は、逸見猶吉の死を、まるで昨日のことのように、このように鮮烈に記憶に留めていたのである。何故なのだろう。長谷川は、「逸見猶吉を焼く」(『文学四季』一九五七年)で、猶吉の骨を拾うことが、自分にとっての宿命であったと思い起こし、続けて「私は彼の骨を拾った。ランボーの詩と共に……。これは私の彼との交渉の最後の点であり、そして未来をつないだ」と書いている。ここでつながれた「未来」とは、逸見猶吉の死と詩を背負って生きていくことを、運命として受け入れたということだった。

あの時つながった逸見猶吉との未来に誘われ、戦後引き揚げてきたあと、長谷川は沿海州のアムールとサハリンを航海することになったといえる。北方の海で逸見猶吉と再会し、語らうこと、それは長谷川にとっては、青春を共にした満洲を思い起こすための儀式であった。失われた過去、夢、それをひきずって生きていくことしかない、自分の定めとでもいうべきその象徴が、逸見猶吉とのサガレン（サハリン）での再会であった。

長谷川は、満洲崩壊の象徴ともいえる甘粕正彦の自殺の現場に立ち会っている。この歴史的な現場に立ち会ったことよりも、逸見猶吉臨終の場面が、長谷川にとってははるかに重要な意味をもっていた。甘粕はいわば国家に殉じた男であった。長谷川にとっては、満洲国という幻の国家に殉じ自決した人間よりも、詩に殉じ、野たれ死にした人間のほうが身近であったし、大事だったのだ。

異国の荒野で死にたえた逸見猶吉は、長谷川のもとに夜毎訪れる一羽の「青鵐」になったのである。「青鵐」ノートのなかには、逸見猶吉へ捧げられた六十数編の詩が書き留められている。そのひとつを引用しよう。

「故逸見猶吉へ
猶吉よ

お前と北の海で酒をのんだら
お前はせいうちのように
吼えるであろう
「ウルトラマリンの底の方へ……」
やたらに羽ばたき
北の魂や鴉共を
みのがして
俺はお前と酒をのむ……
星座はゆっくりめぐり
深海魚は発光している
お前の鼻先から
涙が流れ滴り落ちる
お前は泣いていない
ただ涙を流すだけだ
俺の指針はやっぱり
「北をさしている」と云ったな

その通り
極北の北のまた北へ行くんだ
そこで人生の
悔恨を凍結させて
お前と死にたいのだ
猶吉よ!　せいうちの猶吉よ」

（「青鴉」一九五八年八月）

「そこで人生の悔恨を凍結させてお前と死にたいのだ」という言葉にこめられている痛切な想い、ここに生き残った者——長谷川濬の戦後の生きざまが浮き彫りにされているような気がする。

長谷川は、自分の日記に「青鴉」という表題をつけていた。この「青鴉」という意味深な言葉は、逸見猶吉に誘われて、生まれたものだろう。

「報告」のなかに、「目ニ見エナイ狂気カラ転落スル　鴉ト時間ト」という詩句があるが、逸見にとって、「鴉」は重要なイメージとなっていた。「ウルトラマリン」に収められる「冬の吃水」と題された詩にも「錯落スル　鴉共」とか「サカシマノ防風林　鴉共」という一節がある。それだけでなく、彼は鴉を主人公にした「火を喰った鴉」という童話も書いている。『逸見猶吉の詩とエッセイと童話』の編著者森羅一が「「鴉」はそのまま逸見の詩人としての核をなす象徴化さ

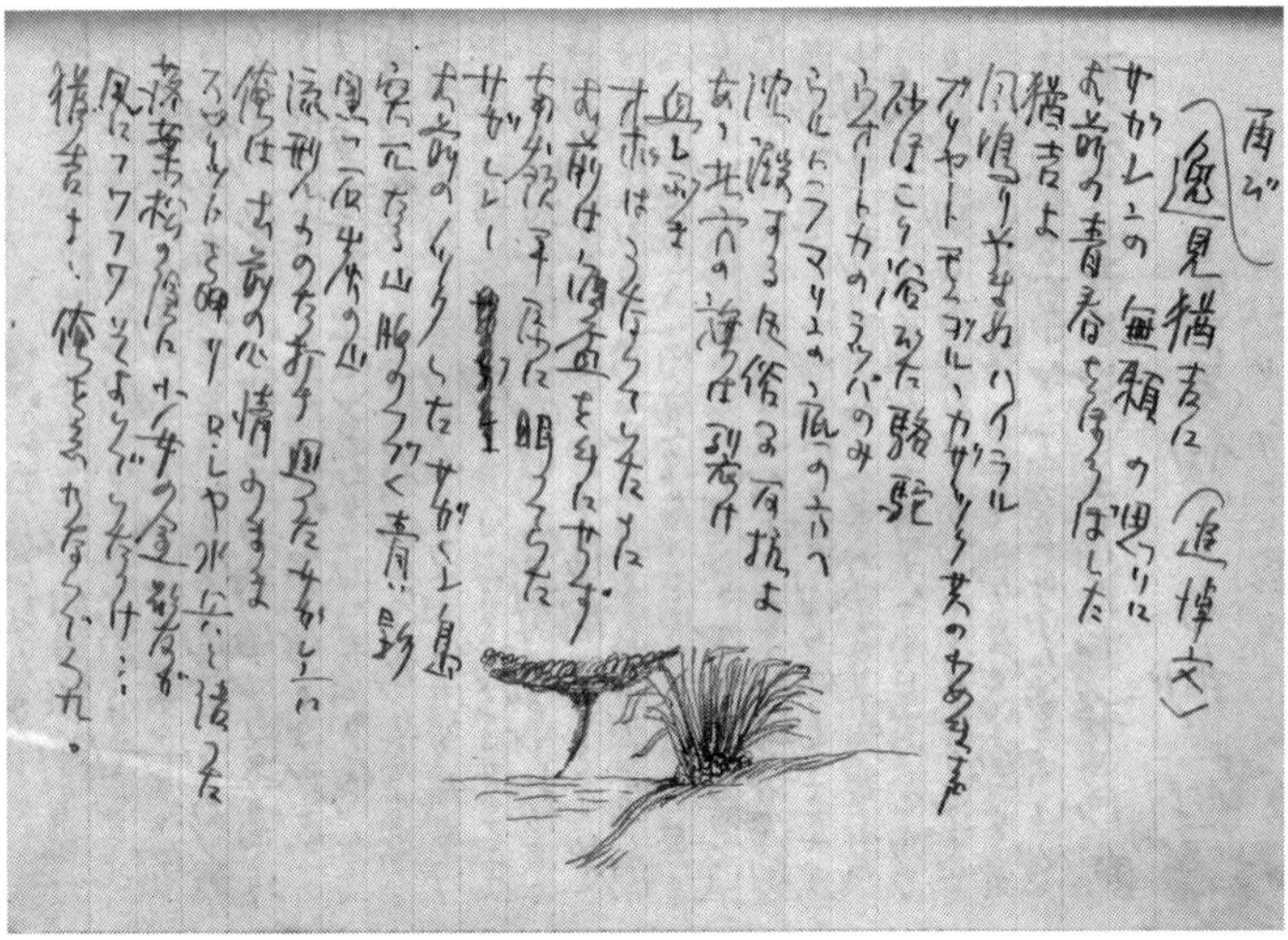

ノート「青鴉」より

れたものである」と書いているように、鴉は、逸見にとっての原風景となる北の荒野をさらに荒涼にする、なくてはならないシンボルであった。

逸見の「鴉」を誰よりも理解し、自分の精神に溶かしこんだのが、長谷川だった。彼は「逸見猶吉覚書」（『文学四季』新年号、昭和三十四年）のなかで、「「ウルトラマリン」」には北方の荒々しい郷愁がにじみ出ているし、牙をむいてぶつかってくる動物のはげしい狂気がある。あの青い海峡や岬や、雲の色が「ウルトラマリン」にマッチするし、そのトーンはとび交う鳥の群の羽ばたきにも似ている」と書いている。

長谷川が、自分の日記に「青鴉」というタイトルをつけたのは、逸見の「鴉」のイメージを受けてのことであった。鴉に青を冠しているのは、この世に存在しないもの、儚いもの、失われたもの、あるいは幻、そんな意味あいをこめているのではないだろうか。失われたものに誘われて、北の海を彷徨する自分の姿をみるための鏡、それが「青鴉」だった。

逸見猶吉という青鴉は、満洲崩壊後終生長谷川にとりつくことになった。長谷川が亡くなる半年前の一九七三年五月十七日に書かれた、逸見へ宛てた最後のメッセージは次のようなものであった。

「故逸見猶吉に――五月十七日忌日にあたりて――

昭和二十一年五月十七日午前五時半、
満洲は八路・国府軍内乱のさ中、この日君は率然として逝けり
時は春うらら、大陸に春来たるその一日
君は半眼ひらき、カラカラに乾きてミイラの如くなり、そのまま息絶へたり
我この春を惜しみつつ、この春光にそむきて一人、逝ける君の心情を察し
芽ふき出でて、若葉そよぐ柳の一枝手折り
君の亡骸の首にかける
我が心情の切なく、春を愛でつつ
君の去りしこの日を惜しみたり

時に君は三十九歳
詩魂鬼の如く、満洲辺境に大河に興安嶺に新しきウルトラマリンをうたわんとせしに
敗戦の大陸に客死するとは、痛恨の極みなり
ああ酒杯ふくみて
北辺の極光に磁針を合わせ
凛々として、君はハイラルに、ヤブロニアに、アムールに
アジアの地理をうたう
新たなる詩集一巻を世に問わんとせしに
酒毒遂に君をむしばみ
鳥とぶ麦畠の絵をひろげ
髪茫々としてあかにまみれ
腕、亡者の如く細くして
「俺はヘンミだ、ヘンミユーキチ」と独語したるに
すでに灰となりて我に抱へられるとは知らず
その宿命の辛酸なるを」

■引き揚げの悲劇

七月に入って日本への本格的な引き揚げがはじまる。各地区ごとに二千人ほどの引き揚げ団が組まれた。長谷川一家は、文化座と同じ第四十五大隊に編入された。第四十五大隊は二十日過ぎに無蓋車で新京を後にした。

満洲の荒野を無蓋車の列がのろのろと進んでいく。やけつく太陽が容赦なく、屋根のない列車を照らす。詰め込まれた日本人の顔は一様にとげとげしい。そして幼子たちは暑さのため蒼白い汗を額ににじませ、ぐったりしている。なかにはけいれんしつづける子供たちもいた。道代の容体が気になる。新京を出るときからすでに弱っていたのだが、日中太陽にやかれるだけでなく、夜はその肌を刺すような冷気が襲いかかる。長谷川は栄養失調とホームシックで狂気状態の貨車の中でじっと道代を抱いていた。無蓋車の中で、骨を埋めるつもりで満洲の大地にしっかり根を生やそうと出発したあの昭和七年五月十五日のことを何度も思い出していた。犬養首相が日本軍人に殺された五・一五事件がおこったその日に、長谷川たちは日本を出た。このクーデターのことを知り彼は父に宛てて、「日本はどうなるのでしょうか?」と書いた。昭和二十年八月十五日に天皇が返事してくれた。ポツダム宣言無条件受理だ。

「渡満のときは客船のデッキでサロンで一等船客。帰りは貨車に積まれ、家畜の如く貨物船のタンプルへほうりこまれる。これが敗戦の現実。七月の太陽も夜風も何と残酷であったか……光るレールの長いこと。大陸地平線の悠久さよ。私はただ海へ出たかった。海へ。荒海でもいいそこから祖国へのがれるのだ。あれほど大陸の風土を愛した私がのがれるとは――やはり政治の重圧に堪え切れないのだ。彼等の革命に加担する資格がないのだ。私は挫折した。満洲文学に生活に民族にドン・キホーテが古めかしい甲冑を脱いだ時、すでにドン・キホーテではなかったのだ。敗北の祖国日本へ。そこしか帰る場所はないのだ。」(「療養記」)

新京を出発して三日後、汽車は錦州駅に到着した。錦州を目の前にして雨が降り出し、道代の身体は完全に異変をきたしていた。文江と濬は交代しながらぐったりとした道代を抱くしかなかった。錦州駅にやっと着いたとき、道代はけいれんをおこす。濬はぐったりとした道代を抱きながら町医者を訊ねて駅前を彷徨う。医者のいるところさえ分からず、中国語も通じず、空しく引揚列車に引き返す途中、錦州駅の広場で道代は、父の腕の中で火の如く熱し、やがて息絶えた。一年二ヶ月の命であった。長谷川はいまだ体温ののこる幼女を抱いて広場を横切った。一緒の汽車に乗っていた文化座の鈴木光枝は、道代を呆然として抱きしめる長谷川の姿が目に焼きついて離れなかった。佐々木愛は、母から何度もこの話を聞かされていた。長谷川にとって道代の死は、自分の腕の中でどんどん冷たくなっていく娘の身体とは反対にのどかに立ちのぼる粥の湯気のなかでしっかりと記憶にとどめられることになった。

「道代は錦州の街路で――遠方の広場に苦力が一杯群がって何か朝飯をたべていた。熱いかゆか……。白い湯気が昇っていた。道代は私の腕の中で安堵したものの如く、熱いままに、自ら気が抜けて行くように息絶えて行った。そして私の腕にぐったりと横たわった。」

（「青鴉」一九六〇年九月）

このあと長谷川たちは宿舎へ収容されるのだが、入所するまえにDDTを身体にかけられる。亡くなった道代にもかけられた。長谷川は収容所へ向う途中、何人もの重病人たちが道の両側に捨てられ、気息奄々として横たわっていたのを目撃する。その中には知り合いもいた。どうすることもできなかった。長谷川はただ死んだ道代を抱いて歩くしかなかった。鉄条網の中の収容所に入ってまもなく、直ちに使役が命じられた。道路掃除をすることになった長谷川は、箒をかついで馬車の行き交う錦州街道を、かつての苦力の監督下に奴隷の如く働いた。古風な髪をゆった満洲婦人が馬車に乗って驚きの声を発した。

「おやまあ、日本人が働いてますよ。大勢出て」と。子供達が西瓜の皮をぶちまける。

「日本人、掃除しろよ。きれいにやれ」

長谷川はだまって街路を掃いていた。彼はこれが王道楽土への最後のおきみやげだと思った。収容所では、女子供は宿舎に、男は外のテントに寝た。下は地面、蓆《むしろ》を敷いているだけなので、身体が冷えた。長谷川はここで、一足前に着いていた知り合いから、逸見猶吉未亡人静子と娘の真由美が死んだことを知らされる。残された二人の子供は、逸見猶吉の葬儀に立ち会った画家の関合正明が、日本に連れ帰ることになった。
濬と文江は、道代の墓をつくる。
「ささやかな葬いが
丘の上で行われる
箱に入った幼児を埋める
父親と母親
荒涼なる赤土の丘
何人も参列しない葬い
ただ二人の男女——夫と妻が
小さい箱を埋め土をかける
丘の下に
有し鉄線にかこまれた中に
囚人のように
引揚日本人がうごめいていた
黒い太陽の下
黒い風に吹きさらされて

土をかぶった幼児のなきがらは
やがて
白骨となり
犬にけちらされ
この白日にさらされるであろう
ああ黙々として
土を掘る父――それは私であった……」

（「青鴉」一九五九年五月）

■博多上陸

錦州収容所にいる間、長谷川たちは毎日街の使役に従事し、墓掘人夫もやった。暇をぬすんで山地に赴き道代の仮の墓に花をいけて、冥福を祈った。錦州で辛い三日間を過ごしたあと、引き揚げ船に乗るため家族は葫蘆《コロ》島に移された。一団はまた貨車に乗り、埠頭につくと、灰色の米軍のリバティー型Ｖ２号が繋留されているのが目に入った。タラップにはすでに人の列が連なりびっしりとすきまなく、ゆっくりとタラップをよじ登っている。まもなく大粒の雨が降り出した。長谷川たちは豪雨のなか立ちつくした。いつになったら自分たちの番が来るのかかいもく見当もつかなかった。指はふやけ、シャツも濡れ、雨滴は肌にしみこんだ。四時間後、長谷川はやっとのことでタラップの第一階段に足をかけ、タラップの綱につかまることが出来た。そしてタラップを踏み、船員の腕に握られて甲板へ引き上げられた。

「第二ハッチへ行って下さい。左の方です」船員に下知された私は甲板を踏んだ。そこにはもうぐったりとうずくまっている人もいたし、狂気の如く走る人もいた。ずぶ濡れのまま人々は自分の場を見付けるべくホールドに殺到した。

私はホールドの片隅に自分の場をとり、リュックをおいて足をのばした。この船の船艙のどん底に塵の如くふきためられた引揚者はこれから海を渡るのだ。二〇年八月十五日より一途に憧れた海へ。いまその海にたどりつき、タラップにおしこめられて大陸をはなれるのだ。私は急な階段を昇って甲板へ出た。タラップには蟻の這う如くずぶ濡れの引揚者が歯を食いしばってすき間なく昇って来る。その顔の真剣なこと、まさに必死の眼である。女も子供も。雨は容赦なく降っている。私は反対側のデッキに廻って海を見た。雨にけむる海はひろびろと大きくひろがり、空までつづき、浪はうねり、静かであった。雨雲に覆われた水平線はさえぎるものなく南へつづいている。この海、この海に出るべく、あらゆる苦しみに堪え、次女まで失っていまたどりついた。あたりに人気なく引揚者のうなり声や船員の叫び声もキャビンにさえぎられて届かない。私はひとりらんかんにもたれて海をながめた。

腹の底から不思議な慟哭がこみ上げて来た。いま、私は大陸生活の終止符を打つのだ。昭和七年五月十五日ウラル丸で大連向け出帆した時の私――まだ独身で二十六歳で、建国精神に燃えて渡満した私が、いまや四十一歳、妻や子を連れ、シャツ一枚の乞食姿でずぶ濡鼠となって葫蘆島から逃げ出す私――これが日本の現実だ。大連入港した時のあの壮大な埠頭をながめた私が、いま、雨に濡れる寂しい葫蘆島岸壁にふるえているかもめをながめている。これが歴史の現実だ。岸壁に航海学校の練習船らしい三本マストのバーク型帆船が一隻接岸していた。こんな船を見るのも珍らしい。

私は雨にかすむ大陸を見て、自分のタンブルに降りて行った。これが見納めだ。すべては終ったのだ。溝洲国も私の生活も。私の身代りに次女道代の幼い遺骸を錦州の山に埋めて……左様なら満洲国よ　左様なら王道楽土よ　左様なら民族協和よ　左様なら道代よ」

（「療養記」）

八月二日船は博多沖に到着した。長谷川にとって日本に帰ったと実感できたのは、匂いであった。

「かって引揚げの時、博多湾でむさぼる如く嗅いだ日本の匂いだ。
あの時見た緑、緑にかこまれた湾、和船をこぐ船頭。深いこんぺきの海。
乾燥大陸より故国へ帰った安堵。
招かれざる民が自分の国へ帰って来たのだ。

王道楽土とか民族協和とかすべては幻であった。王道夢幻である。蜃気楼よ、ホロンバイルの。」

（「青鴉」一九六六年三月）

上陸して長谷川は、博多海岸の防波堤に寝ころんで夜の海をながめた。

「突堤のベトン（ロシア語でコンクリートのこと――引用者注）は夏の陽にあたためられて温くもり、私の疲労しきった肉体をあたため、足下には紫色にふくれ上った夜の潮がずっしりとたかまり、夜光虫でギラギラ光っていた。私は五体を投げ出して潮の愛撫をむさぼり、突堤のひび割れにつぶやく波の音をなつかしんでいた。真夏の海の濃いため息が私を包み、私は不図ゴーリキイのチェルカッシュや南海放浪物語を思い出して、まだ見ぬオデッサや黒海沿岸の風景を放浪者然と空想していた。桟橋に小型客船が着岸していて、キャビンの灯が煌々とちらつき、若い娘達が甲板で合唱していた。そのうた声は戦争より解放された明るさとたのしさに溢れていて、私の胸に強くひびいた。防空幕も防空壕もあの頭巾もすてて明るい灯の下で自由にうたえるんだと思うと私の博多上陸に至るまでの忍苦と窮亡に生活した敗戦後の大陸生活が一切この海にのまれて、いまはこのベトンに臥し陽の温みと夜の潮に身を投げ出している。娘達のうた声はつづき、人影がちらつき、サンダルの音がひびき、空も海も紫色にふくらんで私を包んでいる。」

（「療養記」）

長谷川一家六名が実家のある東京荻窪にたどり着いたのは八月二十三日のことだった。

「八月二十三日の夜の品川駅の暗さ。板張りの国電の車窓。車の隅に巨きな黒人兵士が小さい日本の女を抱きしめている。じーとして動かない女。私の妻のシャツは破れ、リュックのひもが肩にくいこんでいた……。暗い車内は何人がいるのか不明。みんなぼそぼそ話し合っていた。

O駅下車。雨上りの暗い路。蛙が鳴いていた。方々で……。灯火のない路。ジープが通る。GIの口笛。」

（「療養記」）

この日から、長谷川濬の戦後が始まったのである。

第六部

挫折の戦後

第十五章　幻の潮岬

■紀州三輪崎へ

満洲に青春を賭け、日本の敗戦によって打ちのめされ、娘を引き揚げの混乱で失い、まさにボロボロになって日本に帰って来た長谷川濬に、休息する余裕などなかった。戦後の日本を生き抜かなければならなかった。

やっとの思いで日本に戻ってきた長谷川は、荻窪の実家に転がりこむ。父が亡くなり、母親と妹玉江が暮らしていたこの家を拠点に、四人の子供を抱え、生活することになった。長谷川は、満洲生活で心ばかりか身体も痛めつけられていた。結核が、彼の身体を蝕んでいたのだ。帰国後は荻窪の実家で寝ていることが多かった。しかし生計を得るために彼は必死で職を探し歩く。

「肺結核で死にそこない

校正かかり、探訪記者（忽ちくび）
原稿書き（売れない原稿）
講義原稿下受け
進駐軍ＣＩＣのスパイ（ヨコハマ）
立川飛行場の監督（一日だけ）
無給のロシア語教師
ダイジェスト書き（プーシキン、ツルゲーネフ、ゴーリキー）
徳川夢声へのネタ提供（魚屋だね）」（「青鴉」）

不惑をすぎ、一家六人で転がり込んできた息子に対する母親の目は、日に日にとげとげしいものになる。濬だけではなく、妻文江に対して辛くあたることも多くなった。子供たちもその雰囲気を感じ取り、おどおどしている。なんとかしなければならない。いい大人が定職にもつかず、生活の見通しもなく暮らすわけにはいかない、このままでは袋小路から抜けきれず、にっちもさっちもいかなくなる。

長谷川濬は、この状況を脱するために、とんでもない行動にでる。突然和歌山の三輪崎という海辺の町で再起をはかろうとしたのだ。一九五〇年一月三十日、紀勢本線三輪崎の駅に彼は、降りたっていた。

「夕刻三輪崎に着く。松林の向うに強風と怒濤を見る。十二時突風あり。天地転倒の感あり。海――我が心のふるさと、ここへ私は漂着した。」

三輪崎は、紀伊半島南部に位置する新宮市の中心から一山越えたところにある海辺の町で、熊野灘の荒々しい海が眼の前にひろがるところだ。

彼が遺した膨大なノートの第一冊目は、三輪崎に到着した日からつけられたものであった。「南海雑記」と表書きされたこのノートの一頁には、自分の住所と家族の名前（年齢）が記載され、さらにこんなメモが書き留められている。

「本メモ所有者、長谷川濬は就職のため西下し、紀南三輪崎を出発点として放浪す。

乞う本帖を妻の処へ送られんことを。」

もしも万が一自分が野垂れ死にした時には、このノートを送り届けて欲しいということなのだろう。死を覚悟したうえでの、旅立ちであったのだ。

海に囲まれた函館で生まれ育ち、若いときには船乗りとしてオホーツクを航海した男にとって、海に面したこの街は、失われた夢をもう一度蘇らすためにふさわしい場であったろう。

病んだ身体と心を鍛え直すためには、慈しむような海ではなく、吠えるような猛々しい海こそが必要だった。その意味で、熊野灘の怒濤の海を見下ろす三輪崎こそ、格好の場所であったといえるかもしれない。しかしどうして三輪崎だったのか？

当時十三歳だった次男寛の記憶のなかで、この突然の熊野行きは、ある一人の男の存在と結びついている。

「この頃、父のところに尾崎良雄という若者がよく来ていたのです。面白い男でしたねえ。父はよくこの男と一緒にあちこち出歩いていました。彼が確か、熊野の出身だったはずなのです。そのせいだったと思います、父が熊野に行ってしまったのは」

ここで長谷川はなにをしようと思っていたのだろう。

三輪崎を無謀な夢を実現する拠点としようとしたのだ。しかしここで実際になにをしたかというと、ただ悶々としていただけに終わったとしかいいようがない。彼のなかでは、語学を学ぶ寺子屋のようなものをつくろうという漠然とした構想はあるにはあったのだが、そのために具体的になにかをしたかというと、この一ヶ月の滞在中のノートを見る限り、ビラを撒く以外になにもしていなかった。

「三月一日

コッペパンと水。（略）

「潮岬」を書く。粗雑で荒い。筆進まず。三枚で中止。寺子屋のビラをはって歩く。三枚はってくれる。未だいかん。勇気に欠けている。南窓で日向ぼっこする。ビラを配る。」

熊野の荒々しい海を見ているうちに、家族を養うという本来の目的を忘れ、文学で身を立てようという野望が、またよみがえってくる。「潮岬」という作品を仕上げようと原稿用紙に向かう時間が多くなる。南海の荒波を見つめ、独りで暮らすという行為のなかで、突破口が開けると思ったのかもしれない。

しかし現実はそれほど甘くはなかった。「潮岬」を書き上げることもなく、寺子屋つくりもままならず、彼はまたしても、追いつめられることになる。

「三月五日
生徒一人も来ない寺子屋、空虚なる机の前に先生一人。自炊の飯といわしの乾物食い。熱き豆腐汁を吸う。観音仏に向いて、独り飯食う四十男なり。
ああ、落武者よ
引揚者よ
敗残者よ
長春より南海熊野路に漂って、独りいわしを食らう。夕陽力なく庭に照り、みかん茂りて実は重くたれ下がる」

現実の厳しさが、押し寄せる。結果をださなくてはならない。荻窪の長谷川の実家で、家族が待っているのだ。あてはないが、家族をここに呼び寄せなくてはならない、そんな焦りのなか、彼は、荻窪で父の報せを待つ子供と妻のために、電報を打つ。

「文江宛て
用意出来た、すぐ立て、すぐ出立せよ」

破れかぶれというのは、こういうことを言うのだろう。彼には家族を迎え入れるあてなどまったくなかったのである。ただこうでも書かないと、家族のみんなは納得しないだろう、そんな切羽詰まったところまで追いつめられていたのだ。しかし冷静に考えれば、いま家族を呼んでも何もできないことは自明のことであった。このわずか数日後、出発を断念するよう手紙を書き、速達で投函する。

「三月三日
家族呼び寄せについて庄司より反対の意見書を頂く。尤もの御心配。俺としては東京で苦しますよりこちらで苦します方がいいという意見。俺の気持ちは分かって呉れまい。家より便りなし。どうしたんだ。寂しい限りだ。
(同じ日付)
家族出発中止の電報を打つ。四日速達で出す。三月ここで頑張る。
三月四日
出発の予定の電に対し立つのやめにしたと拒否の電を打つ。心中落ち着かず。海野君よりふとんを借り堂内に寝る。寂々として静か。微熱あり。文江、満、寛、瀏よ、しばらく待たれよ。しばらくの辛抱だ。」

寛は、この速達を見て、びっくりする。

「もう自分たちは紀州に行くのだと思っていました。転校の手続きもしました、それが来るなという報せがきて、どうなっているのかと思ったものです」

新生を賭けて、単身紀州に向かった長谷川濬だったが、結局なにもできず、わずか二ヶ月滞在しただけで、東京に戻ってくる。この時に書いていた「南海雑記」と題されたノートの最後に、彼は、カタカナでこう書いていた。

「ワタクシワ　ジブンノココロノアリカタニツイテ　ゼンゼンミルコトノデキナイオトコナリ　ハテテシマイ　コノヨニイキテルコトノムイミサヲ　サトリマシタ。シカシカンタンニ　ジサツヲスルゲンキモナク　イキテイルノハ　ナントツマラヌジンセイデセウカ……」

長谷川濬の深い絶望が読み取れる。

とにかく仕事を探さなくてはならなかった。妻だけでなく、まだ中学に入ったばかりの病弱な長男満、小学生の寛も薬工場でシール貼りのアルバイトをしていた。なんとかしなくてはならなかった。

満洲時代の友人の紹介で徳川夢声の家を訪ねたとき、サンカ小説で知られる三角寛《みすみかん》がたまたま

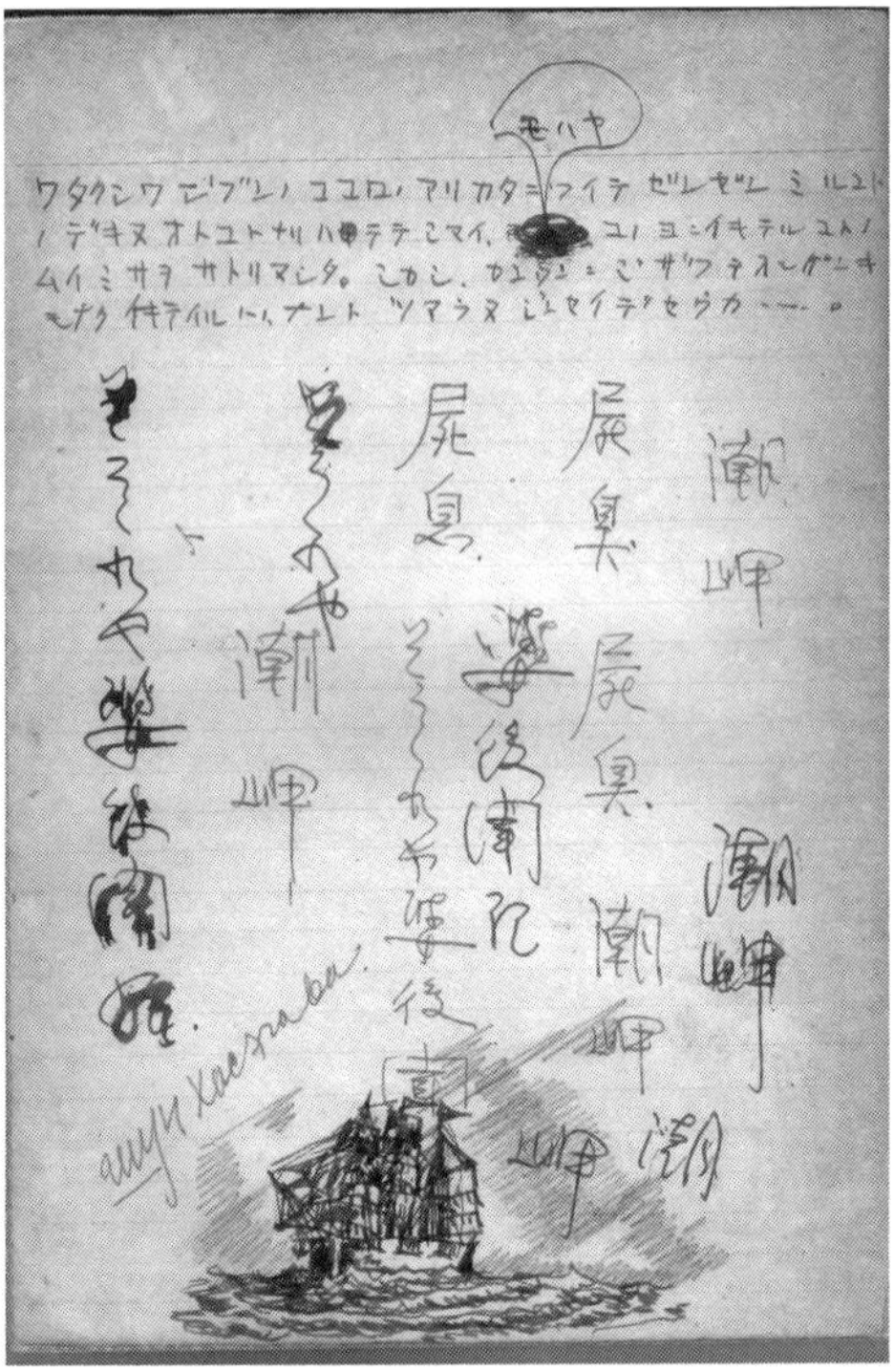

ノート「青鴉」より

その場にいわせた。彼は、池袋で人世座という映画館を経営していた。長谷川は、ここで働きたいと思い、徳川夢声の紹介状をもって、日をあらためて人世座を訪ねる。「何でもやります、便所掃除でも」と頭を下げる濬に、三角は、「便所を見てこい」と言いつける。便所は、掃除が行き届いていた。事務所に戻った濬は、「大変きれいです」と言わざるを得なかった。その日はそのまま引きあげることになるが、後日三角から人世座に来るようハガキが来る。

のちに徳川夢声について書いたエッセイのなかで、長谷川はこう書いている。

「早速出かけると、三角氏曰く「君が帰ってから徳川夢声自らやって来て、君のことをたのんだ。夢声はわしの親友だ。親友からたのまれると、だまっておれない。明日から来てくれ」と。かくして私は池袋の人世座に通い、夜警、チラシ配り。それから「人世」誌の原稿取りで、夢声さんの処へしばしば行った。」（「徳川夢声氏のこと」『作文』八十五集）

三角と長谷川がつながっていたというのは、なかなか面白いエピソードだと思うのだが、実際は交流やつき合いはなく、下働きとしてこき使われたようだ。

結局、ここも長続きはせずに、まもなくやめてしまう。

にっちもさっちもいかない自分に苛立ちを感じ、いたずらに年を重ねるだけの自分が疎ましかった。自暴自棄になっていた時だった、長男の満が、急死したのは。

■長男・満の死

腹が痛いと急に苦しみだした満は救急車で慶應病院に担ぎ込まれた。このわずか数日後満は息をひきとる。一九五一年三月二十九日のことであった。腸結核だった。

前日から、満の顔には死相が漂っていた。早朝濬は、新聞を買いに病室を離れる。重苦しい空気に堪えられなかったのかもしれない。苦しみで意識が朦朧としていた満は、このとき傍にいた文江に「パパは」と訊ねたという。

午前九時四十五分、満は三回喘ぎ、目を一回ぐるりと廻し、そのまま呼吸を止め、動かなくなった。医者が来て、「臨終です」と告げた。嶺子が何度も「満、満」と呼んでも答えはなかった。嶺子が大声で泣き出した。しかし濬の目に涙はなかった。ただぼうぜんと立ち尽くすだけだった。満の臨終の場面は、濬の目に焼きついたまま、消し去ることができなかった。彼は、「青鴉」のなかで、この臨終の場面を何度も何度も思い起こし、書いている。

長谷川は、満洲でふたりの娘を亡くしていた。次女の茉莉は生まれてまもなく、三女の道代は、引き揚げ途中に、亡くなっていた。特に新京での敗戦、ソ連の侵攻、そこからやっと逃がれ日本に帰る途上で息絶えた道代については、十分に看護できなかった悔いに一生つきまとわれることになる。ただこれは戦争という時代がもたらした死であった。しかし満の死は、ちがう。やっとの思いで引き揚げてきたのに、戦後職も得ることができず、貧困に追いやった自分が殺したのも同然であった。濬は、どうしようもない悲しみと後悔と無念さに囚われる。それは子を失ったということではなく、自分が殺したという思いからだった。

満は、計算が巧みで、オスカー・ワイルドの本をひとりで読むような、早熟で頭のいい少年だった。勉強が遅れがちだった同級生の親友を励ます心根の優しい少年だった。そんな優しさが、かえって濬が父淑夫から受け継いだ痼癪の気に触れたのかもしれない。親らしいことをなにひとつできず、それればかりか、鞭打つようにいじめたという後悔、さらには自ら招いた貧困のため、十分な治療も施すことができなかったという悔いは、濬のその後の人生につきまとう。

満を火葬場で焼き、小さな骨壺をもって荻窪の家に戻ってきた濬に対して、母は冷たくこう言い放った。

「あなたが満を殺したのですよ」

もちろんそれはわかっている、それをあらためて肉親の口から聞かされたとき、どんな思いが濬の胸にこみあげてきたのだろう。それはどこにもむけようがない、どうしようもない怒りだったのではないだろうか。

長谷川濬が残したノートのなかに、「詩集・自我詩」、「悪言集」というタイトルがつけられたノートが二冊ある。このノートを預かっていた寛は「青鴉」というタイトルがついていない、詩だけのノートが何冊かあったので、たぶんそれだろうと思い、ずっと頁をめくらずにいた。寛はある日何気なく、このノートを開いて驚く。これは死の直前まで満がつかっていたノートで、この余白に、父は詩やメモを書き留めていたのだ。この二冊の、国語と社会のノートには、満が鉛筆で書いた小さく几帳面な文字が残されている。満がつかったのはわずか数頁なのだが、このノートの余白に濬は、そのときのさまざまな自分の思いを書き記す。

一頁目に、「『徒然草』は吉田兼好の書いた随筆である。自然や人事の感想、論議考証などいろいろな面にわたり、ここに兼好の豊な趣味性や冷静な知性からにじみでた味わい深いものがこもっている」と満が書いたところを、大きく囲み、つづけて濬はこう書き込んでいる。

「亡兒満君の残したノートに書く

亡兒満君

三月二十九日午前九時四十五分

最後の息を三回して

君は別れを告げた。

時間の凝結と圧縮の裡に

君は十五年の生涯を終えた。

死とは何か

別れである。

人生とは

別れである。

左様ナラ！　永遠にサヨナラ」

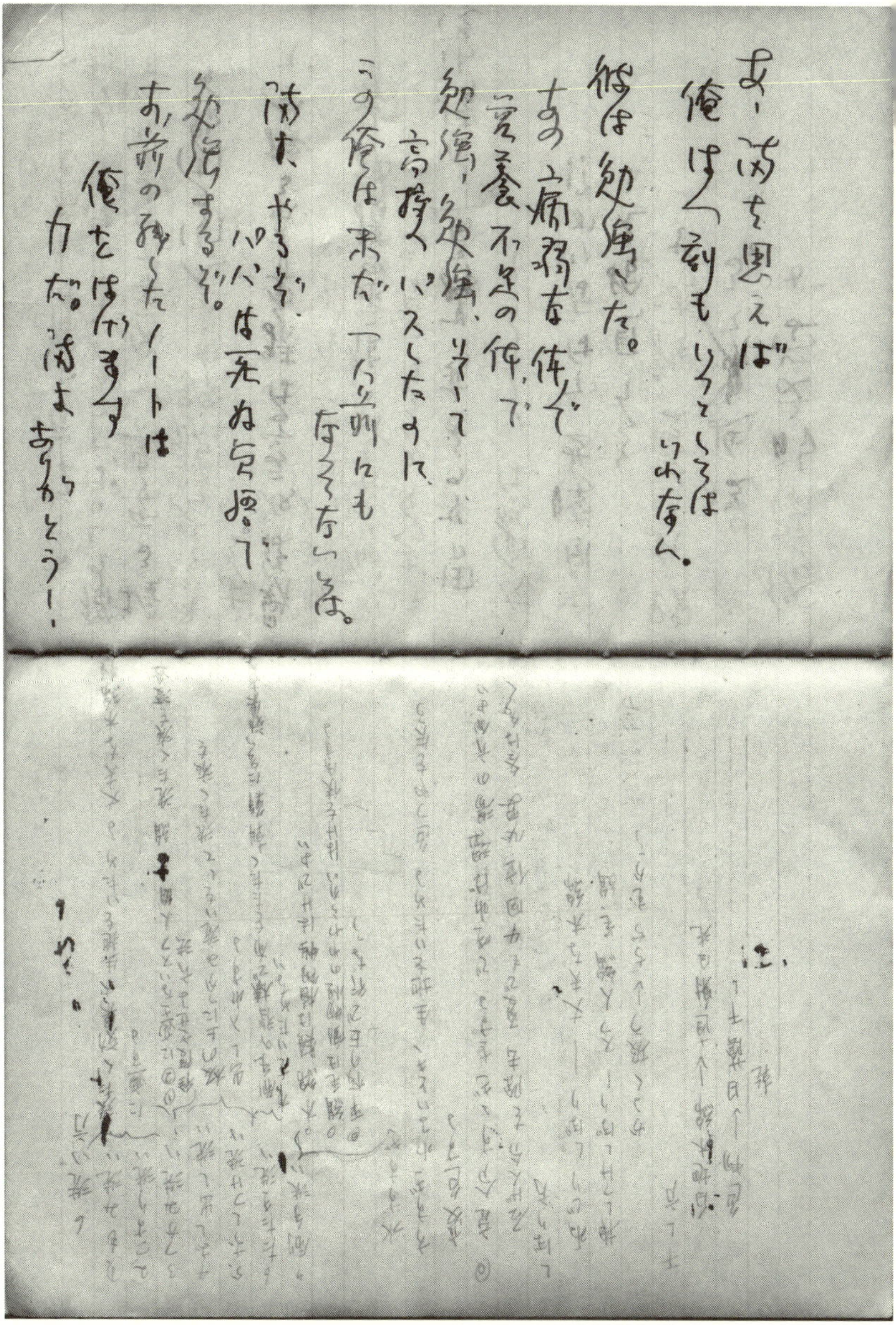

ああ満を思えば
俺は一刻もじっとしてはいられない。
彼は勉強した。
あの病弱な体で
営養不足の体で
勉強、勉強、そして
高校へパスしたのに
この俺は未だ一行の詩にも
なってないとは。
満よ、やるぞ。
パパは死ぬ気になって
勉強するぞ。
お前の残したノートは
俺をはげます
力だ。満よ
ありがとう!

亡長男、満のノートを使った「青鴉」

なぜ濬は、満のつかっていたノートに、自分の詩を書こうとしたのか。なにより亡くなった息子へのいとおしさであろう。別なページに長谷川は「俺は知る、一片の生命のかけらに、嬰児の如き無心の思いをのせて、濁流を渡る覚束なさを」と書き、逸見猶吉の如く、長谷川満の如くとこの世を去った最愛の人々の名を列挙している。満のノートに書き留められた小さな文字の中に、無心の思いを見た長谷川は、それを拾い上げようとしたのではないだろうか。たとえそれがどんなに虚しいことかを知っていてもだ。

満の死からおよそ一年半後、自分の詩やその時々の思いを記すことになるノートを「青鴉」と名づけた濬は、裏表紙にこう書いている。

「死ぬことを止めよ！　生きて、生きて、血を流せ。
青鴉よ！　君の胸に止まれ！　虚妄の虹よ、永遠に」

「青鴉」には、満をはじめ、亡き二人の娘たち、別役憲夫、逸見猶吉といった無念を抱き、この世を去らざるを得なかった人々の思いが投影されている。青鴉は、失われたもの、この世にない、はかない命の象徴でもあったのだ。長谷川濬は、こうした「青鴉」たちの魂を伝えようとしたのではないだろうか。そのためにはどんなボロボロになっても、自分は生きていかなくてはな

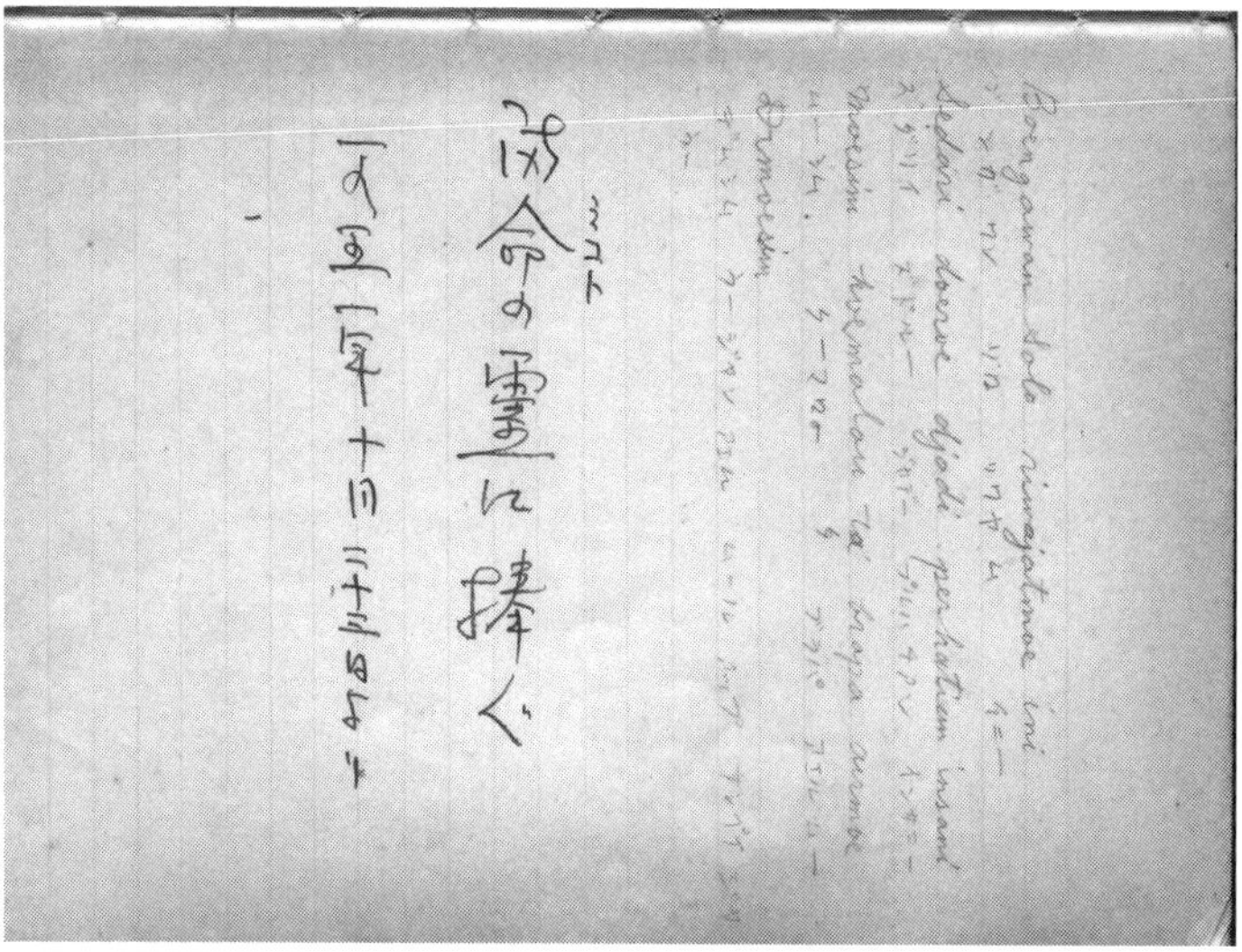

らない、特に満については、自分が死に追いやったという自責の念がある、だからこそ生き続けることで、満にわびようとしたのだろう。それを自分に課したところから、長谷川濬のほんとうの戦後が始まったといえるかもしれない。死の悲しみ、悔しさ、それを背負うかたちで、生きるという道を選んだひとりの男の彷徨が、ここからはじまるのである。

第十六章　発作

■結核の再発

戦後まったくいいことがないまま、就職もできずくすぶっていた長谷川が浮上し、さらに飛躍できるチャンスを手にしたのは、本書の冒頭で紹介した一九五六年のドン・コザック合唱団日本公演だった。敗戦ですべてを失い、日々の糧を得るためだけに必死の思いで生きてきた日本人は、戦後十年を経て、美しいものに目や耳を傾ける余裕がやっとできてきた。世界を彷徨いながら望郷の祈りをこめて歌いあげるドン・コザック合唱団の透きとおった歌声は、そんな日本人の渇いた心を潤した。一緒に旅していた長谷川は熱狂的に迎え入れる人々の反応に手応えを感じていた。こうした人々の心の奥底まで届くような芸術を日本に呼ぶことは、自分にとって一番相応しい仕事となるのではないか、やっと幸運の女神が長谷川の前に現れたと思った時だった、また長谷川は血を吐く。

ドン・コザック合唱団がおよそ一ヶ月半の公演を終えようとしていたときだった。五月七日長谷川は東京に戻り、夕方親しい友人夫妻と一緒に新橋の居酒屋でビールを飲んだ。連日のストレス、さらには咳がとまらずずっと寝ていない日も続いたが、明日で公演も終わる、そんな生活からは解放されるだろう。ほっとしたひとときだった。

友人夫妻と別れ荻窪の自宅に戻り、食事もとらず床についた。深夜長谷川はまたはげしく咳き込む、咳と共に血が流れ出た。

「昭和三十一年五月七日喀血す。

咳と共に鮮血がたたみに流れ、私は妻をよんで、器をあてがい、血を吐き通した。急に発熱と倦怠を感じ、私は横臥したが、喉の奥は血のりでべったりつくようであった。身体を動かすと、血が流れるようで、じっと天井を見ていた。

別に驚かなかった。数ヶ月前よりの咳で夜は殆ど不眠である。

血が出る毎に、何かそう快な感じが溢れて来た。不安と共に、生命の躍動、排泄の快感に似たような一種の解放が私の胸に満ちてくるのを感じた。

夜明けまで、私は数回の喀血をつづけた。死を思わず、漠と病の時間を数えていた。

ドンコサックコーラス、そうだ。そのコンサートに同行した結果の喀血だ。」 (「青鴉」)

翌日車で新宿の病院に運ばれ、そのまま入院する。若いころに罹った結核が再発したのだった。明日はドン・コザック合唱団日本公演の千秋楽である。まったくゼロからスタートしたこの公演は、戦後音楽史に足跡を残す歴史的出来事となった。千秋楽でジャーロフや団員と喜びを分かち合うはずだったのに、長谷川は、西武新宿駅に隣接した病院の七階の一室に隔離され絶対安静の身であった。

五月十一日ジャーロフとドン・コザック合唱団のメンバーは、羽田空港から次の公演地へと飛び立っていった。

長谷川が廊下までの歩行を許されたのは、入院して二週間後のことである。夜の廊下に立って、新宿の夜景のすさまじさに目を見張った。

「黒い巨大な山塊のようなビルがそそり立ち、窓には灯、屋上にはネオンの明滅の急テンポと光の放出に彩られた新宿の夜空。その巨大なマッスを背景にして患者は黙々と横たわっている。」（『夢遊病者の手記』）

結核患者として隔離されている病人としての自分の姿が、目の前にしている都会の夜の人工装飾と電灯とネオンの中で、余計みじめに見えた。やっと運が開けてきたと思った矢先だった。挫折の思いは深く、重かったはずだ。だが血を吐いたことで、どこか吹っ切れたところもあった。

「喀血したあとの快感、さわやかで健康で、少年のようだ。

香ぐはしい空気……私は大気をのむ
血！　血よ、私を育む血、彩られた器に
感傷の破片を投げ
私は少年のようにさわやかだ。」

（「青鴉」六月十八日）

■ベッドで聞くドン・コザック

医者は、長谷川に長期療養を勧めた。七月十二日長谷川は、妻に連れられ松戸の国立療養所に入所する。

入所のための手続きを終え、病室に案内された。妻が帰り、長谷川は持ってきた本とノートを整理したあと、鞄から一枚の紙を取り出し、壁に貼った。これはドン・コザック合唱団日本公演プログラムのために詩人吉田一穂が、ドン・コザックに捧げた詩であった。これを濬がロシア語にしたものをプログラムでは一緒に掲載している。そのプログラムを貼ったのだ。

「彼方にしてグレコ・ビザンティンの寺院
つねに遠く、鐘は霧の中をひびきつたえる
母なる大地の韻ドンの流れ
歌いつつ自由の民は彷徨う」

「私はドン・コザックコーラス団の日本公演に同行して日本各地をめぐり歩いている時、その疲労で喀血し、ついに倒れた。だからこの詩文は私個人には一層なつかしい。端的に云えば、ドン・コザックのために病にかかったようなものである。喀血して間もなく自宅で絶対静養の身を横たえていると、突然ドン・コザックのコーラスがラジオを通してきこえて来た。あの「バイカル湖のほとり」（原名「放浪者」）が私の耳を嵐のように打った。この歌は私が特別にリクエストしてジャーロフさんにアレンジして貰い、日本公演のためにプログラムに編入したので、この思いは一層身に沁み渡っている。私はコーラスをきいている裡に自ら涙が流れた。私は涙を拭いもせず、枕にしみこましたまま棺の中の人の如く静臥の姿勢で「放浪者」を傾聴した。云わばドン・コザックと私の病気は一体環となって私の体内に一つの宿命として巣くっているのだ。そのサリュー（称賛の意か——引用者注）の詩を療養所の壁まで持ちこむことが、私の魂の支えとなっていた。」（「療養記」）

この日から、長谷川は、翌年一月までおよそ半年の療養生活をおくることになった。

第十七章　神彰との別れ

■アート・フレンドの内紛

松戸での入院生活が始まってまもなく、長谷川濬はドン・コザック合唱団を日本に呼ぶ夢を分け合った神彰《じんあきら》と訣別することを決断した。革命ロシアを追われ世界を彷徨うドン・コザック合唱団を発見したのは長谷川であった。しかしその公演を実現し、名を成したのは神彰だった。公演を実現するためには、出演者との交渉、そして国内でのオーガナイズが重要な仕事となる。神は国内でのオーガナイズに関してその才能を遺憾なく発揮した。なによりも大事な資金調達、スポンサー探し、主催者探し、そして宣伝。彼はこうした仕事を通じ、自分の天職を発見したのである。ただアーティストとの交渉については、長谷川に頼るしかなかった。相手は長谷川が敬愛するロシア人であった。神にとって長谷川は、このプロジェクトの鍵を握る男となった。公演が近づくと、長谷川の都合なんかはお構いなし、必要があれば、神は車で長谷川を迎えにきた。

「これがダメになったら、俺は乞食になるんだよ」

必死の形相で神は、長谷川にせまった。ドン・コザックの魂を日本に伝えられるのは長谷川だけだということを神は知っていた。長谷川は、神の言葉に真剣に耳を傾けていた。年下の、ときには不遜なことも平気でやる神という男のバイタリティーが、まぶしかった。ひとつのことに賭けるその一途さに心を打たれたこともある。長谷川はどこかで神はほんとうにドン・コザックの芸術性がわかっているのだろうかという疑問さえ抱きながらも、彼のためになにかしたいという気持ちに駆られていったのである。

東京での初演が終わり、レセプションがあった夜、神は「濬さんのおかげだよ、ここまでできたのは」と興奮して、長谷川に抱きつきキスまでした。

これが長谷川が手にした唯一の栄光だったのかもしれない。結果的にはドン・コザック合唱団成功の栄光は神が独り占めすることになった。そして彼はしたたかであった。ドン・コザック合唱団公演が大成功に終わり、興業収入も莫大なものになるはずだった。ところがというか、だからこそ神彰は、ドン・コザックが帰国してまもなく、雲隠れしてしまうのである。

「五月二十一日、AFA（アート・フレンド・アソシエーションのこと──引用者注）事務所から、神の姿は消えた。三和銀行に対する未払金千五百万円、交通公社、ホテル、印刷関係など未払金数百万円は、公演の不調を理由に引きのばし、宣伝業者の請求約三百万円は約束不履行による不当請求として、AFAはこれを拒否する。その間、神の消息は、まったく絶えてしまった。国外逃亡説までとびだすありさまで、経済的責任のない毎日新聞を相手に、債権者の強制執行も話題になろうとした。」

（「旋風の興行師」『太陽』一九五七年一月号）

多額の融資をした銀行、団員の宿泊や移動を請け負った旅行代理店、チラシ、パンフレットを制作した印刷屋への支払いを逃れるためだった。

神彰は、ドン・コザック日本公演の成功で満足するような男ではなかった。資金を最大限に利用し、次の幻を探していたのである。この時神のもとには、のちに番頭格としてアート・フレンドを支えていく木原啓允、ロシア語の達人石黒寛をはじめ、優秀な人材が集まっていた。

こうした動きに不信感をもった岩崎篤が、新宿で入院生活をおくっていた長谷川のもとを訪ねる。

「岩崎氏来訪。afaの運営危機について話す。当然である。Бог（ロシア語で神さまの意―引用者注）の大福帳的経営と私利に走る商人根性ではうまくゆくはずがない。はじめからafaの行き方には、むりがあった。そもそもafaの成り立ちより神の私有化となり、特に一月の予約金入金より、その傾向著しく神の名義にて使途不明の多額の金、相当支出しあり。合名会社（神一族の）の観あり。この際一切を清算すべき時なり。松戸行きを決心す。入院する前に、ａｆａの件を解決せざれば安心出来ない。一応私の意見を神に伝える要あり。公正なる見地よりａｆａを永続させる策を講ずるためなり。」

（「青鴉」六月二十八日）

岩崎が訪ねてきた翌日、今度は神が病院にやって来る。

「事実を事実として話すこと以外にない。知らないことを憶測で言明することではいけない。事件を複雑化さすのは、人間が真実を語らず、ごま化すからである。信じるならば、その一本で行け。人間は友情とか情実とか、そういう理智でない、人間同志のしがらみにからまれて、ついかくしたり、嘘をついたりするものである。明白にするには、知っていることをありのままに話すことである。私は友情には感じる。しかしうそはつけない。うそは忽ち露見するのだ。

引揚者としてあらゆる苦労と狂気にさいなまれたが、不正は一つもない。彼との関係は同郷人にはじまり、結局ジャーロフをよんで、すばらしい合唱を大衆にきかせたい一心で仕事をして来た。私の態度にはやましい処一つもない。とんでもない運命が私の周囲にくもの糸のように張られている。」

（「青鴉」六月二十九日）

このまわりくどい記述のなかに、長谷川のとまどい、逡巡が見てとれる。誰が本当のことを言っているのか、五月八日に倒れて以来、アート・フレンドで何が起きているのか、彼はまったく何も知らなかったのである。

翌日、長谷川はこんなことを「青鴉」に書き留めている。

「ａｆａの経営を考える。神にもはや熱はない。ドンで利を得たら、もう用はないと云った表情である。宇野木も気の毒である。俺はドン日本招へいでコンツェルト開催の任務を果たした。あの大衆の感動よ！

次の仕事をプランしているが、神とは出来ない。退こう。

岩崎の如く腰巾着になって魂をくさらす行為はやめよう。断乎として骨のある、正しい男でなければならない。目前の利、生活の糧に目をくらませてへばりついてはいけない。早く清算しよう。我々の新しいアート・フレンドを作ろう。全世界の芸術家は私の友だ。不正がのさばり、正がすくんでいるのは当を得ていない。私のドンは終わった。私は私で自由に歩む。一切の絆を脱して歩む。」

岩崎、そして翌日の神の訪問は何を意味するのか、おそらく金の分け前のことだったのだろう。岩崎は金のことしか頭になかった、自分の取り分がまわってこないかもしれない、それで焦って長谷川のもとを訪れ、神のとった行動を暴露した。ただおそらく岩崎は神にうまく丸め込まれたのだろう。同じように神は、長谷川に、なんらかの条件をだして、この場をおさめようとした。当時呼び屋にとって、最大の問題はいかにして闇ドルを調達するかということだった。そのためにドン・コザックで得た金を、いわば闇資金としてプールしておく必要があった、それを理由に、神は長谷川を説得したのだろう。おそらくいくばくかの報酬の提供も申し出たはずだ。しかしそれは、長谷川にとっては、不正に加担することを意味し、自分がドン・コザックのためにすべてを捧げたことを無にすることだった。

この時、長谷川は病と闘っていた。それも当時は完治の見通しもない結核という病に対峙していた。どんなにおちぶれても自分は清く生きなくてはならない、彼に生きる理由を与えているのは、満洲時代の友人たちの死であり、自分の子供たちの死である、それらの死に対して償うこと、それがいま生きていることの理由でもあった。だからこそ、彼は不正に加わりたくなかった。生活は苦しい、しかも病気になって、金はすぐにでも欲しかった。それでも彼は、金の誘いにのらなかった。

「汝シュンよ

正直に、純粋な美を分かつためにセルゲー・ジャーロフを日本に招いて五十日間のコンサートをひらいた。

何を得たか？

金か

物か

否、病である。良心のほほえみである。満足と誇りである。

あのコーラスを日本大衆に聞かせた満足である。

個の利益のために招いたとすれば　汝シュンよ！

汝は商人であって、芸術家ではない」

松戸療養所に転院する直前の七月十日に「青鴉」に書き残した長谷川のこのひとつの決意が、無器用でもいい、でも誠実に生きようというこのあとの彼の生きかたを決定することになる。

七月十二日国立松戸療養所へ向かう前「青鴉」にこう書いている。

「本日は松戸にうつる日なり。

五月十三日、重病患者として六一三号室に入院、今日に及ぶ。（中略）一生の病気なり。入院中不快なるは、例のギャグに値する彼等の追求なり。これはすべて神の胸中、小生の知る処に非ず。神の善処（良心による）をのぞむ。

小生は知ることを話すだけ。

小生は興行主に非ず。

小生は詩人なり。

ロシア音楽を愛する一人なり。

小生の行動には何等不正なる処なし」

■「赤い呼び屋」誕生

長谷川が松戸に転院した二週間後、神彰は石黒寛を伴って、東京港区狸穴《まみあな》にあったソ連代表部を訪ねた。アポイントなし、ただ文化担当官に面会したいとだけ受付に告げた。もちろん会ってくれるはずもなく、けんもほろろに追い返されるのだが、神はこれから毎日朝九時に代表部を訪ねることを日課とする。神のドン・コザック合唱団に次ぐ新しい幻は、ロンドン公演を成功させたばかりのムラビンスキイが指揮するレニングラード・フィルハーモニーであった。三週間後初めて面会を許された神を待ち構えていたのは、代表部首席、日本におけるソ連代表であった。彼は神を面接するかのように、いくつかの質問をしたのちすぐに席を立った。当時日本とソ連の国交交渉が急速に進んでいたことが背景にあった。

とにもかくにも神は鉄のカーテンをこじ開けることに成功した。翌一九五七年三月、来日したソ連の国際文化交流局長とアート・フレンドの間で、ソ連の三つの至宝といっていいだろう、ボリショイ・バレエ、ソ連邦国立サーカス、レニングラードフィルの公演を日本で行う議定書が交わされた。「赤い呼び屋」がここに誕生したのである。これからおよそ七年神彰は、大物芸術家を次々に招聘し、興行界の風雲児、マスコミの寵児として君臨することになる。

「ブラジャーガ」の唄が、画家の道から興行師へと、神彰の運命を大きく変えることになった。しかしこの唄を最初にうたった男、長谷川濬の運命は、変わらなかった。変わらなかったどころか、病という重い枷をきせられて、この唄の主人公のようにさすらいの道を再び歩くことになる。なんというコントラストなのだろう。それは長谷川自身が痛切に感じていたことであった。

「私と神の関係。これは二人の人間の生活の典型だ。一人はせり上がり、一人は元のもくあみ。当たり前だ。俺は俺なりに生きた結果である。彼には彼独自の血と生き方がある。」

だがこのせりあがった男、神彰との糸は、ここで切れることはなかったのである。神彰が呼び屋として頂点をきわめ、またそこから没落していくまで、長谷川はこの男ともつれあいながら関わっていくことになる。まるで愛人のように、愛憎交錯しながら、絡み合っていくのである。

第十八章　死して成れり

■希望の槙の木

「青鴉ⅩⅣ（病中日記於中央病院）」の最初のページに、長谷川はこう書いている。

「生きること――これは私のほこりだ。

到る処生命の波だ。

ひびの入った茶碗はこわれ易いが、扱いでは却って風格を持つ。病を持つ人も然り。病をプラスとして人間化せよ。風格化せよ。ひびの入った茶碗の。

「死して、成れよ」と云うゲーテのことばを考える。」　（一九五六年六月十八日）

そして翌日に「私は一生病気であろう。生きるために病気にかかっている、死ぬためではない」とも書いている。

閑静な自然につつまれると、心が落ち着いた。しかしまわりが結核患者だけということに息苦しさを感じたのも事実であった。もしかしたら、自分はもう治らないのではないかという不安もあった。

「七月十八日　年を取ってからの結核は辛い。時間が迫って来るように思われる。」

「七月十九日　脱走したいのだ。なじめないこの生活。何故人々はかくも浮き浮きとこの所内に生活しているのであろう。僕にはあきらめきれない。僕の病は治るのか、どうか……迫る時間に追われるような焦慮だ。」

「九月十一日　十号室の大塚氏死す。無常迅速なり。死は常に私の傍にいる。」

「九月十三日　病気への恐怖は死に通ずる。しかし死を同伴する事が人生の日常である。」

死と隣り合わせに生きている、そんな日常、それが療養所での生活であった。最初のころはなじめなかった療養所生活だったが、次第にまわりの雰囲気にうちとけるようになってきた。俳句の会をはじめ、療養所内で開かれるいろいろな集いにも顔を出すようになる。かつて北方を航海したときと同じように、日記に詩や俳句のメモが多く書き留められるようになる。長谷川はなんとか病気と調和しようとしていた。ただ実際は心細かったはずだ。松戸療養所で書かれた日記に、いくどとなく長男満の死の思い出が綴られているのは、親として自分がなにもしてやれなかった

という悔いのほかに、身近に接した死がリアリティーをもって、いま自分にも迫ってきていると
いう実感だった。

こんな彼を励ましていたのは、療養所の石門のそばに、そびえ立つ一本の巨木、槙の木だった。廊下を歩きながら、この木を見ているうちに心を奪われる。丈が高く、気品があり、三角形の立体美が、北方の凛々しさをにじませていた。北方で生まれ、満洲の地を遍歴してきた長谷川にとって、北方の峻厳さを感じさせるこの巨木は、病に挫けてはいけない、きびしく生きよと語りかけているようだった。

「槙を発見して以来、廊下散歩の度に私は窓によって、その姿に見とれた。それは病める私に忍苦と風雪に堪える心掛けを説得しているように思われ、時にはベートヴェンを思い出した。私はその槙にツァラストラと云う名前をつけた。私はその木にオゾン豊かな高山の北方を望見していたから。」

（「療養記」）

槙だけでなく、長谷川に生きる勇気を、温もりをもって与えてくれたのは、妻文江であった。長谷川にとって、この療養所生活で最大の出来事は、並木道でかわした文江との口づけだった。

「十月七日　バス停留所まで送る。私は文江の手を握った。彼女の手はごつごつしてまるで男の手のように硬かった。荒い仕事をして、働いている手であることはすぐ分かる。それに反して私の手は、女のように柔らかく、すべすべしている。手を握りあった時、私は生活

について考えた。(これじゃ、まるっきり反対だ。柔らかい手をした男が硬い手の女の手に握られている)サナトリウムを訪ねて来る妻の手に私はいつも感謝してる。

私は暗い道で文江にキスした。彼女から唇を近づけてきた。私はポグラ時代よりもっと激しいショックを文江に感じた。病気のせいであろうか。この年で私は若い時よりも彼女に強いショックを感じる。

そして一途に彼女を愛したい情緒に身震いするのはどうしたわけであろう。第二の青春が二人の間に来た。別れの時も彼女は若い娘のように別れのあいさつを私におくる。彼女は愛されることで、愛らしく、そして幸福になれるのだ。文江は私の病気で自分を復活させたし、私も病で彼女に集中した。

何と曲折ある長い結婚生活であったろう。三人の子を亡くした二人の間柄は、やっぱり愛の絆でむすぶ。軽率、不誠実、不信、憎悪、別れ、危機、愚痴。一切を清浄化した私の病気よ。これから私の真の生活がはじまる。生きる道の典型が五十歳からひらけるのだ。人々は五十でもう完成の域に達して、満足してるかもしれない。私はこれから私なりに、新生の道を踏みたいと思う。

この病は私にとって、天啓かも知れない。これが唯一のチャンスであろう。文江よ！ しっかりと手を握り合って行こう。最後の点まで。年をとることは、若くなることである。年齢ではない。円の周辺を行く人生の輪廻よ。病の意義を発見せよ。」

文江はこの時、決して同情とかいたわりの気持ちで、自ら唇を近づけたのではないだろう。自然な気持ちからだった。たぶん、それは文江の、精一杯の愛の表現だった。まぎれもない愛だったからこそ、長谷川は感動したのだ。どん底に追い詰められ、うちひしがれた男は、生きる勇気を得たのである。病院で書いた五冊目の「青鴉」にこんなことを書きはじめている。

「十二月二十二日　生きる自信を得た私――病気のおかげで私は働くこと、ものを云って行動することの自信を得た。これからだ、私の人生は。」

「十二月三十一日　今日が一九五六年の最後の日なり。今年は五月七日までドンコサック。七日以後は病院に終わった。これもよし。一切は終わった。

松戸サナトリウム生活は私には意義があった。よむよりは見ること、考えること、書くことを学んだ。

病者とは何人なりや？　病気とは何。病理学は存在する。しかし人間の肉体とオルガニズム、魂は別個に存在する。詩と、ことばの差。そんなものである。本年は私の人生に於いて意義深い年である。この年を踏み台として来年に飛躍する。」

長谷川は、一九五七年一月十二日、およそ半年の療養生活を終えて、退院する。この時彼はせっかく見つけた天職とも思った仕事も失い、またしてもお先真っ暗ななかに突き落とされたのだが、彼には生きる意欲が残っていた。退院する時、再生への決意をこめて、この槙の木をなんどもふりかえりながら、「死して成れよ」というゲーテのことばをかみしめながら、松戸の療養所をあとにした長谷川であったが、このあとも、一度長谷川の身体に巣くった結核は、年老いた長谷川を蝕んでいくのである。六年後の一九六二年に阿佐ヶ谷の河北病院に五ヶ月、六九年には小金井の桜町病院に七ヶ月間と長期療養を余儀なくされ、そして七二年に三度入退院をし、死を迎えることになった。

入院するたびに、死が確実に近づいているのを感じながら、長谷川はいつもゲーテのことば「死して成れり」を、なんどもなんども日記に書き留めながら、病と闘おうと自らを奮い立たせるのだった。

第十九章　神彰の青鴉

■再びアート・フレンドへ

一九五九年冬から長谷川は、袂を分かったアート・フレンドで、嘱託のようなかたちで勤務しはじめる。ドン・コザック合唱団の公演終了後、病に倒れ、さらに神のやりかたに不満をもち、訣別したはずの長谷川が何故ふたたびアート・フレンドで働くようになったか？　ボリショイ・バレエやボリショイサーカス、レニングラードフィルを立て続けに呼ぶことになった神にとって、ロシア語ができる人間は何人いても足らない状態だった。神は長谷川に、時間がある時でいいので手伝ってもらえないかと声をかけてきたのだ。神に対しての不信感は消えることがなかったものの、ロシア芸術と関わりのあるところで働くことは魅力的だったし、食い扶持はいくらでも必要であった。招聘業務、営業、現場の仕事に長谷川が首を突っ込むことはなかった。彼が入り込むすき間はなかった。もっぱらアート・フレンドが発行していた機関誌『アートタイムズ』の編集やら、翻訳の仕事をするだけだった。

快進撃を続けていたアート・フレンドだったが、六〇年安保闘争の真っ只中に公演したレニングラードバレエの公演が、不入りに終わり、苦境に立たされる。しかも神のワンマン経営に反発する社員たちの不平不満が爆発寸前のところまできていた。神は、自分のやりかたに反発していた社員を、営業不振を理由に一掃するという手段にでる。興業の失敗に乗じての荒技であった。一九六〇年八月十四日、神は、ドン・コザックを呼んだ岩崎篤他七名に退職金を払い解雇する。翌日事務所を訪ねた長谷川に、神はこう言ったという。

「濬さんはくびにしないよ」

また神の気まぐれがはじまったかとは思ったものの、悪い気はしなかったはずだ。神は、新しい体制のもと結束を固めるため箱根社員旅行を敢行する。そこに長谷川も誘った。

「十六時小田急にて箱根湯本きのくに屋に泊まる。一同のみ、うたい。各個々分室して語る。雨の音をきいて談論風発なり。神を攻撃、批判す。」

長谷川には、アート・フレンドでやりたかったことがいくつもあった。芸術に関しては、自分の方がずっとわかっているという自負もあったはずだ、その思いをぶちまけたのだろう。この時神も、長谷川の話に熱心に耳を傾けていた。そんな手応えがあったからこそ、彼はこの時アルバイトでしていた木材船の通訳の仕事をやめようとまで思ったのだろう。

「私はAFAの仕事をしなければならない。ことに十月より多忙になるのである。故に今回はこれで通訳の仕事は打ち切りたいのである。」（「青鴉」一九六〇年九月）

しかし長谷川は、アート・フレンド一本でやっていくことはできなかった。東京オリンピックを前にして、日本には建設ブームが訪れ、ソ連材木の需要はますますたかまっていた。相次ぐ乗船依頼を、長谷川は断ることができなかった。そしてレニングラードバレエの失敗と社員の反発で弱気になり、かつての盟友長谷川の力を必要としていた神も、また自信を取り戻していた。一九六一年正月に、アメリカの黒人ジャズドラマー、アート・ブレイキーの公演を大成功させ、さらにはこの年夏呼んだボリショイサーカスは空前のヒットとなり、いまで言えば数十億の収益を得るなど、彼の呼び屋人生のまさにピークがやってきた。長谷川の助言もロマンチシズムも神にはもう必要なかった。

長谷川はまた六〇年八月以前と同じように、アート・フレンドで翻訳やら編集といった仕事につくことになる。当然面白みのない仕事だった。

そんなストレスがたまった時、一九六二年四月また発作がおこり阿佐ヶ谷の病院に担ぎ込まれた。今回はおよそ五ヶ月の入院となった。

長谷川が入院中に、神は売り出し中の女流作家有吉佐和子と結婚している。まさにこの世の春を神は手にしていたのだ。

神が有吉と結婚式をあげた日、長谷川は、「青鴉」にこう書き留めている。

「本日神彰の結婚パーティ。（彼にはがきを書き、中央公論を求め、有吉の一文をよむ。中々用心深い。思わせぶりだ。ドン・コザック合唱団当時の神を思う。彼は一個の怪物だ。）」

九月十五日長谷川は退院し、再びアート・フレンドに通いはじめる。ＡＦＡの社員であった山口五百《いお》は、長谷川のことをこうふり返っている。

神彰とその右に有吉佐和子，AFA の女子社員と

「時々事務所にあらわれる濬さん。仕事をしているようには見えず、手のあいている人相手に楽しそうに話をしては帰ります。新人の私には不思議な存在でした」
しかし長谷川にとって決して楽しいばかりではなかったようだ。
「今日で十月終わる。ＡＦＡは村八分の黙殺。ねばるだけ。明日からがっちりとＡＦＡにでる。と決心する。つまらないが食うため。」
有吉との結婚で、この世の春を謳歌していた神であったが、この結婚が一年後のアート・フレンド解散の引き金をひくことになる。いままで神を支えてきた木原、石黒、富原、工藤といった幹部社員と神の間の溝が深まり、さらには結婚直後に公演したアメリカの大西部サーカスが大コケし、いままでの貯金を全部吐き出すばかりでなく、莫大な借金まで背負うことになった。かつての梁山泊のような雰囲気はなく、社内には内紛のキナ臭さがたちこめ、ピリピリしていた。そんな内情も知らず、長谷川は、ひとりただ生活費を得るために、事務所に通っていた。

「十月二十二日AfAに赴く。月給不渡。西部サーカスで大欠損、手形発行のため信用なし。木原、富原君ボソボソ話しおり。荒廃の色あり。どうせ興行師だ。こんなこともあるだろう。」

「十一月二十二日AfAに行く。相不変。月給なし。いまだガトーフ（ロシア語で準備のこと―引用者注）なし。ピンチか？」

「十二月一日AfAに赴く。ジェラバーニエ（ロシア語で給料のこと―引用者注）をとる。石黒、東と昼食をする。給料も遅配が続く。」

「（一九六三年）四月十九日月給貰う。ほんのちょっぴり。」

長谷川はアート・フレンドに、そして神にただならぬ異変が生じたことを少しずつ感ずるようになった。この時神は、人生最大の危機に面していたのだ。これまで興行界に旋風を起こしてきた神であったが、大西部サーカスの大失敗、彼を支えていた幹部の離反にともなう分裂、解散の危機、それはやっとくどきおとし、作家として思う存分に活躍させるために結婚したはずの有吉に借金させるという、彼にすれば屈辱的な事態だったのである。

神は、さらに追いつめられ、アート・フレンドは遂に解散に追いこまれ、最愛の女性有吉との離婚を決意する。

「六月二十六日　才女有吉、神と別れる、屁理屈の利口馬鹿なる女かな。やりこめてやっつけてよろこぶ才女かな。何処見ても債鬼に見えて梅雨ぐもり」

五十八歳の誕生日となった一九六四年七月四日の日記に彼は、こう書いている。

「今日でぼくは五十八歳、五十八回の誕生日である。これから文学手習いに入る。AFAの夢敗れたり（昭和三十年―三十九年）」

さらにこんなことも書いている。

「七月十四日

俺はAFAを創り、それに魂をふきこみ、スローガンを作り、AFAを愛した。だから最後まで踏みとどまった。沈没するまで。AFAは終わった。だから去ったのだ。神、何物ぞ！ハム野郎！」

悪いのは夢をビジネスに変えてしまった神彰なのである。ただ夢を実現できたのは、神のおかげであったことを長谷川は知っていた。でも、と彼は思う。

「七月十五日俺は勝った。AFAの仕事は俺のスピリットで大衆にとけこんだ。神は金と名利にのみ売ったユダヤ人だ。」

■アート・フレンド解散

ＡＦＡが解散し、神が有吉と離婚したことを知ってまもなく、長谷川は二年ぶりにまた木材船の通訳として船に乗りこむ。それは神彰という男、そしてこの男と一緒に夢をみたＡＦＡに訣別するための旅でもあった。

「七月二四日　昨夜夢を見た。神彰が家を持ち、そこに仏像あり、町の人々参詣に行く。香煙立ちけぶり、幕かかり由緒ある仏像立つ。子の名を改め、その名を額にして架け、一見御堂として町内の賽銭集め、彼らしい商魂なり。

彼は宝石貿易に従事するならん。金に欲深き彼のやりそうな事なり。

芸術家を種に金をもうけ、まわりの人々を傷つけ、今度は宝石でひともうけの企みも彼らしい。僕の理想であったアート・コンシール（カウンシル〔評議会〕のことか―引用者注）はついにつぶれたが、僕のドンにもやした情熱は生きて花咲いたと信じている。金がすべてではなかったのだ。ＡＦＡの存在理由はあった。僕は僕のペースで働き、その力を出し、それが大衆にしみこんで行ったと信じている。一つの地下水として……。それでいいのだ。過去十年に亙る彼との関係や痕を清算せよ。有吉なる女性を観察したのは面白かった。彼女は利口であるが、足の裏にも目をもっている女で油断できない。揚げ足取りの名手で色々な手を知っているる女。あれが出しゃばると、もの事が絶え間ない。だまって小説でも書いておけば無難であろう。神も大した女を妻君にしたものだ。まさに才女にして女怪と云うべし。

本航海はＡＦＡ、神との清算洗脳によきモチーフなり。神彰——あの不可解な目付、人に対するけもののような無関心、吃水の深い欲望の胴体のふくれ具合……もう沢山だ。チョルト、ヴォズミー（ロシア語でこん畜生という意味の卑語—引用者注）。」

ＡＦＡの解散は、長谷川に少なからずショックを与えた。どんなに神のことを口汚く罵っても、長谷川にとって神は、不可能を可能にする、怪物であった。この男に挫折なんてありえなかったはずだった、その男が敗北したのだ、それも完膚なきまでに。

神という男、自分を利用するだけ利用し、コケにしてきた男の敗北に、普通の人間だったら、ざまぁ見ろとでも言いたい時に、長谷川は、どこかで寂しさを感じていたのではないか。それだけ気になる存在だった。

神彰にとって長谷川濬はどんな存在だったのだろう。

ＡＦＡが新体制となり、長谷川を疎む社員が多いなか、細川剛は気が合う唯一の男だった。

「濬さんのことは忘れられません。ずいぶんと可愛がってもらいました。自分がＡＦＡをやめてからも、よくサハリンとかナホトカからハガキをもらいました。そういえば濬さんが出した詩集も送ってもらったりしました。あの時濬さんは五十六歳をすぎたばかりだったのではないでしょうか。でもずいぶん老けてみえました。年を聞いてびっくりした記憶があります」

そんな細川が、神が有吉と結婚することになって初めて長谷川を紹介したときの神の言葉が忘れられないという。

「朽ちかけている巨木だと言ったのです。濬さんのことを。濬さんの本質を見事に見抜いたことばじゃないですかね」

アート・フレンド時代の神の片腕的存在となった木原は、入社して一番驚いたのは長谷川濬がいたことだったという。木原にとってバイコフの『偉大なる王』は、青春の書だったのだ。ただ長谷川と木原がこのことを話題にして話を交わすことはなかった。木原からすれば長谷川は天の上の人であったし、長谷川からすれば木原は、うさん臭い神の側近でしかなかった。

神が有吉と結婚するとき、それ以前に神が付き合っていた女性に手切れ金を渡し引導を渡すという仕事までしていた側近中の側近木原は、神の裏も表を知り抜いていた唯一の男である。そんな彼が後年出版された神彰の自伝『怪物魂』を読んでおやっと思った箇所がひとつあった。有吉が裏千家の家元との婚約を破棄して神と結婚することを明らかにした時、神の前にひとりの記者が突然姿を現し、有吉が政治的な観点から神との結婚を決意し、それがためこの結婚は必ず破綻すると予言する。神はこの記者のことをこう書く。

「記者の中に、青い血色のすぐれぬカラスそっくりの顔をした男がいた。他社にスクープされたという怨念の腹癒せもあったかもしれない。」

そして神はこの記者を青カラスと呼ぶようになる。木原はこの青カラスと呼ばれた記者があの時神の周りにはいなかったし、ここで書かれていることに近い人物も存在しなかったと断言している。こんな記者がいなかったことは、他のアート・フレンド社員たちや友人たちも証言している。

では何故神はこんな記者を登場させ、「青カラス」と命名したのだろうか。長谷川寛は、濬が「青鴉」のノートをいつも持ち歩いていたと思い出している。神彰は「青鴉」と表題がかかれたこのノートを見ていたのではないだろうか。

長谷川は「青鴉」で神彰のことを何度も書き留めていた。芸術なんか理解していない、商売人という像が浮かんでくるのだが、それでも長谷川にとって神はまぶしい存在であった。罵っても、やはり気になる存在であったと思う。

神もこの函館出身、そして同じ満洲から帰って来た男が、まぶしかったのではないだろうか。純粋に芸術を愛し、そこに殉じることを厭わない、その純粋さがまぶしかったのではないだろうか。神自身も絵描きを志していた。ただ呼び屋という天職を得て、目的を達するためには人を裏切り、欺かなければならないことも知った。

神彰は、一九六三年木原たち幹部社員が反旗を翻し、一斉に退社してしまうという苦境の中、北京曲芸団、ボリショイサーカス、ソニー・ロリンズといくつもの公演をこなしていた。その中でも神が一番力を入れ、思い入れをこめて取り組んだのが、東京と京都で開催したシャガール展であった。画家志望だった神にとってシャガールは、もっとも憧憬するアーティストだった。自分が絵の世界でできなかったことを実現していたシャガールの展覧会を、最大規模で日本で実現する、このために彼は何年も時間をかけて準備してきた。トレチャコフ美術館にある絵を借りるために、ソ連文化省ともかけあってきた。神にすれば精根こめて実現した展覧会であった。このとき再び神の前に姿を現した記者青ガラスは、こう語り、慰めている。

「シャガールの油絵が展示されている国立西洋美術館で、あなたの姿をそっと見かけたときのことです。展覧会場の片隅で、じっと腕を組んでうっとりしていたあなたの姿に、ぼくは心打たれました。純粋に心底から芸術を愛するさまが、その姿に滲んでいたのです。それ以来です僕があなたの理解者となったのは」

神彰は名だたる一流の芸術家と実際に会って、商談を成立させてきた。ただどこかで商売だけにこだわっていないぞ、俺にだって芸術はわかる、芸術を愛しているからシャガール展をやっている、そんな自負があった。濬にもそれをわかってもらいたいという気持ちが、この虚構の人物の名前を「青カラス」としたのではないだろうか。

第二十章　北方航海の旅の果て

■満洲へ続く海

松戸の療養所を退院してから七ヶ月後の九月、長谷川は船に乗り、サハリンに向かった。前回の航海からおよそ一年ぶり、これが五回目の航海であった。

「また海へ出た。去年の夏はサナトリューム。今年は海。レフレーンの回想よ
海は青く、波立ち変わりない、永劫に変わりない
海への魅惑よ……サハリンへ……また北の海へ！」
（「青鴉」一九五七年九月）

満洲崩壊ですべてをなくした長谷川の戦後にも容赦なく過酷な運命が待ち構えていた。長男の死、自らの入院、定職を得ることもなく、働き盛りの男が、彷徨を続けていた。焦り、苛立ち、怒り、情けなさに呪縛されていたとき、彼の精神に安らぎと満洲を回想する時間を与えてくれた

のが、この北方航海であった。

石炭や木材を積む船に通訳として最初に船に乗ったのは、一九五三年九月のことだった。この時は小樽から乗船したのだが、出発前に長谷川は、およそ二十年ぶりに函館を訪れている。函館の知人の家に三日泊まったあと、小樽に向かい、ここから第一汽船所有の大源丸に乗りこみ、一路サハリンに向かった。

サハリン島の北端オクチャブリスカヤ沖に投錨した時、長谷川は「青鴉」にこう書いている。

「混濁の都より逃れ、独り、韃靼の海に来れば
風浪激しく、我をもてあそび、安らう港さえなく、船は沖をさまよう
波立てる海面を見れば、我が生活の混沌乱脈無気力がはっきり反省させられ
この極海の教えで、新生の我を見る
働くこと、自ら進んで人々を愛すること、自分を愛する如く
自他一体の心で世界を見ること」

海は落ちぶれかけた長谷川に勇気を与えた。長谷川は、四十六歳の年からこの航海の仕事をはじめ、六十一歳になった一九六七年八月のサハリン航海を最後に船を降りるまで、三〇回近く船に乗り、通訳の仕事をすることになった。二十歳で夢を抱きカムチャツカの海に乗り出した時から比べて、決して若くない、そして病を抱える身にとって、楽ではなかったはずだが、海を見る

こと、海の上にいることが長谷川に、力と潤いを与えた。

海だけではない、船から見える沿海州の雪を抱いた白い峰々の凛々しいほどの険しさ、サハリンの沿岸の小さな村々の荒涼とした風景は、亡き親友の姿も甦らせてくれた。詩人逸見猶吉の名を永遠にした「報告」で書き込んだあのゴツゴツとした荒廃した風景こそ、いま目の前にしているサハリンや沿海州の風景そのものであった。

「北風にさらされ、サハリンの肋骨の軋むそのあたり
逸見猶吉の立像をしのび、あの「報告」を誦する。」

サハリン・沿海州への航海で、長谷川は「逸見猶吉」と再会することになったのだ。

退院後二回目の航海の目的地は、アムール河の河口マゴだった。それまで五回の航海はサハリンだけだったが、初めて訪れる極東の入り口であった。国境を分ける大河の終着点に投錨した時、彼の胸に去来したのは、青春を過ごした満洲への限りない思いであった。

「私はいまアムール河口に向かっている。二十年前私はアムール上流を旅した。黒河よりアルグン河上流までだ。あの時の河岸の風景は一生忘れない。
今、その河口の材木積出港、マゴー、ラザレフに向かっている。私の憧れるアムール、沿海州に、旅立つ——これもロシア語をやった恩恵である。」
（「青鴉」一九五七年十月）

長谷川は、小さな船室のポールトと呼ばれる円い窓から、海を見るのがなによりも好きだった。甲板に立ち、潮風を受けて一面に広がる大海原を見ることよりも、円い小さな窓から見る海が好きだった。船の揺れを感じながら、ポールトから見える海をながめると、不思議に心が落ち着いてくる。そしてポールトから海を見つめて、彼は「青鴉」の大学ノートに、自分の思いを一心不乱に書き続けた。夜になると、ポールトに、ノートに文字を綴る自分の顔が映し出される。海のざわめきを聞きながら、海の中に映し出される自分を見つめながら、長谷川はいままで自分が歩いてきた道のりをふりかえる。

「青鴉」の中に、ポールトを歌ったこんな詩がある。

「私はその円さを愛す、四季の海を映し投げ入れ、私に移り変わる海の相《すがた》を見せる海の青さが、円く私の心にうつり、白い雲の消える処。にくしみもよろこびも、海に流れて……ポールトよ。ざわめく海のささやきを今日も伝えてくれる」

（「青鴉」一九五九年七月）

雑踏を離れて、ひとり、大好きな海の上で、自分自身と見つめ合う、この時間が、なによりもいとおしかった。ここから彼は自分の文学をつくりあげていく。長谷川が戦後発表した小説、詩、エッセイのほとんどは、この海の書斎から生まれたものだった。

「北方航路は私にとって一つの修行である。船は海上ホテル。私はキャビンに独居して本

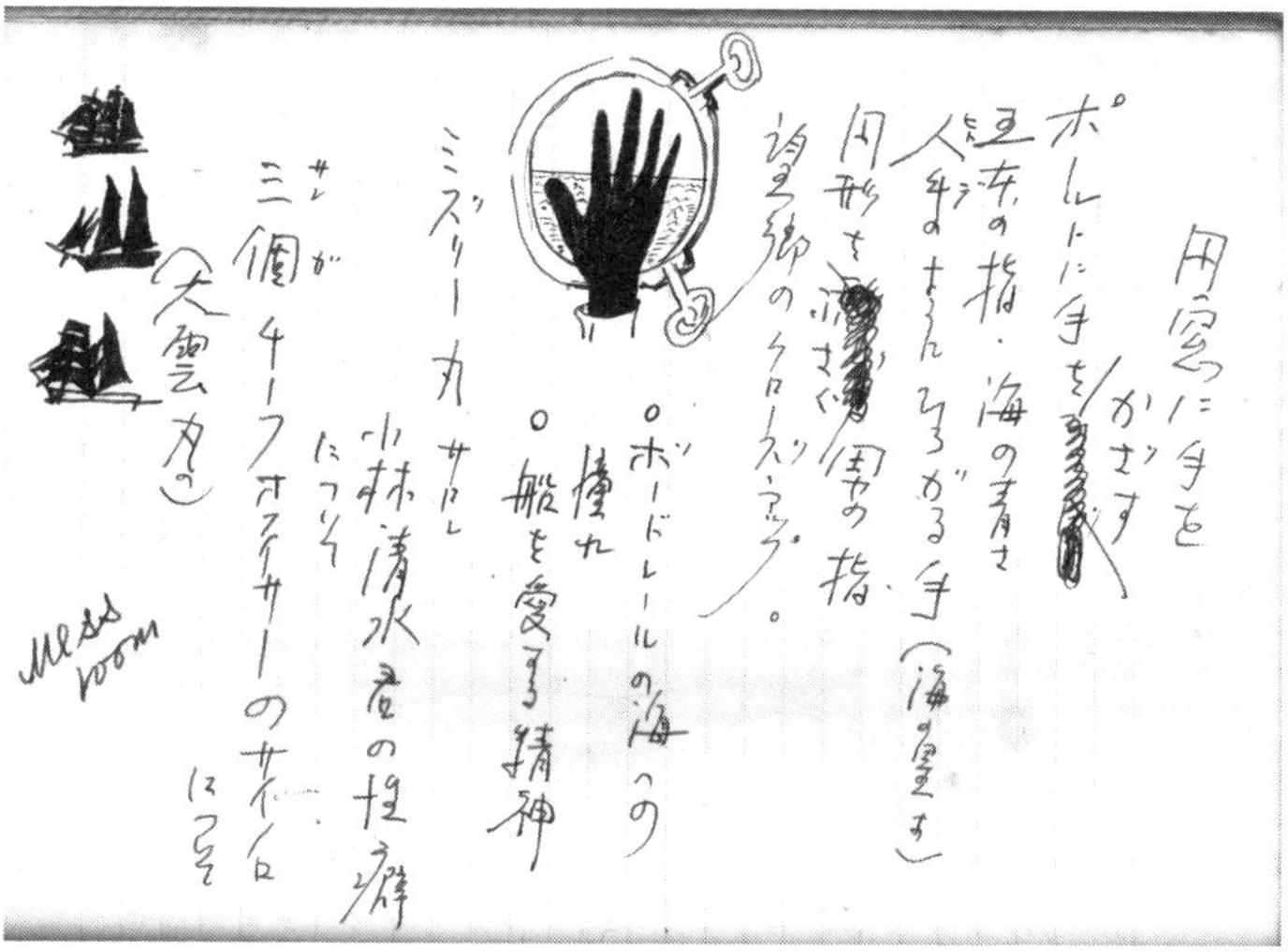
円窓に手を
ポルトに手をかざす
紅茶の指・海の青さ
望郷のクローズアップ。
○ボードレールの海への憧れ
○船を愛する精神
ミズリー丸
三個
Mess room

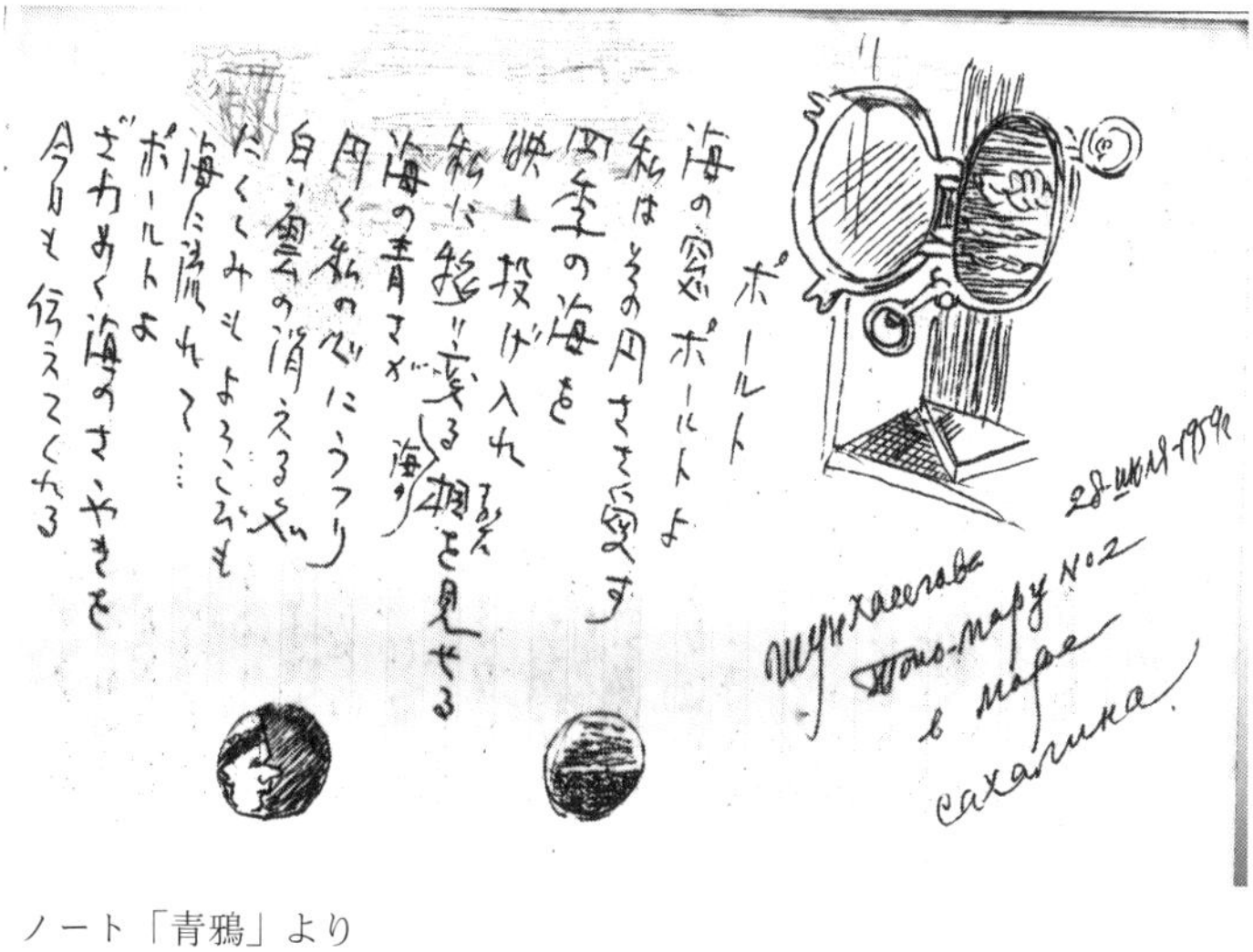
ポールト
海の窓 ポールトよ
私はその円さを愛す
四季の海を
映し投げ入れ
海の青さが
円く私の心にうつり
白い雲の消える
海に流れて…
ポールトよ
ざわめく海のささやきを
今日も伝えてくれる

ノート「青鴉」より

をよみ、文を作る。甲板に出て海をながめ、ブリッジに上り、海を展望し、時々は舳の先端でくだける波を見下ろし、或いは艫で航路を惜しみ、また水夫部屋でマドロスと語り、浴室で潮湯をたのしむ。ポールトから空をながめ、独居をたのしむ。広い自由なる海の変化の中に、沈思すると、詩が生まれ、本をよむ。」

（「青鴉」一九五八年八月）

■バイコフの運命

長谷川の仕事は、航海中は税関検査や検疫などのためのクルーリスト作成だけ、船がソ連領に入ると、検疫、通関、パイロットとの打ち合わせ、公団職員との打ち合わせなど、通訳としての仕事がはじまる。ときには上陸して、船員たちを街に案内することもあった。荷役を終え、出国のための通関手続き、検疫が終わると、彼の仕事は終わる。彼はこの時日記に「やっとロシア語から解放される」といつも書いている。通訳として現場で緊張を強いられていたのだろう。

天は、長谷川に試練だけを与えていたわけではなかった、北の航海の仕事という安息の場も授けていた。この北への航海の中で、彼は失われた過去と向き合うことができたのである。ほとんどの航海で、彼は津軽海峡を渡る時、生まれ育った函館の街を洋上から見ることになった。そして間宮海峡を通過するときは、逸見猶吉が歌った詩を思い起こし、サハリンに着けば、満洲と同じようにかつて植民地だった痕跡を目にし、アムール河流域を訪れるとき、この大河がかつて満洲時代に訪れたアルグンへとつづいていることに思いを馳せ、満洲時代をふり返ることになる。北方航海のなかで、彼の時間は進むのをやめた。思いは過去へ、過去へと飛んでいく。洋上で書き留めた「青鴉」と名づけられた日記は、こうした過去への旅の記録でもあった。

そしてこの航海であのバイコフとも再会することになった。

一九六一年六月、沿海州での航海を終えて、いつものようにラジオを聞いていたときだった。電波に乗って『偉大なる王』の朗読が流れてきたのだ。

「六月二九日　NHK第二放送で『偉大なる王』の放送が流れるのを聞いて。

この放送を海で聞くとは……。ラザレフよりの帰航の途中だ。『偉大なる王』を訳していた頃をはっきりと思い出す。

昭和十五年の夏だ。あれから二十一年たった。世の中は変わった。敗戦、流転、バイコフさんのブリスベーン行き、そして死。私の引揚、東京生活のドン底。

AFAに至る道、その後の生活、限りなくつづく生きる道のけわしさ。今、最後の通訳生活の終わりに、王大の咆哮を洋上できくとは……。人間未来に何があるのか。これも因果応報で私が訳したからこそその広がりがいまあったのだ。あに偶然ならんや。現在を立派に生きることだ。ちゃんと足を大地につけて、着実に、情熱を以て、生きることが未来に通じる道なのである。」

（「青鴉」一九六一年六月）

長谷川濬はバイコフの『偉大なる王』が新潮文庫になったとき、そのあとがきでバイコフが満洲でチフスに罹り亡くなったという噂を聞いたと書いていた。そのバイコフが生きていたというニュースが飛び込んで来たのは、一九五六年五月のことである。読売新聞西村香港特派員が、オーストラリアに向かう船に乗るために上海で待機していたバイコフ一家を発見する。バイコフ一家は、この年の三月十日世界教会協議会の援助によりハルビンを発ち、天津に一ヶ月滞在後、船で上海へ来ていたのだ。西村のスクープ記事は『偉大なる王』の作者・バイコフ翁訪問記」と題され、一九五六年五月四日の夕刊で大きく報道された。長谷川がこの記事のことを友人から聞いたのは、入院先の病院だった。彼は何もできなかった。

この年の十二月七日「チャン・テ」号でオーストラリアに向った一家は、十四日にシドニー到着。汽車でブリーズベンに移動した。無事一家がオーストラリアに到着したあと、『読売新聞』に長谷川は「バイコフ翁のこと」という記事（一九五六年十二月二十一日夕刊）を書いている。

「六月に友人より読売新聞の香港西村特派員のニュースを送られ、はじめてバイコフ翁生存の事実を知り、びっくりした。翁は夫人、娘さんとオーストラリアへ渡る——流転の旅だ。私は日本へ呼びたかった。老残の身でオーストラリアまでとは残酷だ。せめて日本へ——私はアート・フレンド・アソシエーションにこの運動を頼んだが反応の音信もなく、喀血の病

夕刊 読売新聞

「偉大なる王」の作者

バイコフ翁訪問記

日本の友に会いたい

追われるように去ったハルビン

出版を許さぬソ連、中国

バイコフ翁を囲んで(右)娘ナタリアさん(左)西村特派員

バイコフ翁のこと

長谷川《はせがわ》　濬《しゅん》

（上）『読売新聞』
1956 年 5 月 4 日夕刊
（下）『読売新聞』
1956 年 12 月 21 日夕刊

身の私は一歩も動けない。ただ焦慮のうちに時をすごし、七月松戸療養所に入所した。十二月十三日の読売夕刊文化欄で、バ翁は七日ついにオーストラリア向け香港をはなれたという西村氏のニュースに接し私は不安と後悔にもだえた。オーストラリアへ……私の眼中に海がひろがった。その海を渡る八十三歳の密林の男――バイコフさん……。私は流転の運命について沈思した。

戦争と平和――やっぱりそうだ、戦争が、私と彼の上に色々な変転を及ぼしているのだ。いや、戦争とはいえない、時間であろうか、歴史であろうか……。でも、満洲の密林には、今、何処かにトラがゆうゆうと寝そべっているのであろう。」

いくつもの大陸を渡り歩き、革命と戦争のたびに運命の変転を余儀なくされた密林の男の終着の地は、やはり異邦の大陸であった。ここで一年あまり過ごしたバイコフは、一九五八年三月六日老衰と心臓衰弱のため八五年の生涯を閉じた。

その二年後に長谷川はラジオで自分とバイコフとの作品を耳にしたのだ。しかも海の上で。これがバイコフからの別れの挨拶だった。

最終章　「虎」へ帰る

■最後の航海

しばらく航海の仕事を離れていた長谷川はまた船に乗ることを決意する。一九六七年八月のことだった。金のためというよりは、妻と冷却期間をおくためでもあった。夏のある日、つまらないことから長谷川は持病ともいえる癇癪をおこし、それを諌めようとした文江が突発的に長谷川を殴るという事件がおこる。温厚な文江がこのような行為に出たのは、それだけ長谷川の癇癪が理不尽で、目に余るものだったからだろう。これに一番ショックを受けたのはほかならぬ長谷川であった。殴られてはっと目が覚めたのだろう、彼は自戒の念に襲われる。そんな時に通訳の話が舞い込んだのだ。彼は渡りに船とばかりにこの話を受け入れる。

「八月二日　第一中央汽船よりマゴ行要請さる。快諾。とにかく海に出て二ヶ月ほど洗脳せん。海に出て精神治療をうくべし。海で蒸発したい。ああ永久に、永久に。」

いつものように乗船前に健康診断を受けたのだが、乗船は許可されるものの、医者からぜんそく発作中なので、一航海したら下船するように忠告される。この時船に乗ることをやめてもよかったはずなのだが、彼はどうしても冷却期間が欲しかった。まるで逃げるように彼は船に乗り込んだ。

一年ぶりの航海で、彼はひとつの儀式を挙行する。

「八月二三日　ガス。海上静なり。古上着を海に捨てた。私の身代わりに、私の身代わりになって投身し、私は蘇生した。古い上衣、あのドンコサック合唱団の大阪巡演の際、神が買った上衣をいま八時二十分にサハリン沖合で。これは私が回心と洗浄の象徴式である。私は洗浄され、変身したいのだ。古い私より新しい私へ。この海の上で。

母――海のまん中で。海よ照覧あれ。私の魂の故郷――海へ私は身を投げて、新しい私になることを誓う。すでに妻に、子に、友に、世に、文学に。遠ざかりゆきし、褐色の上衣よ、さらば、十二年の歳月よ。」

なにも大事にしていた上着を海に捨てなくてもいいはずだし、そしてそれを捨てたからといってどうにかなるわけでもないとも思うのだが、そういう行為が長谷川濬という男にとっては大事なことだった。

この数日前の日記に彼は「ぜん息のため呼吸苦しい」と書き留めている。この時はおよそ半月の航海であったが、これ以上船に乗るだけの体力はもちあわせていなかったはずだ。

しかし翌年六月再び船に乗る。

「六月二七日　また海へ出た。逃避ではない、必要なのだ。海のエネルギーを摂取して、魂の栄養にするのだ。

巨大なるエネルギーの浪費をいただいて、私の詩の魂に活を入れる、一種のカンフル注射である。」

だが彼には航海はもう無理だった。

「七月一一日　徒歩で太陽丸へたどりつく。苦しい。たんと咳。トイレット。とにかく老化の不快あり。さっそうたる健康体をのぞんでやまない。」

生きるために航海と別れを告げる時がきた。

「八月二〇日　これでマゴ航路（北水路まわり）は終わり。折り返しマゴ行き。私は下船する。こんな仕事はもう沢山。陸でももりもりほんやくをやるつもりだ。とにかく石にかじりついても生きなくちゃならない。もっとよき生活のために。文江のためにも。」

石にかじりついても生きたいという言葉が切ない。これが長谷川にとって最後の航海となった。

■翻訳家として

海の書斎で書き続けた「青鴉」のノートをもとに、彼は作品を書き続けた。作品の発表の場は、満洲時代からの同人であった『作文』（一九六四年に復刊）と『動物文学』に限られるようになった。『作文』に発表された自分の半生を回想した「北の河の物語」、「北の海の物語」以外は、ほとんど翻訳、随想であった。彼はこの時『動物文学』を舞台に、プリーシヴィン、バウストフスキイ、アルセーニエフなど自然派と呼ばれたロシア作家の翻訳に意欲的にとりくんでいた。『偉大なる王』で一躍名声を博したように、栄光を再び手にしたいという野望があったのかもしれないが、むしろこの時の彼は小説を構想するだけの体力を失っていたといえる。当時の「青鴉」にこんな一節がある。

「私は頭がにぶくて、小説は書けません。段々鈍化しました。」（「青鴉」一九六八年四月）

さらに同じ年の八月にはこんなことを書き留めている。

「ロシア語通訳、愚劣なる仕事さ。それを敢えてやる、食うためである。文学を食う道にすべく、俺はあまりに無器用だ。文学とは何だ、大学教授か、松本清張か。まあ誰でもいいや、とにかく俺は、牧逸馬になれない。ロシア語のほんやく、ロシア小説のほんやくならやれる。ロシア人が分かるからさ。身にしみこんだロシア人のニュアンスがあるんだ。」

「とにかくほんやくに没頭しよう。死ぬつもりで。詩よ、俺を新たにせよ。」

（「青鴉」一九六八年九月）

戦後彼を苦しめ続ける胸の病が次第に悪化していくなか、体力が衰えるのを感じながら長谷川は、机に向かい、ロシア語の原書を日本語に訳し続けていた。こうした翻訳は、『動物文学』に毎号のように発表されている。彼はあくまでも文学に賭けていた。身体は病み、そして確実に老いていいてもそれでも彼はひたすら文学を志していたのだ。

一九六九年二月から長谷川は、お茶の水のニコライ学院でロシア語を教える仕事についている。木材船の通訳ではなく、アート・フレンド以来久し振りに舞い込んだまともなロシア語をつかう仕事であった。彼の中に、ずいぶん回り道したが、やっと出会うべき仕事とめぐり合ったという気持ちが芽生えはじめる。

「四月十一日　小説も詩もならずして、素朴なる語学講師を我が道とせん。」

しかしこんな時は、いつも病魔が行く手を阻むのである。長谷川は、身体に異変が起こっているのを感じはじめる。

「四月十七日　昨ニコライ学院で授業はじめの一杯。天野、武岡、斉藤夫妻の世話になる。一杯ものまないではなしきく。タクシーで帰る。百二十円。呼吸苦しい。アレルギー性あり。」

身体の異変を感じ、病院で注射をしてもらったりもしたが、医者からまた結核が再発したことを知らされ、六月十一日に小金井市にある桜町病院に入院する。これから一九七三年十二月に亡

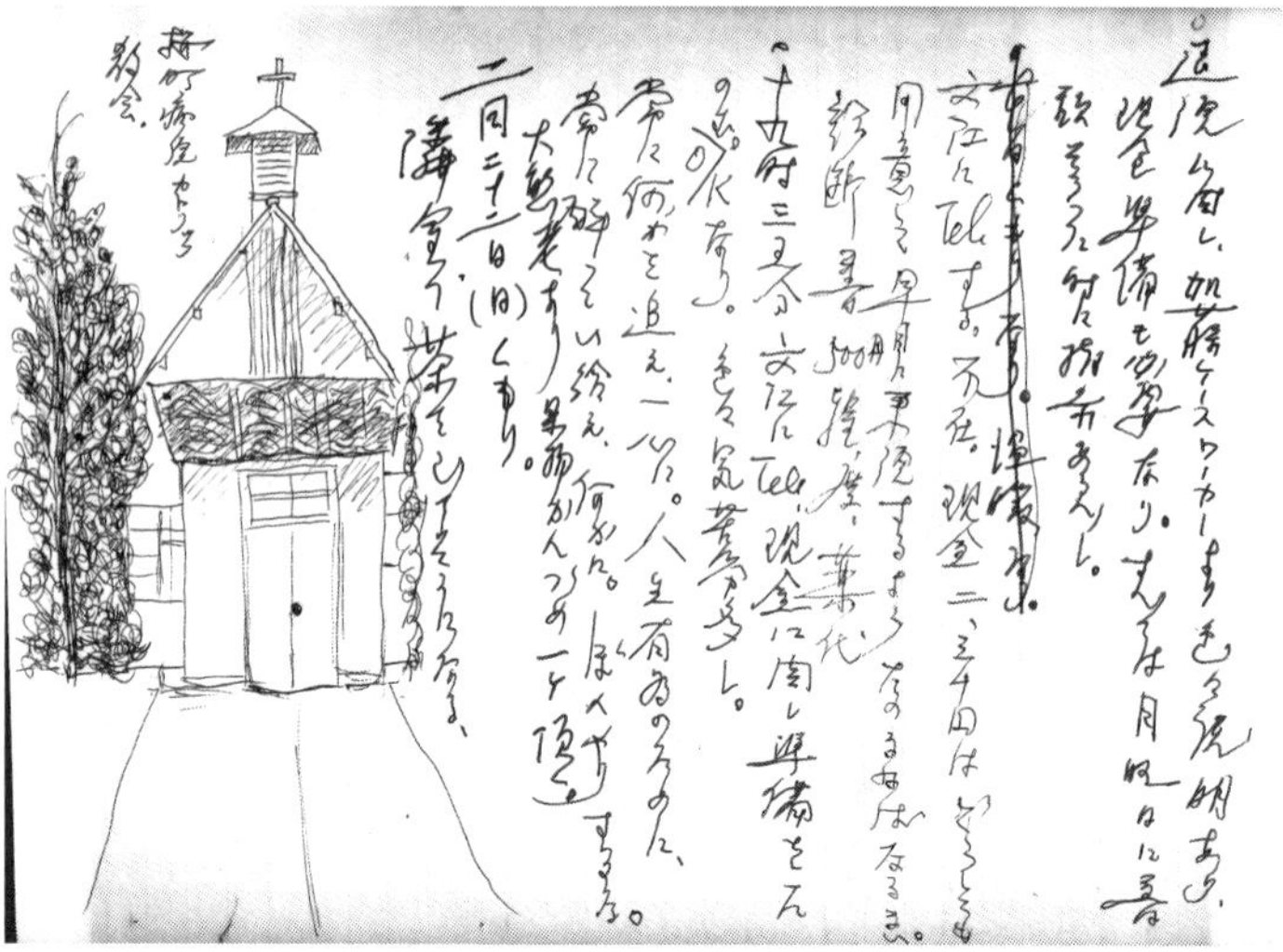

ノート「青鴉」より　桜町病院教会

くなるまで、彼はこの病院に入退院をくり返すことになる。

「六月十一日　桜町病院に入院。午前十時半すぎ。二階二一〇号。六人同病、みんな老人、一人若い。痰や咳になやまされ、息も切れ、あわれなり。食通らず。快適なる病室なり。由利博士ていねいにみて下さる。病歴を婦長にはなす。疲労甚だし。薬をのむ。ベットをななめにす。万感去来。夜眠りがたし。十一時眠る。せき痰しきりなり。」

七月四日この病院で彼は六十三歳の誕生日を迎える。体重が四十九キロだったのが悲しかった。

死が静かに近づいていることを一番知っていたのは長谷川濬の身体だったのかもしれない。ただあと十年は生きたいと念じる。それは祈りのようなものであったかもしれない。十年あればなんとか自分の思い通りのものが書けるかもしれない、いや書かなければという思いからであった。

「六月十九日　ああしつこいＴＢ（結核のこと──引用者注）よ。満洲よりの病、ＴＢ。あと十年がんばっていい詩を残したい。」

「八月二十五日　あと十年死ぬつもりで働く。そしてさらば！」

「十一月十三日　常に覚悟せよ、死を。悠々として往生せよ。」

死は身近なところに近づいていた。死が彼の日常のなかに、確かな存在感をもって近づいてきた。

「十一月十七日　粛條たる冬の日、死人は帰宅する。あのシベリアの凍土で、「帰りたい」と一言云って死んだ捕虜。歯をむき出して野原でやかれた友の死体よ。

死は到る処に。生きてる人と同じように。私のまわりにいる。死に隣り合わせている私。

死よりちょっと先に歩いてる私。死は日常事にすぎない。生まれた時、死を約束された人間。

その生きている時間に死に急ぐ人々。この雨の日に　私は死人の帰宅を見守る。」

一九七一年一月八日母由起が九十二歳で亡くなった。実の母親ではあるが、濬にとっての母は、権威の象徴、憎しみの対象でしかなかった。大阪での不倫事件が発覚したとき「人でなし」とヒステリックに罵られた時からそれは決定的なものとなった。

『『人非人』と叫んで俺を打って、打った母！

もう、沢山！　俺はあの女を母親として扱うことは止めた。

地獄で会ってもあいさつしないつもりだ。さらば！

認めていない。あの女を母として……。」

（「青鴉」一九五七年七月）

これだけでなく母と絶交を書き留めた走り書きは「青鴉」にたくさんある。

それだけ憎んでいた母が病床に伏し、仕方なく見舞いに行った濬は、母を見て、愕然とする。あれだけ怨念の塊だった母が白く、透きとおっているではないか。濬の身体から、いままで血のなかに鬱積していた憎しみがどこかに消えていくのを感じた。

「九二歳の母に会って、我が母は

すき透り来りて、羽化せんとするきわみなり。

すでに九〇を越え、耳きこえず　ただ声はすみ渡りて

神の如く、ことば正しくして、我が胸にしみわたる

人　すでに九〇を越せば、すでに神化するものぞ。見よ母の姿のすき通りし心と身を」

（「青鴉」一九七〇年七月）

憑き物がとれたように、澹のなかから静かに怨念が消えて行った。

長女嶺子の世話で一九七一年四月から千葉の旭市に妻とともに引っ越し、療養に専念するが、田舎の生活に飽きがきて、一九七二年四月三十日に再び東京に戻る。隠遁生活よりも友人たちと気楽に会い、本屋めぐりをする東京での生活が合っているように思えた。しかしやはり身体がついていかなかった。東京に戻ってすぐ、五月三日の「青鴉」に「全身だるく、咳のみ多く、ベッドに横たわる。トラックの四時間強行ドライブ、そして昨日の友としゃべくりまくった。疲労せり。弱ってしまった。」と書き、翌日には中野の病院に入院、そして五月二十九日にはまた桜町病院に転院、再び入院生活に入る。この後八月には退院しているが、十一月に再び入院、翌年三月まで入院することになる。

「あと十年頑張りたい」（一九七二年六月六日）と、またおまじないのように自分を励ますのだが、彼にはもう十年も生き残るための体力は残っていなかった。でも彼は病院で大学ノートに自分の思いを、作品メモを書き続けるのである。

■セルゲイ・ジャーロフとの再会

そんな彼に神様はひとつのプレゼントを用意してくれた。戦後の長谷川の人生に最も色濃い思い出をつくってくれたドン・コザック合唱団のリーダー、長谷川にとって忘れられない男であっ

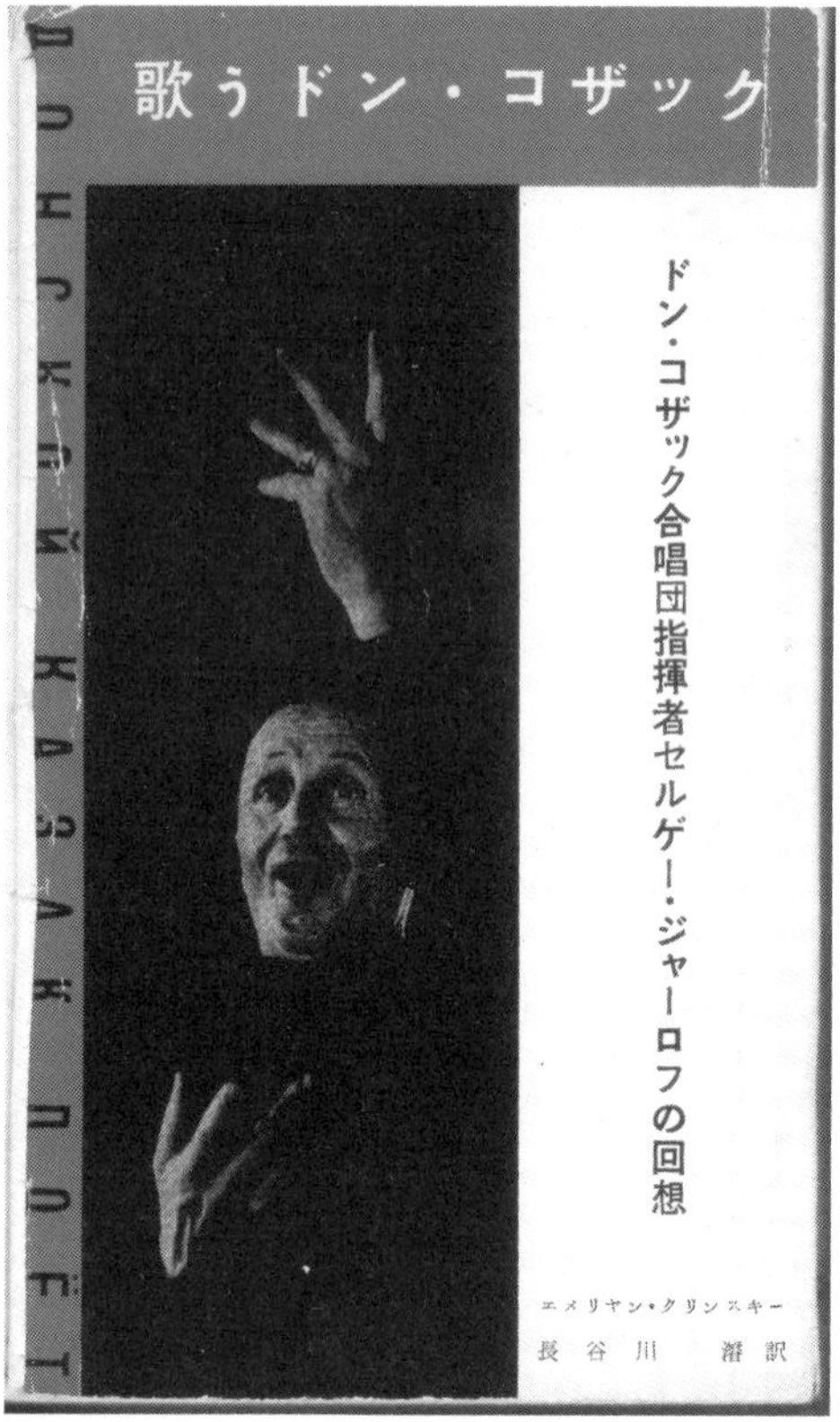

『歌うドン・コザック――ドン・コザック合唱団指揮者セルゲー・ジャーロフの回想』

たセルゲイ・ジャーロフと再会させてくれたのだ。

そもそものきっかけとなったのは、『週刊新潮』の掲示板の記事だった。一九七三年一月二十五日号の、「セルゲイ・ジャーロフ様へ　「掲示板」を拝見、懐かしさで筆を執りました。十六年前に来日された時、あなた様の六十一歳のお誕生祝が、赤坂のホテルで開かれたことを思い出します」と始まるこの投稿記事は、二週間前の掲示板で、三度目の来日を前にしたジャーロフが、初来日した時、ドン・コザック合唱団の活動記録や合唱団設立のいきさつを書いた単行本が日本で発行されているという話を聞いているのだが、その本を手にする機会もないまま、今回三回目の訪日を迎えた、「当時とはプロモーターも変り、本のことを調べるすべもありませんが、どんな出版社の、何という本だったのでしょうか。私は日本語が読めませんが、手にすることができれば幸いです」という投稿への返事であった。

札幌に住むこの東海林という女性は、「お尋ねの本はたしか『歌うドン・コザック』という名だったと思います。出版は合唱団を招いたアート・フレンド・アソシエーションか、招聘をバックアップした毎日新聞社だったと思います。（中略）編集の関係者は素人ばかりでしたが、「長谷川」という方が、あなた様から送られた資料や原稿を訳されて、私どもがいろいろとお手伝いして作ったものです」と答えたのだ。長谷川は、この記事を見て驚く。この本を訳したのはまぎれもなく、彼自身であったのだ。

週刊誌が出てから三日後の「青鴉」で「「うたうドン・コザック合唱団」のことに関する質問に東海林正子なる女が、答えている。神の隣人だ、いまサッポロにいる」と走り書きでメモしている。「青鴉」には詳しい経緯は書かれていないが、長谷川はジャーロフと会うために奔走（といっても入院していたので、人を介して依頼したのだろう）していた。そして翌月ジャーロフたちが来日したのを確認して、長谷川はジャーロフに会うために外泊届けを提出する。「青鴉」一九七三年二月二十二日に次のようなメモが書き留められている。

「ドン・コザック合唱団音頭取・S・ジャーロフに最後の会見をなすべく十九日—二十一日までの外泊願いを提出せんとす。」

十九日着替えをすませ、病室を出ようかというときに婦長が入ってきて「どなたにか会うそうですね」と尋ねる。長谷川は「はい、ドンのロシア人です。最後のお別れです」と答えた。長谷川は終生愛してやまなかったこの亡命ロシア人に別れを告げるため、一張羅の服を着て、翌二十日新宿の厚生年金会館の楽屋にジャーロフを訪ねる。雨が静かに降っていた。

「五時（午後）厚生年金ホールにジャーロフさんを訪ねる。

楽屋でジャーロフと会う。十七年前と変わらない元気な姿よ。「シュンさん」といそいそと握手するカザック姿のジャーロフさん。はつらつとしている七十七歳の老人。ピチピチとリズミカルな行動。団員中五、六人旧知の人あり。」

三十分ほど歓談したあと、長谷川はあの初演の時と同じように、舞台袖でドン・コザック合唱団の公演を見ることになった。

「六時半開演、私は舞台のそでにかくれてカザック合唱団をきく。昔の通り、両側より一列になって出場する処も昔のまま。手を後ろにくんだ大男がズラリと長靴、シャロワーリィ

（ニッカボッカのようなズボン――引用者注）、ルバーシカで揃う。

横からさっそうと出るジャーロフさん。例の通りピチピチと足を運ぶ小柄なジャーロフさんのカザック姿。指揮台の上に上るやさっとあがる右手。忽ち湧く聖歌、ロシア正教の魂のうたよ。

ジャーロフさんは首を一寸まげ、身代を立て、あの音頭取りのいきなスタイル。昔のままだ。なつかしくて私は胸一杯。そしてステンカ・ラージン、ポレシカ・ボーリュシカ、エイ・ウフニェム（「ボルガの舟唄」で知られる――引用者注）、カリンカ、荒城の月、プラトフのうた。

ああ昔のままのドンカザックのうた。場内に湧くため息。静寂。拍手の嵐。ジャーロフさんのあいさつ。右の肩を曲げて礼するあのポーズの魅力。私はすっかり魅せられてしまった。ああボチコのプリヤスカ。そしてアンコール。すべてあのまま。私はすっかり昔のままに還って家路へ。ああドンカザックの姿よ。」

長谷川はどんな想いを抱き家路についたのか。別れを告げたことで自分の気持ちに一区切りをつけることはできた。ただ何度も何度も浮かびあがってくるのは、自分より十歳以上も年上のジャーロフのさっそうとした指揮をとる姿である。あの時と同じように指揮をとる姿がまぶしかった。ジャーロフと別れて再会するまでの間に、自分がこんなにも衰えてしまっているのに、ジャーロフはあの時のままだった。

ジャーロフのスケッチ（「青鴉」1973年2月22日）

会って二日後の「青鴉」に彼はこう書く。

「ジャーロフの如くあれ。彼は常にリズミカルで姿勢よく、二十五人をよく制して、常にインスピレーションを持ち、合唱に情熱を持っている七十七歳の老人。彼には恍惚の人になるいとまなく、新しい音にめざしている。私も彼の如く小説に、詩に、ほんやくに生きよ。ジャーロフであれ。老人になるな。」

この頁にはジャーロフの指揮する姿のスケッチもある。ジャーロフと会ったことで、長谷川濬は勇気づけられていた。羨望と共に、自分もなんとか生きていこうという力をもらった。濬次男寛が、杉並の家に見舞いにいったとき、それが最後に生きた父の顔を見たときだった。濬はこれ面白いぞといって、一冊の本を渡した。『荒海からの生還』（ドゥガル・ロバートソン著）という本であった。

この本は、小さな子供ふたりをふくむ家族四人と若い青年一人を乗せたヨットが、南太平洋を航海中に、シャチに襲われ、沈没し、ゴムボートに乗り移り、数週間洋上をさまよい、日本の漁船に全員無事に救助されるまでの実話を描いたものであった。

寛は、この時のことをこう思い出している。

「父がこの本は面白いから読みなさいと言うのです。内容をいろいろと聞きました。そのときはなぜか今更という気がしまして、本は借りなかった。それを読んだのは、父が亡くなってからです。本の発行日が昭和四十八年十月三十日になっていますから、父が読んだのは本当に死の直前ということになります」

寛は父が赤線を引いていたところを見せてくれた。

漂流した家族にとって、救いを待つしかないとき、待ちに待った貨物船が近くに見えた。みんなで手を振り、信号灯をふったが、彼らを発見することなく、遠ざかっていった。そのあとの文章に長谷川は、赤線を引いていた。

「この貨物船は西に向かっていた。燃え尽きたり、湿っていて発火しなかった発煙信号などを苦々しい思いでながめているうちに、私は突然、そうだ、と気がついた。この苦境をどう乗り切るべきかについての私の考えは、この瞬間から一変したのだ。あの貨物船はわたしたちを救助してはくれなかったが、それならそれでいい。それならばいっそ連中のことなど忘れて、自分たちだけの力で切り抜けてみせよう。あんな船の助けなどなくても生き抜けるし、これからは「救助」とか「助けを待つ」などといった、他人に頼る精神は捨てて、「生き抜く」を合言葉にするとしよう。そう考えると体中に力がみなぎってきて、貨物船に救助してもらえなかった悲しさは消え、どうにでもなれといった、むしろ楽しいような気分になった。猛獣のような闘争意識もわいてきた。この海はわたしたちの生存に適した環境ではないし、失敗すればサメや魚のエサになるのがおちだ。だが、立派に生き抜いてみようじゃないか。」

戦後長谷川は幾度も辛い局面に面してきた。日記のなかでそれに挫け、泣き言や、自虐的な言葉を書き留めてはいるが、彼は一度も「死にたい」と書いたことはない。「死して成れよ」というゲーテの言葉を何度も書いていた。自分が死なせたと一生の重みにしていた長男満の死をふりかえるときも、彼は苦しんで生きることこそ、自分の宿命だと書いていた。生き抜くこと、生きて苦しみを受け入れる、それが自分の生きかただと。いくつもの死を乗り越え、しかも自分の死が確実に近づいているのを知っていたときに、彼はこんな言葉に魅了され、赤線を引いていたのだ。長谷川濬は、最後の最後まで、生きようとしたのだ。生き抜くこと、それが長谷川の生きかたといえるのではないだろうか。

■静かな死

長谷川の死は突然、そして静かに訪れた。一九七三年十二月十六日日曜日の昼下がりだった。文江に、「お父さん、今日のお昼は何にする?」と聞かれた長谷川は、「うどんがいいなあ」と答える。文江はうどんをつくり、ふたりでお昼を食べたあと、いつものように長谷川は昼寝をするため横になった。いつもだったら喘息のため寝ていても咳き込むのに、今日はずいぶん静かに寝ているな、と文江は思った。しかし三時すぎても起きて来ないのを不思議に思った文江がのぞきにいくと、長谷川はすでに息絶えていた。

日曜日だったので、いつものように父のところを訪ねようとした嶺子は、杉並に行く前に渋谷のデパートに寄った。父にとても似合いそうな煉瓦色のセーターを見つけ買ってしまう。父の喜ぶ顔を想像しながら、杉並の家に着いたとき、救急車が家の前に止まっているのにびっくりして家へ駆け込み、そこで初めて父の死を知る。

「母の話だとお昼を食べているとき、今日嶺子は来るのかと言っていたと言うんですね。もっと早く行っていればという思いはあります。せっかく父に似合うセーターを買ってきたのにね。棺にいれてやりましたけどね。でもいい死にかたですよね。苦しまずに寝ながら死ねたのですものね。私もこんな風に死にたいと思いますよ」

長谷川濬が亡くなった翌年一九七四年八月同人であった『作文』(九十六集)は「長谷川濬追悼」を特集している。戦後文壇とは無縁で、文学界から忘れられた存在であった長谷川であったが、戦前満洲時代から同人で、最後の最後まで寄稿を続けていた雑誌『作文』だけが、長谷川を追悼することになった。ささやかな追悼号ではあるが、長谷川にはふさわしいものだったといえるかもしれない。同じように満洲時代からの同人であった『動物文学』の平岩米吉、満洲時代からの『作文』同人仲間緑川貢、大野沢緑郎、青木実、秋原勝二らのほか、弟の四郎が回想を寄せている。この追悼号がでたあと、『週刊朝日』のコラム「活字の周辺」に「『偉大なる王』の訳者長谷川濬を悼む」と題されたエッセイを「カザック」氏が書いている。

ここでカザック氏は、「文壇のモンスターとよばれた林不忘にも、未知なものが残された。長谷川濬はそれ以上に未分化のまま去っていたようだ」と締めくくっているが、まさにその通りだろう。『偉大なる王』の訳者として、一躍名声を馳せた長谷川であったが、戦後文学のなかに、彼の場所はなかった。戦後三十年あまり、必死になって、もがくようにして彼が書き続けたものは、未分化のまま埋もれていくことになった。

戦前から同人だった『動物文学』では、あらたまって長谷川追悼をしていない。ただ創刊二百一号目となる一九七四年に長谷川の訳文「アンバ（虎）」が掲載されている。虎が縁で『動物文学』に加わった長谷川濬の最後を締めくくるには最もふさわしい弔いになったかもしれない。

長谷川濬が『動物文学』の同人となり入会し、初めて寄稿した文は、七十七集の「虎ものがたり」であった。八十集にもその続編「続・虎ものがたり」を発表している。「アンバ」が掲載された前号の二百号記念号に長谷川は「こんこんと流れる地下水」と題されたエッセイでこう書いている。

「私と虎が縁となって『動物文学』誌と知り合い、第一の投稿が虎に関する随筆で、それがはじめて活字になった時の印象は今でも鮮やかだ。それ以来、時々投稿し活字になるので、私と『動物文学』誌は私のペン生活の支柱であり『動物文学』誌に私のほんやくの大部分は掲載された。これは私にとってほんとうにうれしいことで、お蔭様でいろいろ勉強させて頂き、個人的にも平岩氏にいろいろお世話になり、言わば『動物文学』は私の人生の一部になって私に密着している。」

「アンバ」は、アルセーニエフの『ウスリー探検紀行』の一節である。長谷川濬は、戦前満洲で弟四郎と共訳で『デルスウ・ウザーラ――アルセェニエフ氏のウスリイ紀行』（満洲事情案内所一九四二年）という本を出している。もっともこの本の翻訳は実際には四郎がやり、当時はバイコフの『偉大なる王』の翻訳者として有名だった濬の名前を借りたというのが実情だった。

晩年長谷川は、アルセーニエフの『密林での邂逅』や『デルス・ウザーラ』の一部などを次々に訳し、『動物文学』に発表していた。当時しばらく映画をつくっていなかった黒沢明がソ連の力を借りてアルセーニエフ原作の『デルス・ウザーラ』をつくることが発表されたことに刺激を

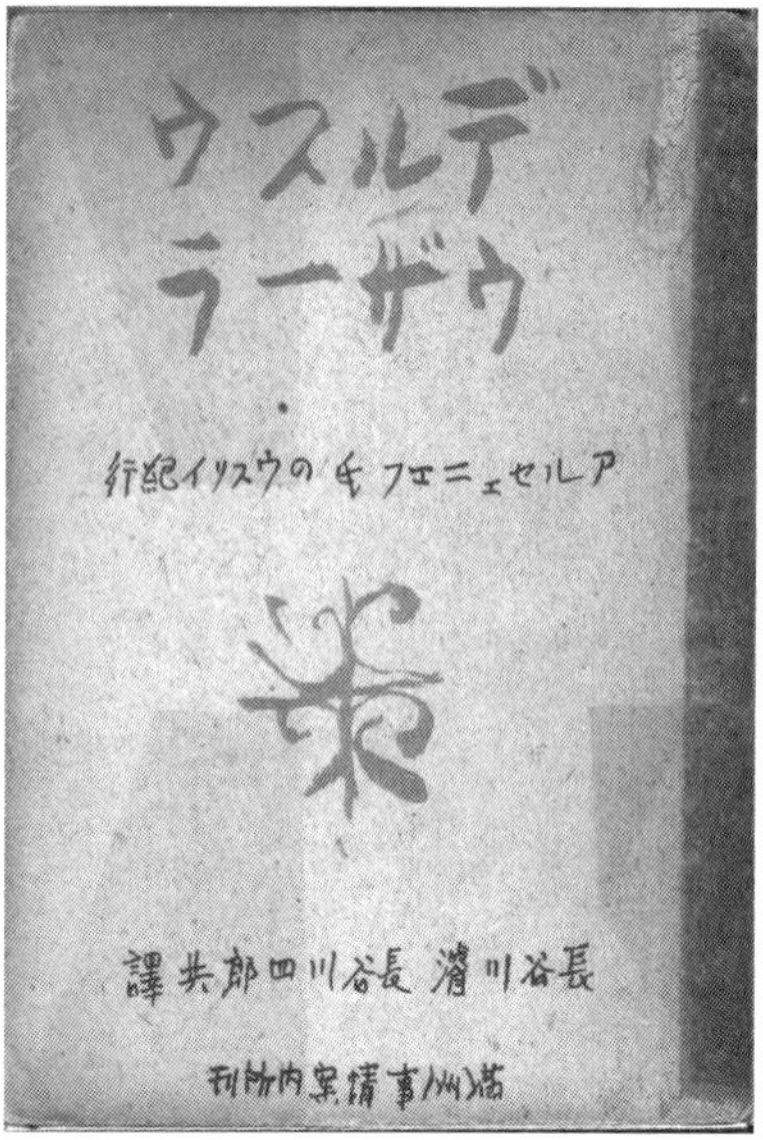

『デルスウ・ウザーラ――アルセェニエフ氏のウスリイ紀行』
長谷川濬・長谷川四郎共訳

受けたようだ。

平岩は、『作文』での追悼文のなかで「最近、しばしば意欲を見せられていたのは、黒沢明監督が満洲でデルスウウザーラを映画化すると聞いて、その通訳を買ってでたいということであった」と書いている。

『動物文学』にアルセーニエフの翻訳を次々に発表していたのは、黒沢明へのデモンストレーションだったかもしれない。

しかし、最後に『動物文学』に掲載されたのが、「アンバ（虎）」だったことにひとつの因縁のようなものを感じる。「虎」で始まった長谷川の文学生活を、虎で終えることになったのだから。

満洲の樹林のなかを、独り、ストイックに獲物を求めて彷徨う虎《アンバ》の姿を追いながら、訳す長谷川濬の魂は、満洲を彷徨っていたのではないだろうか。

愛する子供たちを死なせてしまったという悔いても悔いきれない想い、文学界に名前を刻むことができなかったという無念さを抱き、それでも長谷川濬は、生き続けようとしていた。

「金色の虹を
瞳孔にからみつけて
飢に喘ぐ虎……」

これは『作文』復刊三集（一九六五年）に発表された「虎」と題された長谷川の詩の一節である。

長谷川の魂は、いつも北の大地を彷徨っていた。満たされない想いを飢えたように求め、厳寒の地を、ひたすら前を向き歩いていた。樹林を彷徨う虎のように……

「青鴉」に何度も繰り返し書き留めたあの情景が目の前に次々に広がっていった。南嶺の真っ赤な夕陽、ポグラの赤い月、国境を分かつアムール・アルグンの川の流れ、ホロンバイルの草原、ダライノールの水平線、三河の白樺林、アルグン河の木の茂みに羽根を休めていたおおみみずく、河辺から静かに飛び立つ鷺、黄塵が舞うハイラルの里木《リーム》旅館……

長谷川濬の魂は静かに満洲の荒野へ還っていった。

エピローグ

木靴をはいて

木靴《サボ》をはいて
—ふるさとの小路で—
ポクポクポク……
木靴《サボ》の音
私は小路を歩く　春の音
ポプラ並木に牛乳の匂い流れ　木靴《サボ》はいて
乾草積んだ車が通る
荒い木肌の感触
無言道士がけづっているサボ
木の香溢れる作業場
修道院の冬だった
黒土が出て　解氷細流となり
ポクポクポクポク……
サボの音
春の音
木靴作りの道士の沈黙
ビスケと馬鈴薯の夕食
私は木靴はいて　春の小路を行く
ポクポクポク
20-10-'72

長谷川濬は一九六四年『海』と題した詩集を自費出版している。全七二頁、薄い表紙のつつましい佇まいの小冊子である。私の手許にあるのはアート・フレンドの同僚であった細川剛が本人からもらったものなのだが、なかを見ると所々に万年筆で訂正されているところがあり、いかにも手づくりという感じがする。ここに収められている五十一編の詩のほとんどは、「青鴉」で書き留められていたものであった。何部刷ったのか定かではないが、売ることを目的にしていたのではなく、細川のように親しい人に配布されたようだ。戦後の彼の文学活動の成果が、これかと思うと、せつなくなってくる。

「青鴉」を読んでいくと、晩年同じように自費出版で「青鴉」と題した詩集を出す準備をしていたことがわかる。ここにどんな詩を入れようとしていたのかは、いまとなってはまったくわからない。ただもう一冊どんなかたちであれ、詩集を出したいという長谷川濬の思いがいじらしかった。

そんな時、息子の寛が九九とナンバリングした、一九七二年十月から翌年三月まで書かれたノートと出会うことになる。表紙に「我が心のうた——66歳の病老人の手記」というタイトルが記されていた。これは死を間近に控えた長谷川が、どうしても書き残したいと思った作品メモといっていいだろう。そしてそこに書き留められていたのは、二十歳まで過ごした函館の思い出だったのだ。

「アカシヤ《ママ》の木」、「ポプラ」、「ハリストス教会」、「ロシヤ《ママ》少年水兵」、「しもやけ」、「はこだて旧桟橋」、「カンカン虫」、「中華会館」、「台町網工場」、「立待岬」、「すぐりの実」、「倉庫町」などと題された函館を舞台にした八一編の散文詩が綴られていた。海に囲まれた坂の町、異邦人が行き交っていた町、ロシアが身近にあった町、こんな函館を書きながら、彼は父や兄弟の思い出、立待岬下の浜辺での海水浴の思い出、従妹との淡い初恋の思い出、カムチャツカへの二十歳の船出の思い出などを、まるで昨日のことのように思い浮かべながら書きつづけた。

コスモポリタンの街函館で生まれ、生涯コスモポリタンとして生きた男が、死がにじり寄ってきたことを知ったとき、自分が青春時代をおくった函館のことは、どうしても書き残さなければならなかったテーマだった。

このノートの最後に、彼はロシア語で「Записки дедства——幼年時代の手記」と走り書きしたあと、日本語でこんなことを書いている。

「六十六年の人生行路点ここにしぼらる。」

人生の終点に、海に憧れ、兄を慕い、父を敬い、ロシアに憧れた函館時代の思い出に捧げようとした長谷川の胸に去来していたものはなんだったのだろう。

長谷川は二十三歳で満洲に渡るとき、故郷には二度と帰らないと誓った。しかし戦後二度函館の土を踏んでいる。一度は、一九五三年九月サハリン航海の途中天候不良のために寄港した時、二度目は、一九五六年のドン・コザック合唱団の函館公演の時である。この時実家はすでになく、仕事ということもあって、ゆっくりと函館の街を散策することもできなかった。それ以降の長谷川にとって、函館は航海途中、津軽海峡から眺めるところになっていた。

「津軽海峡を通る。風強し。はるかにふるさと、ハコダテを見る。何回通ったことか。東洋丸で意外にも寄港し、ハリストス教会、乗源寺、小学校、日魯の網工場、火葬場、あなま（海岸―引用者注）、ドック、防波堤などを見た。海峡の月。また海郷をすぎる。汐首の灯台は光る。海に月出る。砂丘に寝ころんだ、生臭い青春の匂いよ！　私の魂の根元――ハコダテ。」

（「青鴉」一九五八年八月）

故郷を離れながらも何度も洋上から見る函館は、いつも長谷川の心の中に生きつづけていた。そして人生の終点が見えたとき、彼の中に函館の幻像が、あざやかに甦ってきた。その時彼は、必死になってそれを書き留めたのではないか。

これを詩集として出せないか、二〇〇六年に『神彰とアート・フレンド展』を開催してくれ、熊谷孝太郎の写真集『はこだて　記憶の街』を出版した実績をもつはこだて写真図書館の津田基に、相談してみた。津田はこのノートを見て、いま自分が生きている函館の半世紀前の姿がイメージとして立ちのぼってくるのに感動し、すぐに出版することを決断する。そしてこれをかたちにするために、長谷川が生きていた時代の函館をカメラで記録していた熊谷孝太郎の写真とコラボレーションさせるという編集方針を固めた。

津田は熊谷の写真をじっくり時間をかけてセレクトし、私は長谷川の手書きの文を活字にするための作業をし、さらにブックデザイナーの西山孝司が本全体のレイアウトをデザインした。そして二〇〇九年『木靴《サボ》をはいて――函館散文詩集』が出版された。

いつのまにか長谷川濬に魅入られた三人が力をあわせてつくった本である。いい本にしたいということだけが目的になっていた。長谷川濬の未完の夢を実現する、そんな思いがこめられた本になった。

この本を読んだドイツ文学者の池内紀はこう感想を書いている。

「世にいれられず、さみしく老年を迎えた人が、記憶を克明にたどっていった。粗末なノートにしるされた、いま一つの「失われし時を求めて」である。九十九番目は北の港町に捧げられた。ほとんど帰ることのなかったふるさとである。七十数編の風景は沁みるような透明感につらぬかれ、二つとない心象の小宇宙をつくっている。空席のまま隠れんぼうをしていた三男坊が、そっと帰ってきたぐらいだ。」

（「望郷記」『木靴をはいて』）

三男坊が、そっと帰ってきたという表現が、うれしかった。

三男坊にこの本を見せるため、初めて長谷川濬が眠る墓を訪ねることにした。

二〇〇九年四月四日私は長谷川寛と八王子駅で待ち合わせ、バスで中央霊園へ向かった。花冷えの日が続いていたが、やっと暖かくなり、桜の花もほころびはじめていた。終点の停留所から中央霊園まではなだらかな坂を登っていく。このあたりの桜はまだ六分咲き程度だろうか。鳥のさえずりが時折聞こえ、のどかな春の佇まいが心地よかった。霊園はかなり広いところだった。入り口からすぐのところに長谷川家の墓があった。一九七九年に建立したものということだが、まだ新しい感じがする。寛が年に二回は必ず墓参りに来るということもあるのだろう、よく手入れされていた。線香に火を点け、花をそなえてから、リュックから『木靴をはいて』を取り出し、墓前に供えた。手を合わせると、いろんな思いがこみ上げてくる。遠くで鳥のさえずりがまた聞こえてきた。隣に立つ寛の顔が、のどかな春の日和のように柔らかい。

このノートのことを知ったのは、『虚業成れり——「呼び屋」神彰の生涯』の取材で寛と会った時だった。取材もほぼ終わり、席を立ちかけた時、寛が、父が残したノートがあるのですが、興味がありますかと聞いてきたのだ。慌てて席に座り直し、どんなノートなのかを聞くことになった。あの時濬が寛の声を借りて、私に語りかけてきたのだと思う。これが「青鴉」との最初の出会いとなり、そして長谷川濬と私のつき合いが始まったのだ。『虚業成れり——「呼び屋」神彰の生涯』が出来たあと、何度か寛と会い、「青鴉」のコピーをもらい、父濬の思い出を聞くことになった。

「青鴉」に書かれていたことは刺激的だった。書かれていることは、作品ノートであったり、詩であったり、読書や映画の感想だったりするのだが、豪放磊落といわれた長谷川濬が、傷つきやすい魂をもった詩人でもあったことがわかった。知り始めると小出しに渡されるコピーに完全に欲求不満になり、すぐにでも全部読みたくなっていた。何度目かに会ったとき、寛に全部のノートを預けてもらえないかとお願いした。寛は、果たして父親が残したものがどれだけ価値があるものかわからない、そんなものをいきなり全部見せてもという気持ちがあったようだ。それほどまでに言うのであればまとめて送りましょうということになり、まもなくダンボールが二箱送られてきた。ここにおよそ百三十冊の大学ノートが入っていた。そしてこの中に寛が九十九というナンバリングをし、長谷川濬が「(北方感傷記)我のうた　66歳の病老人の手記　ふるさとの思い出」というタイトルをつけたノートがあったのだ。最初にこれを読んだ時、「人生の最後に長谷川濬に詩神が宿った」という思いに胸が一杯になった。戦後の長谷川濬の小説の特徴と言っていい饒舌な表現が消え去り、余分なものが削ぎ落されることによって、言葉が力をもつことになった。それは長谷川濬が記憶の底に留めていた函館の心象風景を、見事に映像化しさえしていた。あのバイコフの『偉大なる王』を訳したときのように、リズミカルで歯切れのいい文体がよみがえっていた。

いい詩集になったと思う。

「どうです、濬さん、いい本になったでしょう」と私は墓に語りかけていた。

「ええ、喜んでますよ、父は」という声が後から聞こえてくる。

ふり返ると、寛の柔らかな笑顔があった。その笑顔の向こうで濬さんがにっこりと笑っているのが見えたような気がした。

あとがき

荻窪のアパートで長谷川濬が「バイカル湖のほとり」を歌うのを聞いて、ドン・コザック合唱団を呼んだ神彰の人生は変わった。でも歌った長谷川濬の人生は変わらなかった。それは何故だったのか、どこに運命の分かれ目があったのか。神彰の評伝『虚業成れり』を書いているとき、長谷川濬のことを知ってから、それが気になってしかたがなかった。

『虚業成れり』の最終原稿を提出した翌日、私は神奈川県立図書館にいた。ここに所蔵されていた、長谷川濬が満洲時代から同人となっていた同人誌『作文』を閲覧するためだった。そして彼が発表した小説や詩、エッセイをコピーした。その数の多さに驚かされた。栄光を手にすることができなかった長谷川濬のことを書かなければならない、そんな思いにとらわれていた。何故だろう……たぶん長谷川濬の中に自分と同じ匂いを感じたからだと思う。ロシア、函館、コスモポリタン、満洲、コザック、バイコフ、それは、私がずっと憧れていたものにほかならなかった。長谷川濬は、そうした世界を自由に生きていた。

長谷川濬が残した「青鴉」と題された百三十冊あまりの日記をもとに、まずは戦後の長谷川濬の足跡を追うことにした。「デラシネ通信」という私のホームページに「彷徨える青鴉」という連載を書きながら、長谷川濬の精神の軌跡を追いかけることになった。この「彷徨える青鴉」という連載エッセイのはじめに、今回の長谷川濬を追いかける旅は長くなるだろうと書いたが、実際に長い旅となった。初めて日記を手にしてから八年、この間函館、三輪崎、松戸、伊豆北川、武蔵小金井、旭、犬吠埼など長谷川に縁の深い土地を訪ね、また長女の嶺子さんの話を聞くために沖縄に行ったりもした。長谷川濬という男の姿が、次第に自分のなかではっきりと捉えられるようになった。

彼は文学者として、私の前に立ち現れたわけではなかった。文学者として再評価することではなく、自分が探し求めていたのは、長谷川濬という男の生きざまであった。何度もうちのめされながら、そしていくども死と向きあいながら、「死して成れり」というゲーテの言葉を何度も引用しながら、どんなボロボロになりながらも生き抜くことに徹した。引き揚げの時に三女を亡くし、やっと帰って来た日本で、長男を貧困のなかで病死させてしまったその責任を一身に背負い、死なせたのは自分であり、その罰として自分はどんなに貧困であろうが、病気になろうが、生きていかねばならないと、まさに地を這うように生きた男の生きざまに魅せられていった。

神彰のような栄光も名声も、財産も得ることはできなかったが、もしかしたら長谷川濬は、それ以上に大事なものを、見つけたのではなかったか。確かに困窮にあえいではいたし、病気にも苦しめられていた、でも彼は好きなことだけをして生きていたのである。

彼がまさに書き散らした文学作品も、彼が残した日記も、彼が自由に、でも一生懸命生きた証であった。長谷川濬はそれをまとめようとはしなかった。それが長谷川濬の生き方であったといえるかもしれない。

長谷川濬が残した日記を私が読むことになったのは、宿命だったように思えてならない。息子の寛さんが、私にお父さんと同じような匂いが感じてくれたから、あの時父が遺した日記のことを教えてくれたのではないかと思っている。

父が遺した日記を全て私に預けてくれた、長谷川寛さんにあらためて感謝します。寛さんとは、まだまだこれからもつき合いは続きそうですが、大好きなお父さんの思い出を楽しそうに語ってくれた長女嶺子さんともうお会いできないことが残念でたまりません。嶺子さんのご冥福をお祈りしております。

原稿を書き終えてから本になるまで三年近くの時間を要した。こうして本になったのは、文化座代表の佐々木愛さん、そして藤原書店藤原良雄社長のおかげである。本にしましょうと約束をしてくれた出版社に、ちょっと難しくなりましたと言われ、途方にくれていたとき、佐々木さんが、たった一度だけ取材させてもらったご縁だけだったのに、この話しを聞いて、藤原社長に直談判してくれたのだ。そして埋もれそうになっていた原稿を藤原社長は、こうして本にしてくれた。

藤原社長、愛さん、ほんとうにありがとうございました。

デラシネ通信の管理運営をしている大野康世さんには、何度も読み返してもらい、貴重なダメだしをもらいました。私の拙い原稿を、本にするために細かいところまでチェックしていただいた藤原書店の山﨑優子さん、そして今回もまた装丁していただいたフラグメントの西山孝司さん、みなさんお世話になりました、ありがとうございました。

この本のなかでひとつだけいたずらをさせてもらった。

前作『虚業成れり』の冒頭の文章を本書の冒頭でもそのまま使っている。神彰と長谷川濬も、ブラジャーガ（放浪者）だった。ふたりの放浪の果てまで書くことができたことをとてもうれしく思っている。

二〇一二年八月

大島幹雄

長谷川濬　年譜

西暦	和暦	月	年齢	
一九〇〇	明治三三	1		1月17日　長兄海太郎、佐渡で生まれる
一九〇四	明治三七	1		1月7日　次兄潾二郎生まれる
一九〇六	明治三九	7	0	7月4日　父淑夫、母由起の三男として函館市に生まれる
一九〇九	明治四二	6		6月7日　弟四郎生まれる
一九一三	大正二	4	7	函館区立弥生尋常小学校に入学
一九一四	大正三	11		11月19日　妹玉江生まれる
一九二〇	大正九	4	14	函館中学校入学 この年長兄海太郎横浜よりアメリカに渡る。旅先からの手紙で、海太郎は濬をスタンリーと呼び、漁師になることを勧めていた
一九二一	大正一〇	4	15	4月14日　火災により元町の家が全焼
一九二二	大正一一		16	函館市谷地頭百番地に新居完成
一九二四	大正一三		18	長兄海太郎帰国
一九二五	大正一四		19	函館中学卒業

				漁船に乗り込み、カムチャツカ半島ペトロパブロフスクに行き、イクラつくりの季節労働に従事。その後四年間、日魯漁業会社に雇われたり、伊豆の北川で働く
一九二九	昭和四		23	船をおり、外国語をロシア語で受験し、大阪外国語学校露語科入学
一九三二	昭和七	3	26	大阪外国語学校卒業
		5		5月15日　門司港からウラル丸で大連へ出発、渡満
				満洲国の新政府資政局自治指導部訓練所（のちに大同学院）で訓練を受ける
				卒業後、満洲国外交部にはいる
				チタの領事館に勤務
一九三三	昭和八	2	27	満洲里で喀血、入院
		3		日本に帰国
		5		鈴木文江と結婚
		6		綏紛河（ポグラニーチナ）に赴任
一九三四	昭和九	2	28	2月29日　長女嶺子誕生
一九三五	昭和一〇		29	新京に帰任。6月、長兄海太郎急死、享年35歳
一九三六	昭和一一	1	30	1月6日　長男満誕生
一九三七	昭和一二		31	関東軍の命により組織された国境兵要調査隊の第三班のメンバーに選ばれ、通訳として黒龍江を遡行、漠河を経て満洲里の領域を調査

				新京に戻り、弘報処へ転勤
				満洲国外交部を辞め、この年8月に設立された満洲映画協会に入る
一九三八	昭和一三	9	32	9月18日　次男寛誕生
		10		『満洲浪曼』を発刊（北村謙次郎、仲賢礼らと） 長谷川濬原作の「国境地区」が、大同劇団訪日記念新京公演で上演される
		11		同作品、名古屋・東京・横浜・大阪で公演
一九四〇	昭和一五	4	34	ハルビンの馬家溝教堂街に住んでいたバイコフ宅を訪れる
		6		バイコフの『偉大なる王』の訳載が『満洲日日新聞』ではじまる（〜10月） 満洲文話会新京支部の文芸幹事に就任
一九四一	昭和一六	5	35	5月20日　三男瀏誕生 満映の機構改革でできた上映部巡映課長となる バイコフの『偉大なる王』文藝春秋社より刊行 菊池寛の招待でバイコフ夫妻と娘訪日 平岩米吉主宰の動物文学会に入会
一九四二	昭和一七		36	コザック小説を書くため、三河協和会の嘱託となり、コザック村に滞在、取材、マクシム・ニコライウイチと名乗り、「或るマクシムの手記」を書きはじめる
		5		5月16日　父淑夫、杉並の自宅で死去、享年71歳
		6		『満洲国各民族創作選集』第一巻に「烏爾順河」再録される

年	月	年齢	事項
	12		一部門一誌の原則がだされ、『作文』五十五集で終刊
一九四三 昭和一八	1	37	盟友仲賢礼（＝木崎龍）が死去、広島に出張し、遺族を送り届ける。3月27日帰任
	5		満映の職制改革にともない、新設の調査企画局第一班長になる
	9		9月24日　次女茉莉誕生
一九四四 昭和一九	8	38	8月1日　次女茉莉死去
	10		国民画報社より著作集『烏爾順河』刊行
一九四五 昭和二〇	7	39	7月10日　三女道代誕生
	8		8月9日　ソ連軍新京に侵攻 8月20日　満映理事長甘糟正彦自殺、その現場に立ち会う
	10		満映が東北電影公司に改組され、ここに残る
一九四六 昭和二一		40	巡業中敗戦になったため満映社宅に残っていた劇団文化座を世話し、在留民団の後援で、「彦六大いに笑ふ」の公演を実現
	4		ソビエト軍撤兵、八路軍進軍
	5		5月17日　肺結核と栄養失調で亡くなった友人逸見猶吉の死を看取り、野原で死体を焼く
	7		7月23日　胡盧島に向かう汽車のなかで、三女道代死去
	8		8月19日　胡盧島を出て、帰国。一家五人は、母と妹の家に落ち着く

一九四七	昭和二二		41	徳川夢声の紹介で、三角寛の映画館・人世座で夜警・チラシ配り、機関誌『人世』の原稿とりをする
一九五〇	昭和二五	6	44	ジープ社よりバイコフ『虎』（『偉大なる王』を改題）を出版
一九五一	昭和二六	3	45	29日　長男満死去
一九五二	昭和二七	2	46	新潮文庫版『偉大なる王』出版
一九五三	昭和二八		47	ナホトカ行き貨物船の通訳となり、昭和43年まで断続的に沿海州、サハリン、アムール河を往来
一九五四	昭和二九		48	神彰のアート・フレンド・アソシエーション設立に参加
一九五五	昭和三〇		49	春、喀血。松戸の国立サナトリウムに5月から入院（〜翌年1月）
一九五六	昭和三一		50	ドン・コザック合唱団公演
				翻訳本『歌うドン・コザック』出版（原作エメリアン・クリンスキー　出版社アート・フレンド・アソシエーション）
一九五七	昭和三二	4	51	杉並区成宗三—五七三に引越
一九五八	昭和三三			翻訳本『サーカスの動物ものがたり』出版（原作ドウロフ　出版社日月社）
一九六二	昭和三七	4	56	阿佐ヶ谷の河北病院に入院
一九六四	昭和三九		58	『作文』復刊号がだされる
		11		『昭和戦争文学全集1』（集英社）に「烏爾順河」再録
一九六五	昭和四〇		59	『作文』の同人となる
				私家版詩集『海』を刊行

一九六七	昭和四二		61	4月―7月　多摩動物園佐藤清郎方に居住
一九六九	昭和四四		63	1月―6月　ニコライ学院でロシア語講師をつとめる
				6月　小金井市桜町病院に入院（～翌年1月）
一九七一	昭和四六	4	65	夫妻で千葉県旭市元岩井病院に仮寓（～翌年4月）
一九七二	昭和四七	5	66	佼成病院に入院
		6		桜町病院に転院（～8月）
		11		桜町病院に再入院、肺性心と診断される
一九七三	昭和四八	3	67	桜町病院を退院
		12		12月16日　死去、享年67歳
一九七四	昭和四九	8		『作文』九六集「長谷川濬追悼号」刊行
一九八七	昭和六二	4		4月19日　四郎死去
一九八八	昭和六三	1		1月28日　潾二郎死去
二〇〇五	平成一七	2		2月14日　玉江死去

参考文献

一　長谷川濬の著作・翻訳書

『烏爾順河』国民画報社　一九四四
『海』私家版詩集　一九六五
『函館散文詩集　木靴をはいて――面影の函館』はこだて写真図書館叢書　大島幹雄編　mole　二〇〇九
『満洲国各民族創作選集』川端康成［ほか］編　創元社　一九四二（複製版　ゆまに書房　二〇〇〇）「烏爾順河」所収
『僻土残歌　春季作品集』北村謙次郎編纂　興亜文化出版社　一九四一・五「鷺」所収
『満洲・内蒙古／樺太〈外地〉の日本語文学選』黒川創編　新宿書房　一九九六・二「家鴨に乗った王」所収
『昭和戦争文学全集第一集　戦火満洲に挙がる』昭和戦争文学全集編集委員会編　集英社　一九六四「烏爾順河」所収
『資料が語るネフスキー』生田美智子編　大阪外語大学　二〇〇三「ネフスキーについて」所収
『作文』第二〇〇集　二〇一〇　作文社「或るドクトルの告白」所収
『ウスリ河紀行』長谷川四郎と共訳
『偉大なる王』H・バイコフ著　文藝春秋社　一九四一（新潮社（新潮文庫）一九五二）

『虎』バイコフ著　ジープ社　一九五〇
『歌うドン・コザック』エメリヤン・クリンスキー著　アート・フレンド・アソシエーション　一九五六
『サーカスの動物ものがたり』ドウロフ著　日月社　一九五八

二　長谷川濬について

『作文』九六集　長谷川濬追悼号　作文社　一九九四
「長谷川濬の戦後」大島幹雄　『植民地文化研究』第五号　二〇〇六
「長谷川濬の大阪時代」大島幹雄　『セーヴェル』二四号　二〇〇七
「〈満洲文学〉のある一面について――長谷川濬の「蘇る花束」における〈国境〉」魏舒林　『阪神近代文学研究』第一二号　二〇一一
「彷徨える青鴉」大島幹雄HP「デラシネ通信」http://homepage2.nifty.com/deracine/

三　長谷川家の人々について

『踊る地平線――めりけんじゃっぷ長谷川海太郎伝』室謙二　晶文社　一九八五
『彼等の昭和――長谷川海太郎・潾二郎・濬・四郎』川崎賢子　白水社　一九九四
『父・長谷川四郎の謎』長谷川元吉　草思社　二〇〇〇
『函館文学散歩』はこだてルネサンスの会　二〇〇七　「長谷川ファミリー――その反骨の系譜」所収
『長谷川海太郎――一人三人（谷譲次・林不忘・牧逸馬）の大衆作家』菊池達也　かまくら春秋社　二〇〇八
『静かな奇譚――長谷川潾二郎画文集』長谷川潾二郎　土方明司監修　求龍堂　二〇一〇

四　満洲について

『満洲浪曼』復刻版　全七巻・別巻一　ゆまに書房　二〇〇二

『植民地文化研究』一—九　植民地文化研究会　不二出版　二〇〇二—二〇一〇
『定本　逸見猶吉詩集』逸見猶吉　菊地康雄編集・解説　思潮社　一九六六
『大いなる哉　満洲』大同学院史編纂委員会編　大同学院同窓会　一九六六
『碧空緑野三千里』大同学院史編纂委員会編　大同学院同窓会　一九七二
『満洲文学二十年』大内隆雄　国民画報社　一九四四
『北満のロシア人部落』福田新生　多摩書房　一九四二
『ダライノール』望月義　河出書房新社　一九九二
『未完の旅路』第一〜六巻　大塚有章　三一書房（三一新書）一九七六
『《満洲国》文化細目』植民地文化研究会編　不二出版　二〇〇五
『満洲国軍』満洲国軍刊行委員会編　蘭星会　一九七〇
『満蒙紀行』飯塚浩二　筑摩書房　一九七二
『逸見猶吉の詩とエッセイと童話』森羅一編著　落合書店　一九八七
『北辺慕情記』北村謙次郎　大学書房　一九六〇
『大きな口髭』関合正明　帖面社　一九六九
『コルドバの雪』関合正明　皆美社　一九八二
『狸の話』関合正明　皆美社　一九八九
『李香蘭　私の半生』山口淑子、藤原作弥　新潮社　一九八七
『「李香蘭」を生きて（私の履歴書）』山口淑子　日本経済新聞　二〇〇四
『アムール　中ソ国境を駆ける　満州・シベリア鉄道紀行』志賀勝　研文出版　一九八六
『敗戦満洲の芸術家たち』松本次郎　永田書房　一九八七
『哀愁の満州映画——満州国に咲いた活動屋たちの世界』山口猛　二〇〇〇　三天書房
『幻のキネマ満映　甘粕正彦と活動屋群像』山口猛　一九八九　平凡社

『満映——国策映画の諸相』胡昶、古泉　パンドラ　一九九九
『ハルビン学院と満洲国』芳地隆之　新潮社　一九七三
『満洲とは何だったのか』藤原書店編集部編　藤原書店　二〇〇四
『満洲——交錯する歴史』玉野井麻利子編　藤原書店　二〇〇七
『王道楽土の交響楽——満洲　知られざる音楽史』岩野裕一　音楽の友社　二〇〇二
『甘粕大尉増補改訂』角田房子　筑摩書房（ちくま文庫）二〇〇五
『甘粕正彦　乱心の曠野』佐野眞一　新潮社　二〇〇八
『満洲崩壊——「大東亜文学」と作家たち』川村湊　文芸春秋社　二〇〇〇
『満洲鉄道まぼろし旅行』川村湊　文藝春秋（文春文庫）二〇〇二
『FOR BEGINNERS　一〇六　満洲国』川村湊　現代書館　二〇一一
『異郷の昭和文学——「満州」と近代日本』川村湊　岩波書店（岩波新書）一九九〇
『近代文学の傷痕——旧植民地文学論』尾崎秀樹　岩波書店（同時代ライブラリー）一九九一
『キネマと砲声——日中映画前史』佐藤忠男　リブロポート　二〇〇〇
『キメラ　満洲国の肖像』山室信一　中央公論社（中公新書）一九九七
『女優二代　鈴木光枝と佐々木愛』大笹吉雄　集英社　一九九七
『満洲国の文化——中国東北のひとつの時代』西原和海、川俣優編　せらび書房　二〇〇五
『文学から見る「満洲」——五族協和の夢と現実』川村湊　吉川弘文館　一九九八
『日中共同研究「満洲国」とは何だったのか』植民地文化学会・東北淪陥一四年史総編室共編　小学館　一九六〇
『「昭和」文学史における「満洲」の問題第三』杉本要吉編　早稲田大学教育学部杉本要吉研究室　一九九六
『文学にみる「満洲国」の位相』岡田英樹　研文出版　二〇〇二
『私と満州国』武藤富男　文藝春秋　一九九二

『たった独りの引き揚げ隊』石井博子　角川書店　一九九二
『ノモンハン戦争——モンゴルと満洲』田中克彦　岩波書店（岩波新書）二〇〇九
『ポスト満洲映画論　日中映画往還』四方田犬彦編　人文書院　二〇一〇
『〈満洲〉の歴史』小林英夫　講談社（講談社現代新書）二〇〇二
『内村剛介ロングインタビュー　生き急ぎ、感じせく——私の二十世紀』内村剛介　陶山幾朗編集・構成　恵雅堂出版　二〇〇八
『満洲の情報基地ハルビン学院』芳地隆之　新潮社　二〇〇九
「三河紀行素描——戦時下の旧北満辺境調査日誌」石井素介　二〇〇三
「満州映画協会の回想」坪井与　『映画史研究　一九』
『旧「満州」ロシア人村の人々』坂本秀昭、伊賀上菜穂　東洋書店（ユーラシア・ブックレット）二〇〇七
『興亡の世界史一八　大日本・満州帝国の遺産』姜尚中、玄武岩　講談社　二〇一〇
『満州国演義』一—七　船戸与一　二〇〇五—二〇一二　新潮社
『虹色のトロツキー』安彦良和　中央公論文庫コミック版　二〇〇三

五　バイコフの著書

『北満州の密林物語——バイコフの森』中田甫訳　集英社　一九九五
『樹海に生きる』今村龍夫訳　中央公論社（中公文庫）一九九〇
『偉大なる王』今村龍夫訳　中央公論社（中公文庫）一九八九
『牝虎』上脇進訳　中央公論社（中公文庫）一九九〇
『バイコフ動物記一　偉大なる王』上脇進訳　番町書房　一九七二
『バイコフ動物記二　密林物語』上脇進訳　番町書房　一九七二
『バイコフ動物記三　私たちの友だち』上脇進訳　番町書房　一九七二

『母なるカリーナ――野獣と人』堀場安五郎訳　講談社　一九五九
『ざわめく密林』新妻二朗訳　文藝春秋社　一九四二

六　その他

『怪物魂』神彰　ＫＫベストセラーズ　一九七四
『田中清玄自伝』田中清玄　文藝春秋　一九八四
『評伝北一輝』松本健一　岩波書店　二〇〇七
『評伝今西錦司』本田靖春　山と渓谷社　二〇〇八
『現代の冒険―砂漠と密林を越えて』梅棹忠夫・責任編集　文藝春秋　二〇〇七
『狼と生きて――父・平岩米吉の思い出』平岩由伎子　築地書館
『久生十蘭「魔都」「十字街」解読』海野弘　右文書院　二〇〇〇
『ウラジオストック物語――ロシアとアジアが交わる街』原暉之　三省堂　二〇〇一
『虚業成れり――「呼び屋」神彰の生涯』大島幹雄　岩波書店　二〇〇七
『異郷に生きるⅡ』中村善和　成文社

七　雑誌

『作文』刊行中（二〇一二年八月現在　二〇四集）　秋原勝二　作文社
『朱夏』一九九一～　せらび書房
『セーヴェル』一九九五～　ハルビン・ウラジオストクを語る会

ま　行

や　行

ら　行

わ　行

な　行

は　行

さ　行

た　行

人名索引

＊長谷川濬を除くほぼ全ての人物の，エピローグまでの頁数をあげた。

著者紹介

大島幹雄（おおしま・みきお）

1953年，宮城県生。早稲田大学文学部露文科卒業。サーカス・プロモーター。アフタークラウディカンパニー（ACC）勤務。海外からサーカスやクラウンを呼んで，日本でプロデュースしている。石巻若宮丸漂流民の会事務局長，早稲田大学非常勤講師。著書に『ボリショイサーカス』（東洋書店，2006）『虚業成れり――「呼び屋」神彰の生涯』（岩波書店，2004）『シベリア漂流――玉井喜作の生涯』（新潮社，1998）『魯西亜から来た日本人――漂流民善六物語』（廣済堂出版，1996）『海を渡ったサーカス芸人――コスモポリタン沢田豊の生涯』（平凡社，1993）『サーカスと革命――道化師ラザレンコの生涯』（平凡社，1990）。訳書にレザーノフ『日本滞在日記 1804-1805』（岩波文庫，2000）がある。
デラシネ通信社を主宰，不定期刊行の雑誌『アートタイムス』を刊行するほか，ホームページ「デラシネ通信」http://homepage2.nifty.com/deracine/ でロシア，サーカス，漂流民などをテーマにさまざまな情報を発信している。

満洲《まんしゅう》浪漫《ろまん》――長谷川《はせがわ》濬《しゅん》が見《み》た夢《ゆめ》

2012年9月30日　初版第1刷発行©

著　者　大島幹雄
発行者　藤原良雄
発行所　株式会社　藤原書店

〒162-0041　東京都新宿区早稲田鶴巻町523
電　話　03（5272）0301
FAX　03（5272）0450
振　替　00160-4-17013
info@fujiwara-shoten.co.jp

印刷・製本　中央精版印刷

落丁本・乱丁本はお取替えいたします
定価はカバーに表示してあります

Printed in Japan
ISBN978-4-89434-871-4

満洲ハルビンでの楽しい日々

ハルビンの詩がきこえる

加藤淑子
加藤登紀子編

一九三五年、結婚を機に満洲・ハルビンに渡った、歌手加藤登紀子の母・淑子。ロシア正教の大聖堂サボール、太陽島のダーチャ（別荘）、大河スンガリー——十一年間のハルビンでの美しき日々を、つぶさに語りつくす。

【推薦・なかにし礼】

A５変上製　二六四頁　**口絵八頁**　**二四〇〇円**
（二〇〇六年八月刊）
◇978-4-89434-530-0

「満洲」をトータルに捉える、初の試み

新装版
満洲とは何だったのか

藤原書店編集部編
三輪公忠／中見立夫／山本有造／和田春樹／安冨歩／別役実ほか

「満洲国」前史、二十世紀初頭の国際情勢、周辺国の利害、近代の夢想、「満洲」に渡った人々……。東アジアの国際関係の底に現在も横たわる「満洲」の歴史的意味を初めて真っ向から問うた決定版！

四六上製　五二〇頁　**三六〇〇円**
（二〇〇四年七月刊／二〇〇六年一一月刊）
◇978-4-89434-547-8

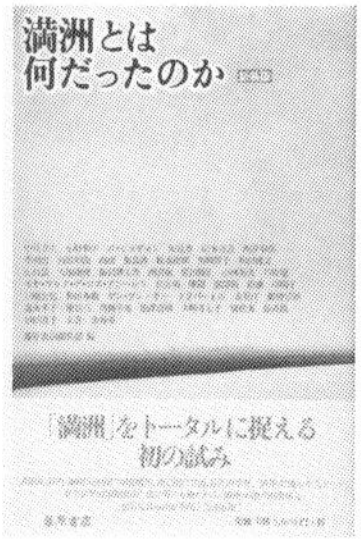

満鉄創業百年記念出版

別冊『環』⑫
満鉄とは何だったのか

〈寄稿〉山田洋次／原田勝正
【世界史のなかの満鉄】モロジャコフ／小林道彦／マツサカ／加藤聖文／中山隆志／伊藤一彦／コールマン／長見崇亮
〈鼎談〉小林英夫＋高橋泰隆＋波多野澄雄
【「満鉄王国」のすべて】金子文夫／前間孝則／高橋団吉／竹島紀元／小林英夫／加藤二郎／庵谷磐／西澤泰彦／富田昭次／磯田一雄／芳地隆之／李相哲／里見脩／岡田秀則／岡村敬二／井村哲郎／岡田和裕
【回想の満鉄】衞藤瀋吉／石原一子／松岡滿壽男／下村満子／宝田明／中西準子／長谷川元吉／杉本恒明／加藤幹雄／高松正司
【資料】満鉄関連書ブックガイド／満鉄関連地図／満鉄年譜／満鉄ビジュアル資料（ポスター・絵葉書・スケッチ・出版物）

菊大並製　三二八頁　**三三〇〇円**
（二〇〇六年一一月刊）
◇978-4-89434-543-0

〝満洲〟をめぐる歴史と記憶

満洲—交錯する歴史

玉野井麻利子編
山本武利監訳

日本人、漢人、朝鮮人、ユダヤ人、ポーランド人、ロシア人、日系米国人など、様々な民族と国籍の人びとによって経験された〝満洲〟とは何だったのか。近代国家への希求と帝国主義の欲望が混沌のなかで激突する、多言語的、前＝国家的、そして超＝国家的空間としての〝満洲〟に迫る！

四六上製　三五二頁　**三三〇〇円**
（二〇〇八年二月刊）
◇978-4-89434-612-3

CROSSED HISTORIES
Mariko ASANO TAMANOI

明治・大正・昭和の時代の証言

蘇峰への手紙
（中江兆民から松岡洋右まで）

高野静子

近代日本のジャーナリズムの巨頭、徳富蘇峰が約一万二千人と交わした膨大な書簡の中から、中江兆民、釈宗演、鈴木大拙、森次太郎、国木田独歩、柳田國男、正力松太郎、松岡洋右の書簡を精選。書簡に吐露された時代の証言を甦らせる。

四六上製　四一六頁　**四六〇〇円**
（二〇一〇年七月刊）
◇978-4-89434-753-3

二人の関係に肉薄する衝撃の書

蘆花の妻、愛子
（阿修羅のごとき夫《つま》なれど）

本田節子

偉大なる言論人・徳富蘇峰の弟、徳冨蘆花。公開されるや否や一大センセーションを巻き起こした蘆花の日記に遺された、妻愛子との凄絶な夫婦関係や、愛子の日記などの数少ない資料から、愛子の視点で蘆花を描く初の試み。

四六上製　三八四頁　**二八〇〇円**
（二〇〇七年一〇月刊）
◇978-4-89434-598-0

伝説的快男児の真実に迫る

「バロン・サツマ」と呼ばれた男
（薩摩治郎八とその時代）

村上紀史郎

富豪の御曹司として六百億円を蕩尽し、二十世紀前半の欧州社交界を風靡した快男児、薩摩治郎八。虚実ない交ぜの「自伝」を徹底検証し、ジョイス、ヘミングウェイ、藤田嗣治ら、めくるめく日欧文化人群像のうちに日仏交流のキーパーソン〈バロン・サツマ〉を活き活きと甦らせた画期的労作。**口絵四頁**

四六上製　四〇八頁　**三八〇〇円**
（二〇〇九年二月刊）
◇978-4-89434-672-7

真の国際人、初の評伝

松本重治伝
（最後のリベラリスト）

開米潤

「友人関係が私の情報網です」――一九三六年西安事件の世界的スクープ、日中和平運動の推進など、戦前・戦中の激動の時代、国内外にわたる信頼関係に基づいて活躍、戦後は、国際文化会館の創立・運営者として「日本人」の国際的な信頼回復のために身を捧げた真の国際人の初の評伝。

口絵四頁
四六上製　四四八頁　**三八〇〇円**
（二〇〇九年九月刊）
◇978-4-89434-704-5

広報外交の最重要人物、初の評伝

広報外交《パブリック・ディプロマシー》の先駆者 鶴見祐輔 1885-1973

上品和馬　序＝鶴見俊輔

戦前から戦後にかけて、精力的にアメリカ各地を巡って有料で講演活動を行ない、現地の聴衆を大いに沸かせた鶴見祐輔。日本への国際的な「理解」が最も必要となった時期にパブリック・ディプロマシー（広報外交）の先駆者として名を馳せた、鶴見の全業績に初めて迫る。

口絵八頁

四六上製　四一六頁　**四六〇〇円**
（二〇一一年五月刊）
◇978-4-89434-803-5

「人種差別撤廃」案はなぜ却下されたか？

「排日移民法」と闘った外交官

（一九二〇年代日本外交と駐米全権大使・埴原正直）

チャオ埴原三鈴・中馬清福

第一次世界大戦後のパリ講和会議での「人種差別撤廃」の論陣、そして埴原が心血を注いだ一九二四年米・排日移民法制定との闘いをつぶさに描き、世界的激変の渦中にあった戦間期日本外交の真価を問う。

〈附〉埴原書簡

四六上製　四二四頁　**三六〇〇円**
（二〇一一年一二月刊）
◇978-4-89434-834-9

最後の自由人、初の伝記

パリに死す

（評伝・椎名其二）

蜷川　譲

明治から大正にかけてアメリカ、フランスに渡り、第二次世界大戦のドイツ占領下のパリで、レジスタンスに協力。信念を貫いてパリに生きた最後の自由人、初の伝記。虐殺された大杉栄の後を受けてファーブル『昆虫記』を日本に初紹介し、佐伯祐三や森有正とも交遊のあった椎名其二、待望の本格評伝。

四六上製　三二〇頁　**二八〇〇円**
（一九九六年九月刊）
◇978-4-89434-046-6

真の「知識人」、初の本格評伝

沈黙と抵抗

（ある知識人の生涯、評伝・住谷悦治）

田中秀臣

戦前・戦中の言論弾圧下、アカデミズムから追放されながら『現代新聞批判』『夕刊京都』などのジャーナリズムに身を投じ、戦後は同志社大学の総長を三期にわたって務め、学問と社会参加の両立に生きた真の知識人の生涯。

四六上製　二九六頁　**二八〇〇円**
（二〇〇一年一一月刊）
◇978-4-89434-257-6